U0611553

关立丹 ◎ 著

武士道
与日本近现代文学

以乃木希典和宫本武藏为中心

中国社会科学出版社

图书在版编目（CIP）数据

武士道与日本近现代文学：以乃木希典与宫本武藏为
中心／关立丹著．—北京：中国社会科学出版社，2009.6
ISBN 978-7-5004-7831-7

Ⅰ．武…　Ⅱ．关…　Ⅲ．①文学研究—日本—近代
②文学研究—日本—现代　Ⅳ．I313.06

中国版本图书馆 CIP 数据核字（2009）第 087655 号

责任编辑　王　茵
责任校对　王有学
封面设计　格子工作室
技术编辑　王炳图

出版发行　中国社会科学出版社
社　　址　北京鼓楼西大街甲 158 号　　邮　编　100720
电　　话　010—84029450（邮购）
网　　址　http://www.csspw.cn
经　　销　新华书店
印　　刷　北京君升印刷有限公司　　装　订　广增装订厂
版　　次　2009 年 6 月第 1 版　　印　次　2009 年 6 月第 1 次印刷
开　　本　710×960　1/16
印　　张　17　　　　　　　　　　插　页　2
字　　数　201 千字
定　　价　35.00 元

凡购买中国社会科学出版社图书，如有质量问题请与本社发行部联系调换
版权所有　侵权必究

目　录

序

王向远[*]

关立丹老师是日语专家，从本科到硕士阶段都是学习日语专业的，此后一直在日语系任教，已经当了数年的副教授并兼系主任。2002年，她报考了我的博士研究生，来北京师范大学中文系攻读中日比较文学的博士学位。记得她入学考试的日语100分试卷成绩是96分，这给我留下了深刻印象。博士生的外语考题并不那么容易，然而对她来说那肯定不难。因为她是日语专家。

外语学科的老师们，是以教授语言为主的。为了教好语言，不得不涉及语言表现最为丰富复杂的文学作品；为了讲授文学作品，不得不掌握文学批评与文本解读及阐释的基本要领；为了熟悉作家的创作，不得不搞一点文学史的研究；为了搞通文学史，不得不涉猎与文学史相关的历史文化。而一旦悟到这一步，就会感到原来外语学科从语言习得的角度所学习的那些东西，远远不够用了。我在与立丹老师及其他外语学科出身的硕士、博士生乃至博士后研究人员聊天交流的时候，发现很多同学都有这样的感受。

外语学习的本质途径就是"模仿"。对于对象国的言语、

---

* 北京师范大学文学院教授，博士生导师。

语言，无论是口头的，还是书面的，模仿得越像就越好。于是，外语专业的本科与研究生阶段的论文，就要求用外文来写。中国人用外语来写文章，却须使人从语言使用本身看不出是中国人写的，这是语言模仿的最高的境界。譬如，中国人写的日文，就要像是出自日本人之手。而要做到这一点，连思维方式都要好好"模仿"日本人。这样的"模仿"时间一长，甚至多多少少都会带上语言对象国的那么一点点气质和作派。然而一个人一旦当了大学教师，想做研究者或学者，"模仿"的阶段就该超越了。模仿固然很难，超越模仿更不容易。在学术上一味"模仿"外国人没有出路，到了一定的阶段必须超越。作为一个中国学者，只有实现了这样的超越，才能自觉强化作为一个中国人的主体性，才能找到自己的文化根基与立足点。

我想，立丹老师早就明白了这一道理，所以她才克服种种困难，不愿走轻车熟路，勇敢地跨越了学科，从外语学科来到中文学科。早在报考之前，她在完成北京语言大学日语专业教学与管理的繁重事务之余，经常抽空跑到北师大，到我的课堂上，和学生们坐在一起，从中外文学史，到文学理论、学科理论，如饥似渴地"补"中文系的课。又经过数年的学位课程学习，从而实现了从日语学科到中文及文学学科的跨越。这一跨越是成功的，成功的最终标志，就是眼前这部题为《武士道与日本近现代文学》的博士论文。

《武士道与日本近现代文学》固然属于日本文学史上的课题，但又不是文学通史性的研究，而是"专题"性的研究。窃以为，无论在日本文学史研究领域，还是在中国文学史研究领域，那种通史性的研究，或者变相的断代史、阶段史的纵向梳理性的研究，作为学位论文都很难写出新意，而

"专题研究"则有着广阔的创新的空间，甚至可以填补学术上的空白。像《武士道与日本近现代文学》这样的专题，在日本现有的研究成果未见其有，此前中国学者也没写过。诚然，日本研究武士道的书数不胜数，研究日本近现代文学史的书汗牛充栋，研究森鸥外、夏目漱石、芥川龙之介、吉川英治、司马辽太郎等作家的著作俯拾皆是，但从"日本文学与武士道"这样的视角切入日本近现代文学史及作家作品研究的，却很罕见。

《武士道与日本近现代文学》这个选题又带有很强的"问题意识"，那就是研究"武士道"与日本文学的关系。明确的问题意识，可以避免把论文写成作家评论与作品赏析。常常看到国内一些日本文学的学位论文，也模仿日本人写论文的流行模式，把研究论文写成了作家评传与作品评论。那样的题目容易写，但不容易写好，因为它们没有"问题意识"的凝聚点与尖锐度，也就缺乏学位论文应有的理论价值与学术含量。立丹的这个《武士道与日本近现代文学》选题，以其鲜明的"问题意识"，从文学与武士道的关系切入，将日本人耳熟能详，中国人也不陌生的森鸥外、夏目漱石、芥川龙之介、吉川英治、司马辽太郎等著名作家，呈现出了人们所不熟悉的另一面。诚然，材料大都是从日本收集来的，文本也是日本人的。然而，这些都是为立丹的研究服务的。她的这一研究呈现出了作为中国学者的别样的文化立场与理论视角，不仅形成了一种新的知识建构，也显示了比较文学专业学位论文的优势和特色。从比较文学方法论上看，这一研究没有局限于日本文学之内，而是将日本的武士道文学与中国的武侠文学、欧洲的骑士文学等做了或明或暗的比较，尽管未能展开，但在方法取向上，是值得称许的。

　　《武士道与日本近现代文学》这个题目看上去很紧凑很凝聚，却也很大、很复杂，立丹为此花去了至少三年的时光与精力。无奈，涉及的作家作品与文学现象极为丰富，在有限的时间内难以驾驭。在查阅研读了大量文本资料后，立丹决定收缩范围，于是添了一个副标题——"以乃木希典与宫本武藏为中心"，对正标题做了范围上的限定，以便更有利于操作，也更加文对其题。不过，当时选择和设定这个课题，其基本宗旨是运用比较文学的方法，在世界文学的背景下，将日本近现代文学与武士道的关系做全面、系统的分析、评述与研究，特别是研究那些为一般的日本文学通史所忽略的、以武士为主人公、从不同侧面表现武士道思想的那些"大众文学"作家的相关作品，从中管窥那些作品所反映的日本作家乃至日本人的精神世界，认识"武士道"在现代日本人精神构造中的位置与作用。从这个角度看，立丹在这部论文中所做的研究，还只是阶段性的，当然同时又是开拓性的。我期望，立丹今后能够在此基础上，将"武士道与日本近现代文学"乃至"武士道与日本文学"这样的课题进一步做下去。也希望这部著作的出版，能为关心这一知识领域的读者，提供一个有益的参考文本。

2009 年 6 月

绪　论

一

　　8世纪末，随着迁都平安京，将近四百年的日本平安时代（8世纪末—12世纪末）拉开了序幕。平安时代共经历了律令政治的改革、摄政、院政、平氏政权等四个时期。经历了初期的安定后，由于土地的开垦，形成了庄园。摄关政治①造成了庄园的扩大，藤原家族成为最大的庄园主。而随着佛教的地位越来越突出，寺院不断接收土地馈赠，因此很多大寺院也拥有大量的土地。庄园规模扩大了，便有了守卫的需要。贵族庄园和寺院庄园分别产生了武士与僧兵。武士与僧兵经常发生冲突，于是引发了战乱。平氏家族首先在战乱中掌握了武家政权。但是不久，源氏武士集团不断发展壮大，与平氏集团展开了激烈的争斗，即源平争乱。争乱之后，平氏集团衰落下去，源氏武士集团于1192年建立了日本第一个武士政权——镰仓幕府。镰仓时代（1192—1333年）的创立预示着武士与朝廷抗衡的正式开始。之后日本经历了南北

---

　　①　由辅佐天皇担任摄政或关白的人来掌握政治实权的一种政治形式，从10世纪前后持续到11世纪中期。

朝时代（1336—1392 年）、室町时代（1392—1573 年）、江户时代（1603—1868 年）等，由于武士势力不断增长，实权均被武士掌权的幕府所控制。

长期的武士生活，在武士阶层中逐渐形成了一定的道德规范，也就是武士的道德。从镰仓时代开始发展，到了江户时代，武士的道德又被儒教道德所加强，于是形成武士道。武士道强调对主君单方面的忠诚乃至绝对的服从，以尚武、廉耻、刚健为其思想体系，成为封建道德的支柱。但是，随着时代的变迁，即使是武士道，其内容及理解方式也是在变化的。在这里将主要探讨江户、明治、大正、昭和等不同时代的武士道。

事实上，世界上不仅仅是日本武士，中国的武侠、西方的骑士都是尚武之人。他们在漫长的社会发展过程中，都起着必不可少的独特作用。但是由于他们所处国家的地理环境、历史发展阶段不同，民族特点不同，尚武之人的特点也有所不同。下边让我们在对三者进行比较中进一步认识日本的武士道。

中国的"侠"最早起源于春秋战国时期，后来也被称为"武侠"。当时各诸侯国之间争霸激烈，原有的制度崩溃，旧贵族已经衰微，思想界出现百家争鸣的局面。为匡扶正义，一些人果敢地使用武力，而不顾所谓朝廷的规范，这些人被称为"侠"。侠曾受到社会的承认。早期的侠为游侠，居无定所，无固定的职业和财产，他们只有投靠别人以食客为生。为报主人之恩，侠往往不顾生命危险，义不容辞地为主人尽职尽责，甚至出现勇于行刺秦王的荆轲等人物。侠在当时拥有一定的社会地位，并受到一定的尊重。司马迁《史记》中的《刺客列传》、班固的《后汉书》卷九十二《游侠列传》

等作品，对侠都给予了正面的评价。

对"侠"的存在社会上评述不一。法家韩非子批判说："儒以文乱法，侠以武犯禁。"既然是对法的违背，就像儒家遭到焚书坑儒的处罚一样，侠也受到了禁止。于是侠在社会表层的位置转移到了社会的背光面，出现了形迹诡秘的隐侠，以至于出现像《水浒传》中所描写的那种占山为王式的人物。侠以打抱不平、见义勇为为宗旨。两汉时期豪侠的出现，使武侠阶层得到进一步发展。但是豪侠的匡扶正义、为民除害，导致了百姓知豪侠而不知官吏的结果。侠从此受到了官府的压制，一蹶不振，再也没有上过正史。① 从那以后，侠改为在洒脱中求生存，过着逍遥的生活。虽然如此，后世陆续出现的唐代侠义小说，1614 年的《水浒传》及侠义公案小说、武侠小说等等，说明侠士的反叛精神受到占绝大多数的底层人民大众的颂扬，他们的侠肝义胆为大众所崇拜。

与中国武侠地位相对照的是日本武士的统治地位。德川家康掌握幕府政权之后社会进入江户时代（1600—1868 年）。为了维护自身的统治，幕府公布了一系列的规章制度，包括对武士地位的确定。幕府规定武士处于士、农、工、商的最前列，他们与农、工、商之间有着严格的等级界限。

回顾日本的历史，尚武之风可以追溯到比较早的历史时期，甚至在现存最早的书籍《古事记》（712 年）与《日本书纪》（720 年）的神话中也有所体现。早期的武士只是起到保护庄园的作用，付出辛苦，收取报酬，并没有严格规范的阶级观念和绝对的主从关系。1192 年以后，武士成为日本社会的一个特殊阶层。但是镰仓时代、室町时代，武士还没有

---

① 兰草：《武魂侠骨》，解放军出版社 1999 年版。

被严格地规范，武士与主君之间大多是一种服务与取酬的契约关系。然而由于感激主君的照顾之情而不惜为主君献身的情形并不少见。

武士政权一直延续至明治维新，前后持续了近七百年。在这七百年的时间里，武士集团不断发展、变化，并逐步形成其独特的武士文化。武士作为日本幕府时期的一个重要阶层，具有其独特的历史地位，也是日本精神文化的一种表现，其历史影响延续至今。武士自身的文化与道德规范，被称为"武士道"。横尾贤宗在《禅与武士道》中提到：武士道是自古以来武士之间发展成的一种道德，但是并没有什么名称。到了德川时代才开始称为士道或武道。① 在大道寺友山（1639—1730 年）的《武道初心集》中，开始散见有武士道之类的称呼。《广辞苑》中这样解释武士道：

> 我国武士阶层中产生的道德。从镰仓时代产生，在江户时代糅进儒教思想而集大成。构成了封建体制的概念性主体。崇尚忠诚、牺牲、信义、廉耻、礼仪、清白、朴素、节约、尚武、名誉、友爱。《叶隐》中写道："所谓武士道，就是死。"②

西方的骑士与武士一样处于社会的上层。关于西方骑士的形成，克里斯托弗·格雷维特（Christopher Grawett）在《骑士——探寻光荣的骑士道世界》③ 一书中提到：公元 4 世纪，罗马帝国崩溃，很多蛮族侵入欧洲，他们不断扩大势力

---

① 国书刊行会 1978 年版，第 61 页。
② 1998 年版。
③ 日语版监修：森冈敬一郎，同朋社 1994 年版，第 6 页。

范围，其中最强的当数欧洲中部及西部的法兰克人。公元
800年，其领导者卡尔一世成了西欧的皇帝。卡尔大帝和他
的子孙们不断增加自己军队中的骑兵，并且给世世代代骑马
的战士们以土地。但是到了9世纪，这一帝国由于内战加上
外民族的入侵而四分五裂。因此，各地骑士转为给有领地的
主人提供保护；同时占有土地较少的领主又对更大的领主负
有尽诚之责。这些领主以及手下的斗士均被称为骑士。公元
11世纪，这些带铠甲的骑士又获得了新的社会地位，他们侍
从于伯爵、公爵等地方领主。

　　骑士的发展使其慢慢成了一种地位的象征，一般的贵族
子弟为成为骑士，七岁左右就要到其他贵族家里去学习，甚
至14世纪出现保护身体的金属盔甲及面具，重约二十至二十
五公斤。盔甲上加进一些装饰，穿戴时需要一定的程序。骑
士逐渐形式化。度·皮伊·杜·克兰夏姆（Philippe du Puy
de Clinchamps）所著《骑士道》一书论述了骑士道的诞生、
形式及衰颓。此书提到骑士道在15世纪法国百年战争末期，
由于骑士制度的过分仪式化、仪礼化，已经失去现实意义。
但是骑士制度仍然持续到18世纪，随着19世纪的到来和市
民文明的胜利，才最终销声匿迹。①

　　由于骑士与武士都是隶属于统治集团之下用以保护统治
政权的阶层，因此就决定了统治阶级必须用一定的思想道德
以及行为规范对他们加以约束，以便加强管理。

　　那么，日本的武士道具有哪些特征？

　　首先，武士需要坦然面对死亡。武士必须"尚武"，这
是理所当然的。作为武士道，其最大的特征正像佐贺藩藩士

---

① 川村克己、新仓俊一译，白水社1995年版。

山本常朝（1659—1721 年）发表的武士道著作《叶隐》（1716 年）中所指出的那样：所谓武士道就是死。在这里强调的是放弃作为物质的"生命"，追求不怕死的"敢忾心"。"怕死"一般来说是人之常情。武士道超越了人的一般情感，"不怕死"成为真正的武士的最基本条件，不惧生死是对武士的必然要求。武士的自杀方式——"剖腹"，也是武士不惧死亡的一种表现。剖腹于源平之争时期就开始普遍化，在平安时代末期开始也被当作一种刑罚。一般先洁身，跪坐，露出上半身，把刀从左边插入腹部，从左向右划开腹部，成"一"字形。更勇猛的武士则再从上腹部向下划成"十"字形。到了江户时代，为了减少剖腹武士的痛苦，专门有一个被称为"介错人"的人在剖腹者划开腹部之后，把剖腹者的头砍掉。"剖腹"成了武士不怕死的表现。

武士的视死如归究其根源，与禅宗的影响分不开。早在奈良时代佛教就已经传到了日本，但是对武士的生活影响最大的是禅宗。一般认为是荣西（1141—1215 年）把禅介绍到了日本。镰仓时代摒弃贵族文化，严格要求武士节俭并加强行政管理及强化军事力量，他们把禅作为他们的精神指南。经过室町时代，直至江户时代，禅一直受到武士阶层的高度重视，并给日本人一般性的文化生活带来各种各样的影响。

禅与从中国、朝鲜半岛传到日本的其他佛教流派不同，禅讲求"不立文字"，极端反对言语作为中介手段，它以公元 6 世纪由印度南部来到中国的达摩法师为开山祖师，主张回归佛陀的根本思想，8 世纪传至日本。禅的修行方式以佛陀在树下冥想而彻悟的方式为准，提倡坐禅，以此超越言语，寻求最高境界。禅宗使武士通过坐禅断绝了世俗之心，进入无我境界，以此克服对死亡的恐惧心理。这是武士在日常的精神修养中必不可少的。

横尾贤宗在《禅与武士道》①一书第 65 页中指出：记录战国时代和江户时代大名以及武士言行的《常山纪谈》（1739 年）的作者汤浅常山（1708—1781 年），在海上遭遇到暴风，船即将颠覆之际，他却镇定自若，赋七绝诗一首斥退海神。而且，他还在每天早晨吃饭时先把装筷子的长盒子比作短刀，做剖腹自杀的练习。汤浅常山说武士必须做好随时剖腹的思想准备。横尾贤宗还提出：

> 佛教的宗派很多，其中我们禅宗的宗旨是觉悟于生死之间，心境淡泊、洒脱，讲求清廉，举止严肃而有规矩，生活恬淡寡欲，勇于接济众生，计划周密不畏艰险。正因为如此，它才能在千军万马中出没，充满杀伐之气的武人才能把它当作养心修身的一大灵药加以向往。②

武士是一个每天都面对生死的阶层。如何能坦然面对死亡是一大难题，正是禅宗给了武士这样一个解决方法。《叶隐》作者山本常朝的出家，德川家康等幕府将军死后夫人出家为尼的做法，都不能不说是武士阶层受到佛教尤其是禅宗的影响的极有力的证明。

禅宗的影响还表现在武士对精神的绝对重视与对物质的寡欲上。新渡户稻造指出："武士道是非经济性的。它以贫困而自豪。"③ 武士把经济、买卖、算账等与金钱有关的事当作是商人的工作，不是武士应该做的，武士追求的是成为

① 横尾贤宗：《禅与武士道》，国书刊行会 1978 年版。
② 同上书，第 66—67 页。
③ 新渡户稻造：《武士道》，孙俊彦译，商务印书馆 2002 年版，第 59 页。

"精神的贵族",而不是"物质的奴隶"。武士道的这一特征与禅宗的"无我境地"也存在一定的联系。镰仓、室町时代日本所追求的"闲寂"之美就是受到了禅宗的影响。这种认识一直影响到明治以后。

对精神的绝对重视在武士身上经常会表现为"剑"与"禅"的合二为一,也就是"剑禅一如"。它要求武士放弃对"剑"这一具体的物质的重视,而主张在精神上使剑达到与禅宗同等高度的境界。因此,很多武士不惜在艰苦的环境中磨炼自己,提高个人的修养。武士道要求这样的个人修养,不只存在于主君手下的家臣,也包括没有主君的武士。事实上,这种个人修养与日本本土的修炼意识与习惯有关。日本是一个山国,把山当作神来祭拜,跋山涉水,远途参拜神山,是人们的强烈愿望。于是,这种参拜磨炼了人们的意志,成为个人修行、磨炼意志的一种方式。

与武士的禅宗不同,中国的侠信奉道教和佛教。《水浒传》中的花和尚鲁智深就是一个僧侠。兰草在《武魂侠骨》第98—105页中指出:中国武侠是在中国这块土壤上产生和发展起来的,"少林"与"武当"一向被奉为武林泰斗,正是推崇释道两派的结果,佛道两家都有尚武的传统,僧道侧身武林主张慈悲为怀,为江湖提供了一种全新的道德规范。的确,中国的武侠小说经常少不了少林武当弟子登场。这一点增加了武侠小说庄严、正义的效果。少林武当弟子的形象经常是扶正除恶,不无故伤人,以和为贵,他们专心研究武术套路,在棍法、刀法、枪法、剑术上都有独到的成果。

与武侠、武士不同的是,骑士生活的土壤为欧洲,所接受的宗教以基督教为主。所谓骑士一般指中世纪的欧洲武士,他们是11世纪作为特定身份固定下来的社会阶层。骑士与基督教有着密切的关系，12—13世纪骑士们参加基督教的十字军征战迎来了全盛期。13世纪后期的雕像中甚至把负伤战死的骑士的脚雕成十字交叉形状①。骑士是立足欧洲基督教土壤，并与基督教密不可分的阶层，而且不断接受基督教的影响，最终形成以忠诚、勇敢、敬神、礼节、名誉、宽容、对女性奉献为道德理想的骑士道。

其次，武士道重视"忠诚"，武士们以生死来表忠诚。在武士们看来，"忠诚"是作为武士的首要准则，这是武士道的重要特征。所谓"忠诚"就是"诚"。这种理念早在日本的古典文学作品《万叶集》（8世纪末）和《古今和歌集》（10世纪初）中就出现过，可见日本自古以来就是强调"诚"的。在"诚"里面包含着用真心、不掩饰、不欺骗的因素。因此用计谋取胜并不像中国与西方一样受到好评，而是被认为没有诚意，不可信任，受到贬低。善于使用计谋的重要历史人物源赖朝与德川家康，并没有受到人们的高度赞赏，日本人比较喜欢像源义经、弁庆等等一心一意、不攻于心计的人物。这种道德评价的标准推其根源可以说来自于日本的集团主义。集团内部的成员是以和睦相处、始终不离开集团为前提而生活的。集团内部的成员彼此相互了解，不太可能隐藏过多的个人隐私。为了维持相互的关系，他们互相之间只能以诚相待，否则会被赶出集团之外，失去立足之地而到处漂泊，去过被人歧视、不稳定的生活。

武士道之所以把"诚"提高到"忠"这一层次，除了本土的文化之外，与对中国儒教的吸收有很大的关系。可以说

---

① 克里斯托弗·格雷维特（Christopher Grawett）：《骑士——探寻光荣的骑士道世界》，日语版监修：森冈敬一郎，同朋社1994年版。

正是因为儒教思想的引入，才使武士道的道德理论化，从而形成了武士道的核心思想。关于这一点，从最有影响的武士道论著《武士道》就可以看出来。作者新渡户稻造（1862—1933年）是日本一位思想家和教育学家，基督教徒。他在美国获得博士学位后又去德国留过学，先后在札幌农学校（现北海道大学）、京都大学、东京大学任教。1899年他在美国养病期间用英文撰写了这本书，系统地向欧美国家介绍、宣传了武士道，影响较大。新渡户稻造在《武士道》一书中大量引用了孔子的儒教观点，把武士道的道德归纳为"义"、"勇"、"仁"、"礼"、"诚"、"名誉"、"忠义"、"克己"等内容，并且借用儒教经典《论语》等儒学著作来加以说明。

正像新渡户稻造书中叙述的那样，武士道的道德源自于孔子。武士道的普遍性来自于儒家思想。随着德川家康统一日本，日本开始了二百六十多年的锁国统治。除了初期的不安定之外，整体来看，江户时代社会稳定，经济得到发展，保持了长期的和平状态，政权空前强大，幕府的势力处在皇室朝廷政权之上。如何把武士的勇猛善战转化为和平建设时期的艰苦奋战被提到议事日程。于是，德川家康把儒教引入统治思想，在以士、农、工、商的身份等级确定武士最高地位的同时，不断发布法令对武士加以约束，要求武士共同遵守。于是，一些武士道经典书籍如《叶隐》等因为规范武士行为的需要而面世。

由于德川时代对武士秩序的再建，最终形成了武士道。中国的儒教讲求"仁"、"义"、"礼"、"知"、"信"，把"仁"作为人道的中心，讲求德治。与中国重视"仁"的儒教不同，日本的儒教为了统治阶级的统治，重点在于强调"忠"字；而且随着时间的推移，对"忠"的重视程度不断加深，于是，中国与日本儒教的差异越来越大。到了明治维新之后，日本取消了武士，建立了军队，1882 年向军人下发了《军人敕谕》，以天皇的名义对军人加以规范，强调"忠"、"礼"、"勇"、"信"、"质朴"。在《军人敕谕》中，"忠"被排到第一位，而没有强调中国儒教中的"仁"。

必须把这种对仁的轻视和对忠的重视看做日本儒教的特征。像以上叙述的那样，仁在中国被看做是儒教的主要道德，但是在受儒教影响而制定的圣德太子的十七条宪法（604 年）中，却没有特别被重视。纵观日本的儒教史，虽然不能说仁被完全轻视，但是必须承认的是：对仁的轻视，并不是开始于明治，而是开始于古代较早时期。而且在日本，越接近近代越是把忠作为最重要的道德准则，而不是仁。

进一步地说，忠的意义，中日有所不同。像上边论述的那样，在中国忠指的是忠实于自己的良心，而在日本虽然也同样使用这个词，它的意思却是指绝对尽忠于主君的诚心，或者舍身尽忠于主君。"仕君以忠"，孔子的这句话，中国人理解成：家臣应该以不违背于自己良心的诚实来侍奉主君。而日本人则解释成：家臣应该为主君献身。因此，忠在日本是与孝、悌三位一体的概念，这就决定了社会的权利、血缘、年龄的上下关系。在日本忠与信是不可分离的两个概念。①

① 森屿通夫：《为什么日本"成功"了?》，株式会社 TBS·大英百科 1985 年版，第 17 页。

日本武士道除了受中国儒教的影响之外，也受到西方基督教的影响。思想家内村鉴三（1861—1930 年）是基督教狂热的信徒，他于 1916 年在《武士道与基督教》一文中曾写道：

> 武士道是日本国最好的产物。但是武士道本身并没有救国的能力。在武士道的基础上，嫁接基督教，其产物才是世界上最好的，它具有救助日本、救助世界的能力。现在基督教在欧洲已经慢慢消亡。而且，被物质主义束缚的美国也没有能力使之复活。在此，神希望日本竭尽全力扶持他的圣业，这在日本的历史上具有极其深远的世界性意义。经过了两千年漫长的时间，为了应对世界目前的状况，神在日本逐渐完成了武士道。世界最终还是被基督教所救，但是是被嫁接在武士道上的基督教所救。[①]

五野井隆史在关于基督教传播的论述[②]中指出：基督教是在室町时代的 1549 年传入日本的。他在前言中还提到基督教在日本的传教及日本对基督教的接受充满了苦难。德川幕府对基督教发布了禁令，经过岛原之乱（1637—1638 年），彻底镇压了基督教徒。因此，虽然战国时代曾经出现过织田信长等信奉基督教的大名，但是他们不过只是着眼于西方的枪炮技术，所以在德川幕府时期，由于锁国政策对基督教的压制，基督教只兴盛了一时。可以说，基督教在古代日本的

---

① 《圣书之研究》186 号。
② 五野井隆史：《日本基督教史》，吉川弘文馆 1990 年版。

影响力是很有限的。明治维新以后，明治新政府才屈服于欧美列强的政治压力，于 1873 年对基督教解禁。

武士道的第三个特征是：日本武士对名誉极其重视。武士中有这样一种说法：武士饿着肚子也要用牙签。武士即使是没有钱，吃不上饭，空着肚子也要为了维持体面，拿出牙签做出已经吃过饭的样子。武士虽然是社会的最高阶层，但是却过着贫穷的生活。武士经常以生死来捍卫自己的名誉。让我们以"剖腹"为例。剖腹是一种非常残酷的自尽方式，后来"剖腹"演变成一种刑罚。但是，在惩罚程度上来说，"剖腹"不同于"斩首"。剖腹是按照自己的意志遵照一定的程序而进行的；斩首则是作为对犯罪者的一种刑罚。1702年，发生了日本历史上最著名的四十七赤穗浪人为赤穗城主复仇的"赤穗事件"。他们由于城主被杀，沦为浪人，在历尽千辛万苦之后终于复仇成功。四十七人不畏艰险终于为主人复仇的"忠诚"受到世人的普遍赞颂，他们复仇的故事在社会上传为佳话。但是他们的行为违反了幕府有关不允许私斗的规定，浪人们被关押了起来。是判以"剖腹"还是"斩首"，幕府内部争议较大。为了浪人们的名誉，幕府判他们以"剖腹"。至今在东京的泉岳寺四十七人的墓地，每年的12 月 14 日——他们的祭日，寺院都为他们举办隆重的祭祀活动，很多群众远道来参加。如果当时不是处以"剖腹"，而是处以"斩首"的话，他们将被当作纯粹的罪犯来看待。

对名誉的重视不只是日本的武士，可以说是各个国家与民族的共同特征。但是实际上，在重视名誉这点上，日本与中国的内涵多多少少存在着一些差异。日本维护"名誉"是与"耻辱感"相关的，日本由于是集团性的民族，它的耻辱感与在人的面前所做的事情是否有损名誉有关。由于关系到

13

个人以及家庭在集团中的形象，因此日本人普遍对名誉表现得比较敏感，尤其重视在大众场合之下的礼节与名誉。与日本不同的是：中国不是集团性较强的民族，流动性较大。在汉语中有"面子"一词，看起来仿佛与日本的名誉感含义接近，但是实际上有所差异。中国受儒教的影响，求名意识较强，讲求"胜人一筹"、"衣锦还乡"，较多考虑的是"流芳百世"。而且，学问在中国被放在比较重要的位置，"无知"被认为是很不名誉的事情。另外，在维护名誉方面，日本也与中国存在一定的差异——日本武士为了雪耻往往采取过激的行动，其代表性的报复行动就是"仇讨"。"仇讨"又称"敌讨"、"敌打"，一般指家庭成员蒙受羞辱而死时，他的家里人为了死去的亲人的名誉而雪耻的行为，同时也包括为主君复仇的行为。"仇讨"的行为不断被规范化，成为武士雪耻的代表性方式。值得指出的是武士往往因为琐碎的小事而采取过激的行为，互相残杀，发展为"仇讨"。与此相反，中国历史上虽然也有很多的复仇事例，但是中国人以"忍辱负重"、"大人不计小人过"为美德，减少了不少不必要的伤害。

武士道的以上特征同时决定了武士道的负面作用。

首先，对精神的绝对追求使人们失去客观的价值判断，把死当作最后的归宿。在近代的侵略战争中，大量日本士兵为此做出了无谓的牺牲。第二次大战时期的特攻队就是一个例子。日军在装满炸弹的飞机上只装单程燃料，这明显是要求士兵与"敌人""同归于尽"。二战期间，日本军队希望用精神战胜物质的方式来取胜，最终战争还是以失败告终。战败之后人们开始对绝对的精神追求产生怀疑，在人们的心中，

"精神"的地位不断下降。出于一种逆反心理，人们的眼光在战后开始转向"物质"以及更倾向于作为提高物质基础的科学技术与经济贸易。

其次，武士道对"忠"的过分追求，使得武士没有了自我，成为封建统治的工具。武士道不是宗教，没有宗教式的经典，这样，对"忠"的强调就使得主君的意愿成为判断是非的标准。主君对家臣要求的"忠"脱离不了封建统治者的独断性。明治维新以后，政府正是利用了武士道的这一特征建立了中央集权制政府。在今天看来，武士道所提倡的"忠"具有"愚忠"的成分，压抑了个人的意志。但是，正是这种制度规范了武士的行为举止，维持了君臣的上下关系，维持了封建社会的秩序。"忠"与"义"是合乎封建统治者的需要的。特别是在面对其他民族时，会产生极其狭隘的民族主义，对其他民族造成难以弥补的伤害。20世纪的侵略战争就是一个例证。在战争中日本士兵以建立所谓的"大东亚共荣圈"为理想，残忍地杀害了众多被侵略国的人民。

另一方面，武士虽然在集团内部严格遵守等级制度，但是对外却高高地凌驾于百姓之上，他们手中拥有武器，拥有决策权，因此在与百姓产生冲突时占绝对优势的地位，经常对百姓造成危害。在武士之间，勇猛被认为是一种美德。日本最受喜爱的镰仓时代的两个人物，一个是为建立镰仓幕府立下功绩的第一届幕府将军源赖朝的弟弟源义经，一个是他手下的大将弁庆。当年，弁庆为了表示自己的勇猛，立誓要"百人斩"，也就是要杀死一百个人。但是他遇到第一百个准备杀掉的人——源义经时，却败在了源义经的手下，成了源义经的随从。这一故事成为二人的逸话，被人们津津乐道。日本武士除了"百人斩"之外，还有"路口斩"①，都是为了试验自己的本领。可见武士的勇猛往往以夺走他人的生命为代价。

在幕府时代，除了有主君的武士之外，出现了一些浪人。这些浪人原来都是有主君的武士，由于各种各样的原因，主君失利，才沦落为浪人。主君失利的原因一般有以下几种：由于主君采取了反幕府的行动，被免职失去领地，武士也随之失去了主家成为浪人；社会安定之后，由于财政运营不善，主君被德川幕府免去官职，武士失业；由于主君家没有继承人不能延续，武士失业……在江户初期的德川家康、德川秀忠、德川家光这三代，由于大名的任免，浪人人数增多，在德川家光的晚年达到四、五十万人之多。这些失去了主君的武士中，不少人还是抱着寻找新主君的愿望，磨炼自己的才干。如果在战乱时期，这些浪人可以因为立战功而再被任官，但是到了江户时代，社会稳定，再任官职变得相对困难，于是，有不少武士生活窘迫。其中不乏有浪人为非作歹，残杀无辜。到了江户时代末期，这种情况更加严重，社会上出现了不少浪人组成的暗杀集团，为不同派别服务，有名的"新选组"就是其中之一。他们是一个浪人集团，被幕府雇佣来维持京都的治安。他们的勇猛经常被作家写入小说之中，但是，他们的残暴也是出了名的。

武士很注重自己的名誉，他们对于任何有损自己名誉的事情都很敏感，所以他们就表现出"意气用事"、"固执己见"的一面。他们经常会因此变得极不宽容，为一些极其微小的事情而发生武力争执，导致流血事件。武士的这种容易

① 在路口突然袭击路人。

冲动和不宽容与他们的荣辱观有很大的关系。他们觉得自尊心受到伤害，于是变得心胸狭小，往往容易激动，失去理智，瞬间采取极端的报复行动。一些仇讨行为往往起因于一些微不足道的小事，结果不惜花几年、几十年的时间漫无目标地去寻找仇人，甚至为此荒废自己的一生。不宽容导致了各种各样的冲突，以至于在战国时代就有藩国为了避免武士间的冲突，发布《喧哗两成败法》。只要是武力争斗，不管哪方有理都同等对待，处以刑罚。这一法令在江户时代被作为军令广泛施行。

最后，在武士的家庭，女子处于从属的地位。在平安时代，受母系社会的影响，采用"访妻婚"，也就是女子结婚以后仍然住在自己父母的家里，男子出入女方的家门。进入镰仓时代，武士掌权，位于农工商之上的最高阶层，为了维护自身的地位，要求家庭的稳固，开始改变婚姻的形式。家永三郎在《日本道德思想史》中写道："与王公贵族保持访妻婚相反，武士好像比较早就开始把妻子迎娶到丈夫的家里来。"[1] 家永三郎还指出，迎娶制要求女子坚守贞操观念，维护家庭；但是同时女子也失去了自由。到了江户时代，女子更是成了生育继承人的工具，一夫多妻成为社会的普遍现象。不仅如此，他们还要求女子为家庭奉献，提倡"女子武士道"的牺牲精神。

在这方面，中国的侠讲求抛开一切而献身的侠义精神，自然包括为他人抛开儿女私情，不顾一切，解救危难。侠以此为美德。虽然也多多少少存在儿女情长，但是由于侠一般居无定所，与侠结合的女子得不到生活的保证，很难拥有稳

---

① 岩波书店 1969 年版，第 90 页。

定的家庭。所以游侠与妓女结缘的情况较多。在中国历史上，除了男侠之外还有女侠。这是因为封建社会女子的地位低下，为摆脱封建的束缚，她们以男侠的标准要求自己，以除恶扬善为宗旨，参与社会运动，结果成为女侠。中国的文学作品中也不乏女侠形象，兰草在《武魂侠骨》中就有所评述：

> 这类女侠还是具有传统侠客的英雄本色和侠士品格的。她们性格刚烈，疾恶如仇；她们仗义除恶，气吞山河；她们一身正气，凛不可犯。对奸恶好色之徒的挑衅调戏，决不手软，给予痛击。具有叱咤风云的侠风，是江湖上的一代英雄。[①]

中国虽然出现了女侠形象，但是与日本一样，大多数妇女仍处于被动的牺牲者的地位。所不同的是：日本武士家庭的妇女大多附属于家庭，而中国的女侠则没有稳定的家庭。

在对待女子的态度上，骑士与武侠、武士大不相同。在1247年骑士道的规定中包括以下四条：坚持每天弥撒；随时把生命奉献给信仰；守护公教会；保护寡妇、孤儿、贫困者。不仅如此，由于局势趋于和平，骑士从紧张的战争中解放出来，转而以在骑马比赛等活动当中，以能赢得前来观看的贵妇人的赞赏与礼物为他们奋斗的目标。骑士把对圣母玛丽亚的崇拜延伸到了贵妇人身上。[②] 可以说，在西方，和平时期的妇女尤其是贵妇人的社会地位比起中国、日本还是高的。

以上分析可以得出如下结论：武侠、武士、骑士各有不

---

①　解放军出版社 1999 年版，第 87 页。

②　度·皮伊·杜·克兰夏姆（Philippe du Puy de Clinchamps）：《骑士道》，川村克己、新仓俊一译，白水社 1995 年版，第 54 页。

同。中国的武侠不是统治阶级，处于社会底层，没有社会地位，他们的思想不是社会的主流，也不是社会追寻的理想，不能堂而皇之地登上历史的舞台。但是侠士们尚武、除邪扶正、仗义救人的精神却源远流长。与之相反，日本武士站在日本各阶层之上，拥有独特的社会地位，被要求遵守武士的行为道德规范，是日本漫长的历史中不可忽视的存在。武士道是统治阶级的主导思想，决定了武士的道德标准，也成为广大民众的追求。在行武的角度，武士与中国的"武侠"接近，但是从统治阶级的思想、地位的角度来看，武士又与中国的"士"接近。在比较的方法上，日本经常把武士道与中国作为主流思想的君子相比较，而中国经常把武士道与中国非主流思想的武侠相比较。二者都多有偏颇。综合地进行比较则是一种客观、全面的方法。骑士与武士类似，二者都是作为统治阶层而存在的，有相当高的社会地位及权利，是封建社会的统治力量。随着社会的不断安定，二者不断形式化，又不断衰败。由此可见，中国武侠的社会地位决定了他们的悲剧命运；而日本武士与西方骑士的统治地位决定了他们长时期的辉煌。

那么，明治维新以后武士道又是如何呢？

进入 19 世纪，随着西方列强对日本的渗透逐步加深，日本长期锁国的状态受到了严重的威胁。首先幕府时代末期，欧美列强的黑船来港，1853 年美国海军东印度舰队司令佩里的舰队抵达浦贺港，要求日本政府开港，并于 1854 年与日本缔结日美友好条约——神奈川条约。日本所处的形势越来越严峻，幕府面临开国和攘夷的选择。幕府打破惯例向京都的朝廷报告，并向各藩征求意见。在这一面临历史巨大变动的形势下，产生了对立的两种派别，即公武合体论和尊皇攘夷论。虽然都是为了强化政权，但是公武合体论主张借用皇室的权威进一步加强幕府政权的力量，而尊皇攘夷论则谋求提高天皇的权威，寻求幕府体制的安定，以使自己有能力对抗外国列强对日本的压力与威胁。然而在各种势力的抗争中，西南各藩的势力增强，爆发倒幕运动。终于，以萨摩藩（九州鹿儿岛县）和长州藩（本州西部山口县）为主的武士集团推翻了幕府政权，通过大政奉还，幕府把政权归还给了朝廷。

日本的明治维新，废除了武士身份。但是在倒幕运动中作为主力的萨摩藩、长州藩两藩的中下级武士被大量任用。除此之外，明治政府在成立初期，为了减少敌对势力，包容了公卿、诸侯；同时由于武士阶层的知识层次比较高，也吸收了诸藩的武士。在新政府中占据要职的人中公卿、大名占绝大多数。于是，武士转化而来的士族（以中下级武士为主）中产生大量精英，他们的政治地位不断上升，不少人成为明治政府的高级领导阶层的一员。其中代表人物有西乡隆盛、大久保利通、伊藤博文等等。这些中下层武士在推翻幕府政权的过程当中不断得到锻炼，实力不断增强。同时，他们长期处于武士阶层的底部，对武士政权的弊端了如指掌，他们身上带有打破陈规、开拓创新的精神。他们迅速摆脱封建武士的单纯食禄者的生存方式，开始适应近代化社会，在经济发展上下工夫，社会地位也因此逐渐占有优势。

明治政府取消了武士的身份，组建了近代的军队。军队招募了不少农民兵，但是这些农民兵没有武士那样的极强的集体意识，军队实力欠缺。明治政府1882年发布了《军人敕谕》，这是以天皇的名义宣布的命令。虽然军队仍然被掌控在明治政府手中，但是《军人敕谕》使天皇成为大元帅，天皇成为名义上的军队统帅者。《军人敕谕》规定军人必须对天皇效忠，它强调了对天皇的绝对服从，同时强调了礼仪、武勇、信义与节俭，而这些本来是武士的规范。另外，政府于1890年在民间也公布了《教育敕语》，这同样是以天皇的名义加以发布的法令。《教育敕语》灌输的是忠君爱国和儒教的道德，用以指导学生的思想。《教育敕语》被发往各个学校，渗透到学生的学习生活中，以通过品性教育把武士道的思想渗透于学生的头脑之中为目的，成为天皇制的又一支柱。《军人敕谕》控制了军人的思想，《教育敕语》控制了知识分子的思想。两者均提倡了武士道，囊括了文武两道的广阔领域。

总之，武士道思想虽然是日本江户时代及以前的古代封建思想道德，但是到了近代仍然发挥着重要的作用。武士的道德思想仍然左右着人们的思维。对武士道加以分析也就意味着对武士的传统道德思想加以分析，同时也是分析日本精神史的重要内容。虽然武士身份已经不在，但是武士的思想道德受到明治政府的提倡。因此，在取消了武士身份的近代照样遗留着武士道的精神因素是可以理解的。

同样是武士道，由于历史背景的不同，仍然有所差异，尤其是明治时代的武士道与江户时代的武士道存在着差异。为了加强统治，明治政府把天皇推到了最高领导者的位置，人们开始把效忠的对象转向天皇。但是，在明治维新之前，日本的政权虽然实质上由幕府来掌管，但是，幕府下边存在着无数的诸侯国。各个诸侯国各自为政，具有较大的独立自治权。因此，大多数武士效忠的对象不是幕府将军，而是自己的直接统治者。武士以自己的诸侯国以及诸侯国的主君为重，甚至有人为了遵从本藩国的利益而违背幕府命令。所以前代的武士是直接隶属于诸侯国的主君或城主的。到了近代，由于明治的国家统一，加强了国家意识，人们才逐渐产生了"天下意识"，把效忠的对象转变为天皇。这是极大地区别于以往时期的武士道道德的。人们把天皇、国家作为尽忠的对象，因此，国家意识、民族意识得到了极大的增强。不仅军人如此，即使以谋生与获利为目的的士族企业家也把国家利益置于优先地位，重视乡党的荣誉，珍爱企业家的名誉与形象。

明治时期日本士族知识分子群体内共同的出身，使这个群体中的各派成员在许多重要方面都有着高度的合意性，他们无一不把使日本跻身于世界列强之列当作奋斗的目标。"富国强兵"的口号使他们把国家的经济建设定为己任。于是，武士阶层传统的荣誉感、责任心和使命感，勇于面对现实、适应形势变化、不断进取向上的精神得到了有机延伸和提升，同时也使勇猛果断、不惜拼搏等精神得到高扬。武士道的精神很明显地对明治以后的经济振兴起到决定性的作用。但是另一方面，随着日本经济实力的增长，一种扩张欲望使日本的民族主义倾向增强，导致了日本的一系列对外侵略战争，这也是因为武士道，使他们只看重本国的利益，无视对他国人民的伤害。

第二次世界大战后，日本国民把全部精力投入到战后经济复兴中去，与明治维新经济振兴时期不同的是，由于战争的失败，国家意识被否定，强烈的受挫情绪使国民放弃了"为国效忠"的理念。但是，另一方面他们把这种效忠意识又应用到了公司、企业。随着"终身雇佣制"、"年功序列"制度的设立，职员成为公司、企业的"武士"，公司、企业成为他们"效忠"的对象。

20世纪80年代以后，日本开始慢慢倾向于能力主义。

同时，由于经济的不景气，为减少公司的支出，各个公司大量削减职员，并倾向于雇佣临时职员、合同制人员。"终身雇佣制"、"年功序列"出现了缺口，一心以企业为公的思想随之开始淡化，传统武士道精神受到了冲击。

然而，一些社会人士，看出了人们传统思想出现的危机，开始出版各种书籍，以各种方式呼吁武士道精神的再现。其中藤原正彦的《国家的品格》对武士道采取提倡的态度，成为畅销书，2005年11月出版，仅仅半年的时间就再版三十次。可见武士道仍然是一个人们关心的话题。然而，武士道是封建时代的产物，提倡的是对君主和天皇的愚忠。随着科学和经济的发展，民主已经深入人心，武士道已经过时。现今有关提倡复兴武士道、回归武士道的书籍越来越多地出现，不排除一部分右翼分子的极端民族主义的精神空虚和别有用心；同时也不能不看到：（1）武士道已经成为强弩之末；（2）青年一代不再热衷于武士道；他们对于武士道，不过是当作一种历史来了解。所以当今提倡武士道已经不合时宜，相反人们对电视连续剧《阿信》中所表现的日本民族传统的吃苦耐劳的精神，具有更高的热情。

二

从古至今，武士道精神渗透在方方面面，在文学方面的表现也很突出。回顾一下日本文学与武士道的关系，不难看出每个时代都出现了众多的武士题材文学作品，它们贯穿于日本文学历史发展的全过程。

日本古代就有尚武的传统。日本现存最早的文学作品《古事记》中，神话人物须佐之男命、大国主命、倭建命等都具有勇猛善战的特性。而倭建命被称为"日本武尊",被所有武士崇拜。传说倭建命是景行天皇的儿子,受天皇之命讨伐熊袭一带,之后又东征,平定东国。途中,他在骏河一带用草薙剑赶走野火;在走水之海,多亏了妃弟橘媛的牺牲避免了海上之难。归途中,倭建命本欲征讨近江地区的伊吹山神却不幸患病,在伊势的能褒野去世。据说他用过的传说中的草薙剑被保存在名古屋的热田神宫,是日本皇室的三大神器之一。

随着迁都平安京,将近四百年的平安时代拉开了序幕。为了保护庄园,分别出现了武士与僧兵,武力集团之间冲突不断,战乱不断。这一时期,虽然贵族文学的影响仍然较强,但是出现了历史物语,如《荣花物语》、《大镜》、《今镜》、《水镜》、《增镜》等。历史物语从以古鉴今的角度,以半历史、半文学的手法描述历史发展的轨迹。《将门记》被认为是描写武士争斗题材的军记物语的开端,文学界把它视为军记物语的鼻祖。承平·天庆年间(10世纪前半期)平将门与藤原纯友陆续在东部与西部掀起战乱,是打破平安时代太平的大事件,给予京城、朝野以极大的震动。《将门记》是以"将门之乱"为题材创作的作品,是平将门被平贞盛、藤原秀乡灭掉之后不久创作出来的。文章不只是单纯的记录,还引用了经典故事。这是一本把史料和超出史料的创作加以综合而成的小说性作品。类似的作品中还有描写安倍赖时·贞任反乱的《陆奥话记》。平安时代的另一部著名作品《今昔物语》(12世纪上半期),表现了对贵族社会下层及外延的关心,并展现了丑恶、凄惨的社会阴暗面。《今昔物语》中除了散在的武士题材的作品,在本朝"世俗部"卷二十五集中生动形象地描写了武士的活动、生活、伦理。其中的第十二篇《源赖信朝臣之子赖义射杀盗马人的故事》是最具代表性的,描写源赖信与儿子源赖义二人配合默契,深夜射杀盗马人的经过。平安时代的以上作品预示了下一个时代——武士时代的到来,开辟了新的军记物语的道路。

1192 年日本第一个武士幕府政权由源赖朝在镰仓建立,随之在文学领域中出现战记物语的形式,反映了时代的战乱。它是由回忆、记录见闻的形式发展而来的,琵琶法师选取其中作品加以演奏,使其不断被传颂开来。《保元物语》描写了保元之乱,《平治物语》描写了平治之乱,二者表现了镰仓时代武者的生活。

《保元物语》被认为是镰仓时代初期的作品,以源为朝为中心描写了保元之乱,确定了源为朝的英雄形象,给后世的文学以较大的影响。保元之乱开始于平安时代后期,鸟羽法皇与崇德上皇①因为皇位继承的问题开始对立,1155 年后白河天皇继位,上皇更加不满。同时,在辅佐天皇执政的摄关家内部,藤原忠通、藤原赖长两兄弟也开始争夺关白的职位。1156 年(保元元年),法皇去世,上皇与藤原赖长纠结在一起招来源为义、源为朝、平忠正等武士,计划讨伐后白河天皇、关白藤原忠通。结果,由源为义之子源义朝与平忠正的侄子平清盛率领的武士集团击破上皇方面的武士集团,藤原赖长战死,源为义被斩,上皇被流放。保元之乱以后,武士开始有机会进入中央政界。源义朝虽然与平清盛都是保元之乱的战胜方,但是获得的酬报却远远不及平清盛,于是在保元之乱三年以后,1159 年源义朝与藤原信赖掀起了平治之乱,最终却因受到回京的平清盛的攻击,源氏大败。源义

———————————

① 上皇:天皇让位后的尊称。

朝之子源赖朝被流放到伊豆,源氏开始衰落,1167年平清盛成为太政大臣,平氏开始了鼎盛的时期。

《平治物语》记述了平治之乱,被称为《保元物语》的姊妹篇。二者写作手法接近,也有把二作品的作者视为一人的看法。《保元物语》以出色的对打场面受到较高的评价;《平治物语》则以源义朝长子源义平与平清胜长子平重盛马上一对一的对打场面最为有名。

镰仓时代最具代表性的军记物语是《平家物语》。《平家物语》描写了长达十多年的源平之乱(1177—1185年),是最具代表性的战记物语,其内容被琵琶法师广为传颂,并作为"平曲"流传至今。作品描写了从平氏家族的发展到平清盛的残暴以及平氏家族的灭亡,同时描写了敌对武士集团源氏集团的兴起以及日本各地的战乱和源氏的胜利。《平家物语》记述了源氏、平氏等武士集团的兴衰。《平家物语》开篇中写道:

> 祇园精舍的钟声,有诸行无常的声响,
> 沙罗双树的花色,显胜者必衰的道理,
> 骄奢者不久长,只如春夜的一梦,
> 强梁者终败亡,恰似风前的尘土。①

武士社会是无常的世界,兴盛衰亡,难以预测。这种现象在后来的能、净瑠璃、歌舞伎等艺术形式中也有所体现。

镰仓时代后期的军记物语有《太平记》,进一步表现了武士集团争斗的惨烈场面。《太平记》长达四十卷,描写了

① 《平家物语》,周作人译,中国对外翻译出版公司2001年版,第3页。

南北朝时期（1336—1392 年）长达五十多年之久的战乱；后醍醐天皇的建武中兴；描写了这一时期的武士政权——足利幕府的发展以及幕府内部的矛盾冲突。《太平记》是仅次于《平家物语》的军记物语的代表作品，在江户时代有利用《太平记》中的典故向大名讲解政治的做法以及向平民讲述军事故事的做法。《太平记》中充满了勇壮与悲哀：听说丈夫被捉遭到杀害，妻子带着孩子投水自尽，赶回来的丈夫悲不胜悲，也随之投水自尽；楠正成决死奋战，带领极少数武士冲入数万的敌方阵营中，冲杀之后与六十四名武士一起剖腹自尽……《太平记》与《平家物语》等以往的军记物语相比，描写的战争时期长，惨烈的战斗场面明显增多。

《曾我物语》与《义经记》是战记物语的延续，作品中虚构的成分增多。《曾我物语》描写的是曾我二兄弟替父报仇的故事。这个故事是日本历史上最著名的三大复仇事件之一。其他两个复仇事件都是江户时代发生的，一个是荒木又右卫门的"键屋路口仇讨"，一个是"赤穗事件"。前者经常出现在文学作品中，后者则被改编成剧本《假名手本忠臣藏》，成为经典剧目，常演不衰。《曾我物语》发生在平家兴盛时期，复仇的地点在富士山脚下，复仇之时，哥哥十郎佑成二十一岁，弟弟五郎十九岁。虽然复仇成功但是哥哥当场被杀，弟弟被捕，并被判以死刑。当年他们的父亲被杀害时，哥哥五岁，弟弟三岁。当时，他们的母亲伤心过度，几近疯狂，她鼓励儿子们为父亲复仇。于是，为父亲复仇成了兄弟俩唯一的目标。这是一个典型的悲剧。对曾我二兄弟的同情，使《曾我物语》等一系列曾我兄弟复仇题材延续至今。《义经记》描写源义经的生平及其被其兄排挤而自杀的悲剧人生。作品对个人生平的描写是其写作特色。源义经曾经任过

"判官"一职。在日语中"同情"一词常被说作"判官同情",从中可看出日本人对弱者的同情以及对源义经的敬爱程度。作品描述了源义经少时的经历,源义经的失意,把重点放在逆境中的源义经身上,溶进了源义经的一些传说。比起军记物语,《义经记》的故事性、通俗性较强,带有抒情的成分。其中源义经的随身侍从弁庆的经历很有戏剧性。《曾我物语》、《义经记》虽然是战记物语,但是与其他战记物语不同的是:比起战斗的场面,更多地放在英雄人物的描写上。曾我兄弟与源义经以及源义经的随从弁庆受到大众的欢迎,他们的故事流传下来,以"曾我物"、"判官物"等故事类型影响到近世文学。谣曲的《桥弁庆》、《船弁庆》、《安宅》,歌舞伎的代表剧目《劝进帐》等许多剧目都由此取材。

室町时代,"能"和"狂言"等是极具代表性的戏剧形式。能是由中国的"散乐"经"猿乐"发展来的,并由喜剧的形式向幽玄的文学境界发展。由于受到幕府的支持,作为幕府推进武士文化的代表形式不断演变。能发展到近世已细分为五类,其中"修罗物"是以赖政、敦盛、清经等战死的武人的魂灵再现为主的能。为体现幽玄的主旨,世阿弥常选战记物语如《义经记》等为题材。与能宣扬武士的勇猛相对,狂言是具有喜剧色彩的戏剧形式。狂言以讽刺世俗为目的,武士就是狂言的讽刺对象之一,大名狂言、小名狂言等就是这一类,多讽刺、嘲笑武士的愚蠢、无能。

近世是武士权利最强大的一个时期,武士题材的文学作品更是数量繁多。近世文学代表作家井原西鹤(1642—1693年)的作品除了好色小说、杂记、市井小说之外,还有武家小说。其武家小说的题材涉及武士面临的挑战——"仇讨"以及武士间的情义。其中,《武道传来记》(1687年)是对各个藩国"仇讨"故事的汇编。复仇是任何国家的文学中都会出现的题材。然而,"仇讨"是日本武士时代的一种特殊现象,到了江户时代,"仇讨"更加规范化:可以为年长者、长官复仇,不能为晚辈、下属复仇;必须事先向主君提出申请,得到许可;必须事先向官府提出申请,才能采取报复行动;不得在将军祭祀地采取复仇行动;必须最后给仇人以致命的一击,以区别于一般的打架斗殴。从曾我兄弟复仇到江户时代,仇讨已经明显制度化。井原西鹤在《武道传来记》中撰写了三十二个复仇故事,描写了仇讨的艰辛与无奈。比如《无分别见越的木登》中主人公三岁父亲被杀,十五岁申请仇讨,寻找仇人不得,路上母亲与叔父被山上的土匪杀害。后来,他发现自己跟随的主人原来就是自己寻找多年的仇人,仇讨成功。但是这时家乡的主君已经换代,没人为他出面证明,最后以谋杀主人罪被判死刑。仇讨行为虽然被人称赞,仇讨成功也会带来家族荣耀,但是最初仇讨的冲动往往起因于极其细微的小事,为之复仇的人则需要把自己的一生都投入到仇讨中去,而且往往只是一种徒劳的、没有结果的行为。井原西鹤在类似题材的描写中,明显地反映了仇讨的弊害,对仇讨行为采取批判态度。《武道传来记》创作结束十个月之后,井原西鹤又发表《武家义理物语》(1688 年)。《武家义理物语》共计二十七个短篇,记述了人们为了报恩,舍弃了自我;为了守约一起吃一顿早饭,远途冒雪而至;受死去朋友的委托照顾朋友的妻子与孩子,到七十多岁依然如故……武士的这种为了"义理"的行为是舍身的、忘我的。井原西鹤的《武道传来记》与《武家义理物语》反映了典型的武士生活。

近世的戏剧非常兴盛,代表形式为净琉璃、歌舞伎。它们仍然离不开武士的题材。1702年演出的歌舞伎《假名手本忠臣藏》是竹田出云（1691—1756年）等三人合作完成的剧目，流传至今，经久不衰。它是以当时发生的赤穗复仇事件为背景加以改编创作的。作品的时代背景被设定到了更早的南北朝时期（《太平记》时期）。作品描写了主君受到污辱剖腹自杀，沦落为浪人的四十七名家臣卧薪尝胆为主君复仇并在如愿后剖腹自杀的经过。为主君复仇是武士应尽的义务，是值得称赞的行为。虽然武士们实现了复仇的愿望，但是被处刑。剧本戏剧性很强。赤穗浪士的复仇事件通过歌舞伎的形式广为流传。"忠臣藏"的故事是日本人欢迎的话题。即使现在，每年都会出现在电视、电影、杂志、书籍中。这一悲剧博得了人们的同情，也表现了现实生活中的武士道。

最著名的净瑠璃、歌舞伎作家当数近松门左卫门（1653—1724年）。近松武士家庭出身，其作品既有当代题材的《曾根崎情死》、《情死天网岛》，也有历史题材《国性爷合战》、《平家女护岛》等等。作品以描写家臣忠于主君并为此忍受困苦为主。1715年近松门左卫门写出剧本《国性爷合战》。这是以一个叫"和藤内"的人物为主人公的作品。他的父亲是中国人，母亲是日本人。和藤内的"和"指日本；"藤"与"唐"的日语读音一样，暗指中国；"内"的日语读音表示"不是"的意思。"和藤内"表示"既不是日本也不是中国"。由于和藤内后被明朝赐姓，因此称"国性（性应为姓）"，这就是郑成功。郑成功是一个历史人物，但是《国性爷合战》的虚构成分极强。作品描写了和藤内与父母从日本回到中国，为的是实现反清复明的大业。他的父亲郑芝龙本是明朝的忠臣，由于当时向明朝皇帝谏言而遭流放，锦详女是父亲留在国内的女儿，她为了规劝其夫狮子城城主甘辉将军剖腹自尽。甘辉由此深受感动，终于同意与郑芝龙、和藤内联合对抗鞑靼，他们与携带小皇太子躲藏多年的吴三桂联合，打败鞑靼，收复了南京城，扶小皇太子继位。《国性爷合战》接触到了异国题材，主人公又是日本人的后代，同时故事中表现了义理与人情的矛盾的悲剧性因素。上演以后，受到锁国多年的日本观众的热烈欢迎，三年持续不衰，掀起了国性爷热，成为一部经典的歌舞伎剧本。但不容置疑的是这一剧本激发了日本人的民族意识与扩张倾向。①

在近世文学中还存在另一种形式的文学作品——读本小说。代表作家上田秋声（1734—1809年）创作的《雨月物语》最具代表性。《雨月物语》取材于中日两国的古典，描写了九个短篇志怪小说。《菊花之约》的情节是这样的：一个武士在外偶然受到一学人的帮助，二人结为朋友，并约定九九重阳再会。但是到了约定的那日，那学人朋友怎么等都不见武士朋友来访，最后在门口正欲失望而归时，武士从家乡赶到了，却不是真身，已经是阴魂。原来武士的家乡起了争斗，他被囚禁不能如约前来，于是他想到"人不能日行千里，魂魄则可以为之"这句话，为了实现诺言，就自杀化作阴魂前来见朋友。这篇小说赞美了武士守约的美德。

《水浒传》流传到日本之后，19世纪初江户文坛出现了《水浒传》热潮。日本作家曲亭马琴（1767—1848年）效仿《水浒传》，前后用了八年的时间创作了巨著《南总里见八犬传》（简称《八犬传》）。作品的主人公是八个名字中带有犬字的武士，作品描写了这八个武士各自不同的出生经历及其之后的邂逅、团圆与为主君效力的故事。《八犬传》描写了

① 王向远：《日本对中国的文化侵略》，昆仑出版社2005年版，第24页。

南总里见家盛衰兴亡的历史：里见义实战败以后，逃至安房（现千叶县南）。敌方诅咒说里见的儿孙将变成犬类，成为畜生。在安房与其他势力争斗时，难分难解，几近失败，里见义实对爱犬八房说：如果它能够帮助自己战胜对方，则把公主伏姬嫁给他。结果八房拿下对方的首级。这时，里见义实要反悔，女儿伏姬阻止了父亲，与八房一起走向森林。里见义实不甘心，私自招孝德为婿，派他外出寻找伏姬。结果，孝德击毙八房，不慎误射伏姬，伏姬剖腹身亡，从腹中飞出八颗珠子，分别写有"仁"、"义"、"礼"、"智"、"忠"、"信"、"孝"、"悌"八个字。这就是后来八个武士每个人身上带着的珠子。《八犬传》宣传了儒教的思想，主张舍弃一切为主君效忠。因此，《八犬传》宣传的是一个"忠"字。作品受中国文学的影响较大，故事情节比较荒诞、离奇。

综上所述，武士政权——幕府持续了将近七百年，作为其精神支柱的武士道也有相当长的历史，武士道的思想影响了日本，渗透在各个领域。其因素同样存在于众多的古代与近代的文学作品中。那么其研究状况如何呢？查阅相关资料我们可以看到：国外的武士道研究多倾向于从思想、历史的角度进行分析；日本对武士文学的研究则更多地局限于对镰仓幕府、南北朝、室町幕府时期战记的研究，而且更多集中在《平家物语》，其次为《太平记》、《保元物语》等等，而对其后的武士文学较少涉及。因此，到目前为止，日本的武士文学研究多侧重于单项研究，而从武士道角度对文学现象进行分析、探讨武士道与文学的关系的论著，只有《今川了俊：武士道与文学》①、《太平记与

① 儿玉敬一著，三省堂1944年版。

武士道》①、《司马辽太郎的"武士道"》② 等少数几部论
著，数量极其有限。更难见到把武士道与文学的关系进行
系统梳理的研究专著。

那么在中国国内的研究状况又如何呢？中国国内已出版
的论著有《武士阶层与日本的近现代化》③、《武士道与日本
传统精神》④、《武士道与中国文化》⑤、《山本五十六：从
"贫寒武士"到"战争赌徒"》⑥、《樱花·武士刀：日本政要
与台湾五大家族》⑦ 等等，港台的比例较大，主要是从文化、
历史的角度研究评论，显示了对武士道研究的重视，并有从
武士道的角度研究近现代日本社会状况的尝试。三岛由纪夫
的剖腹自杀使人们关注武士道，开始作为反面教材，大量译
介他的作品，并从武士道的角度批判三岛由纪夫。这曾经掀
起了一个批判的热潮。但是，关于武士道与文学的论述，只
是散见于对《平家物语》等战记文学作品的译介及简单评
论，局限在介绍、评论个别作家及个别作品，没有进行更深
层次的系统研究。

因此，无论是国内还是国外，对武士道与日本文学的研
究都有待进一步深入。

三

从古至今武士道与日本文学关系密切，日本许多文学作

---

① 高木武著，教学局 1938 年版。
② 石原靖久著，平凡社 2004 年版。
③ 李文著，河北人民出版社 2003 年版。
④ 林景渊著，自立晚报社 1990 年版。
⑤ 林景渊著，锦冠出版社 1989 年版。
⑥ 廖上仁著，普全文化事业公司 1985 年版。
⑦ 司马啸青著，自立晚报社 1988 年版。

品反映了武士的生活以及他们的思想。明治维新之后，武士政权退出了政治的舞台，但是掌权者却为强藩的武士。虽然武士身份被废除，但是，武士道已经渗透到人们的生活中去。在明治政府各部门和社会各界，武士仍然发挥着主导的作用。第二次世界大战之后日本的经济发展，武士道的作用与影响是不可或缺的。大量描写武士生活的文学作品面世，有的作家表现出了对武士道的留恋，也有部分作家表现了对武士道的批判态度。因此，对武士文学进行梳理，从武士道的历史、文化的角度对其进行更进一步的挖掘是很有意义的。一般来说，明治维新以后到第二次世界大战日本战败之间的文学被称作"近代文学"，日本宣布战败以后到现在的文学被称为"现代文学"，本书涉及的作家及作品跨越两个时期，因此本书的题目定为"武士道与日本近现代文学"。

　　明治维新之后，纯文学作家森鸥外（1862—1922 年）1912 年一改浪漫主义的笔风，由乃木殉死引发创作了《兴津弥五右卫门的遗书》，从此开始了历史小说的创作，对武士道德加入自身的理解。类似的作品还包括《阿部一族》（1912 年）、《佐桥甚五郎》（1913 年）、《护持院原的复仇》（1913 年）、《堺事件》（1914 年）、《高濑舟》（1916 年）等等。与森鸥外同时期的作家夏目漱石（1867—1916 年）在代表作《心》（1914 年）中涉及"明治精神"、"殉死"，从中可以看出其对武士道的思考。菊池宽（1888—1948 年）的作品涉及武士复仇与报恩的题材，创作有《一个敌打故事》（1918 年）、《报恩的故事》（1919 年）、《忠直卿行状记》（1919 年）、《仇讨三态》（1920 年）。这些作品从不同的角度对报恩及复仇提出了质疑，是近代对前近代的思考。与菊池宽同时期的芥川龙之介（1892—1927 年）对武士道也有其独到的理解。其作品《罗生门》（1915 年）、《竹林中》（1921 年）等都出现了武士的形象，《手绢》（1916 年）、《将军》（1922 年）是对近代人对武士道的认识的描述。作家三岛由纪夫（1925—1970 年）推崇武士道，1970 年三岛由纪夫冲入自卫队以武士剖腹的形式自杀。他的思想在其作品《假面告白》（1949 年）、《忧国》（1961 年）、《英灵之声》（1966 年）等中有所反映。纯文学作家远藤周作（1923—1996 年）的《侍》（1980 年），也是武士题材的作品。

事实上，比起纯文学，大众文学中武士道题材的作品数量要多得多。但是一般来说，日本的文学研究者很少把大众文学作家与纯文学作家相提并论。同样是近代文学，比起大众文学，日本文学界一直以来更重视纯文学，认为纯文学的格调较高。这主要是因为日本在近代化的进程中，急于效仿西方，忙于进行近代自我的确立。所以接受西方近代文学的意识较多，忽视了近世以来的庶民文艺的传统，并且把其作为通俗的东西加以拒绝。这样一来，其结果是：在日本近代文学史的记述中几乎没有大众文学的位置，所谓的文学史就是纯文学的历史。

但是，大众文学的读者群范围却更广。让我们看一下大众文学的历史。日本的大众文学是在关东大地震（1923 年）的一两年后作为新兴文学伴随着媒体的发展而发展起来的。最初是把一些战争故事、复仇故事、家臣骚乱等传统的讲谈故事以文字的形式发表，促进了讲谈的发展，之后又向文艺读物的方向发展。由于受第一次世界大战以后民主主义的影响，初等教育普及，读者数量大增，报纸的发行量也不断增加，大众性杂志不断涌现，作品发表的舞台扩大，促进了大众文学的新领域的形成。关于大众文学的创作，白井乔二

（1889—1980 年）指出："我们理想中的大众文艺是把着眼点放在以往的文学，也就是纯文学爱好者之外的读者所要求的文学上。"① 菊池宽也指出："只有少数的天才和能人垄断创作的权利的贵族文艺政治已经是过去的事情。一个新的时代已经到了，这个新时代既允许天才把其非凡的空想尽情地描写出来，也允许凡人把其平凡的、但是又是万人共通的空想一点一点地描绘出来。"② 看来大众文学的着眼点一开始就是站在与纯文学不同的立场上的。

所谓"大众文学"，"一般是指被大量生产、大量传播、大量消费的商品性文学，内容上虽然是为了大众读者的娱乐，但是不仅仅是有趣、滑稽，也具有走在大众没有预知的事物之前，把其表现出来，提供给读者一个启发的作用。在这个意义上，可以说是与大众共同创造文学"。③ 在日本，比起纯文学的作品，大众文学的读者居多，读者对大众文学作品的接受可以表现出国民的心态。所以，研究日本大众文学是具有相当大的意义的。

大众文学的里程碑式的作品是中里介山（1885—1944年）的《大菩萨岭》（1913 年），这是一部打斗题材的巨著。事实上，日本的大众文学从发生初期，就以打斗题材、虚构成分较强的时代小说为主。尾崎秀树认为：大众文学之所以以时代小说为开端，这与武士阶级统治的时间久，大众喜欢打斗题材有着密切的关系；其次，与封建遗风的存在，难以在与明治维新以后的近代题材上寄托大众的梦想有关系；另

---

① 转引自尾崎秀树：《大众文学的历史》（上），讲谈社 1990 年版，第 19 页。

② 同上书，第 40 页。

③ 同上书，第 10 页。

外，还存在着成为文学底流的、没有向近代发展下来的近世文学的复权的要素。他还认为这也是受到了中国的传奇小说和西欧的恶汉式浪漫主义文学的影响，是寻求虚无与破坏的知识分子的文学。① 在日本文学当中，描写武士等历史题材的作品一般分为两种类型：一种为尊重历史的"历史小说"，比如森鸥外创作的《兴津弥五右卫门的遗书》与《阿部一族》等；一种为以虚构为主的"时代小说"，比如吉川英治（1892—1962 年）的《宫本武藏》（1936 年）、山本周五郎（1903—1967 年）创作的《予让》（1952 年）、柴田炼三郎创作（1917—1978 年）的《决斗者　宫本武藏》（1970 年）等。前者往往被包括在纯小说范围之内，后者基本属于大众文学。所谓"尊重历史"② 就是极力排除主观，遵照事实客观地进行描述。虽然如此，但是到底哪些是事实，在创作的过程中难免会有歧见，从而变成主观性的"尊重历史"。另一方面，脱离了历史的虚构，主观因素极强，甚至有一些作品完全是借助历史进行的自由创作。

纵观日本文学史，明治维新以前的江户时代，大众文学的特征已经非常明显。实际上，日本文学的发展是由原始的一般性文学向贵族文学的发展，之后又由贵族文学不断向大众文学转变的过程。到了江户时代，作为大众文学基础的"町民文化"发展到巅峰，出现井原西鹤、近松门左卫门等作家，以及净瑠璃与歌舞伎等表演形式。大众文学成为主流，在文学史的叙述中这些文学作品占据着极其重要的位置，而

---

① 尾崎秀树：《大众文学的历史》（上），讲谈社 1990 年版，第 12 页。
② 森鸥外 1915 年 1 月在杂志《心之花》上发表《尊重历史与偏离历史》一文，谈到了在创作历史小说时对历史史实的处理，成为历史小说评论的重要文献。

这一时期又是日本受中国文学影响比较大的一个时期。

关于中国思维方式与日本的不同，加藤周一认为：在中国的传统中，正像宋代的朱子学所代表的那样，向总体体系靠拢的意识比较彻底。也就是说中国人想从普遍的原理出发分析具体的情况，取其整体包住局部；而日本人执著于具体的情况，注重特殊性，倾向于从局部到整体。① 总的来说，中国宏观的观念比较强，注重整体的结构，而日本更注重细节，整体结构比较松散。这在日本文学上的表现上就是视野相对狭小。但是，在江户时代，中国的话本小说《水浒传》、《红楼梦》、《西游记》等传到了日本，日本受到中国文学的影响，对作品加大了宏观的设计，在文学中加入了大量的宏观描述。《南总里见八犬传》就是一个例子。它学习了不少《水浒传》的创作方式。但是，它的视野仍然不够广，人物的设计没有《水浒传》的一百零八将，而是八个名字带"犬"字的勇士。

比起日本文学，中国古代文学也是以贵族文学为主，其主要形式为诗歌。但是，在中国很多文人墨客到处游历，视野较广。明清文学中产生不少如《金瓶梅》等通俗、色情的文学作品，并对日本的文学带来较大的影响。进入近代，"五四"运动以来开始提倡新小说，描写大众的生活。但是新文学以启蒙大众为目的，排斥通俗文学。延安文艺座谈会上进一步强调"文艺为工农兵服务"，主张文艺的民族化、大众化。因此，中国的近代文学比较切近大众的生活。

日本的文学到了近代由于受到西方文学的影响，摒弃大众文学，重视纯小说，文学开始远离大众。

---

① 加藤周一：《日本文学史序说》（上），筑摩书房1980年版，第8页。

在 20 世纪前半期"文坛"创造出"私小说"之后，比起江户的戏作小说，文学的素材被限定在更狭小的范围。作家已经除了他日常生活之外其他什么也不写。作家的日常生活不会离开家庭、与编辑的接触、朋友间的交往。由于两次世界大战之间的马克思主义的影响，产生了描写劳动者生活的小说，但是除了通俗性的大众小说之外，近代日本的文学作品中，描写创造出近代日本的人们、政治家和企业家、学者和技术人员、农民大众的作品，少之又少。其理由很简单，主要是因为职业文学家整个身体被束缚在文坛里，几乎不了解政治、企业、学术、工业生产和农村等的实际情况。①

可见，日本的纯文学明显地脱离大众。在这种情况下，大众文学应运而生，弥补了纯文学的不足。日本纯文学的性质决定了大众文学的市场。而且大众文学的影响不断扩大，到了现代虽然大众文学在文学史上的地位仍然不高，但是开始出现纯文学与大众文学的界限不断模糊的情况，主要表现在作为纯文学奖项的"芥川奖"与作为大众文学奖项的"直木奖"界限的模糊。

由以上分析可以看出，虽然中国和西方也分别存在描写侠士和骑士生活的文学作品，但除了由于侠士、骑士与武士的不同而导致的文学表现的不同之外，日本武士文学与中国的侠士文学、西方的骑士文学还有以下不同点：（1）善恶立

① 加藤周一：《日本文学史序说》（上），筑摩书房 1980 年版，第 23—24 页。

场不鲜明。中国由于受儒教以及佛教的影响，劝善惩恶，主人公与恶势力作斗争，痛快淋漓。西方的骑士文学也是以善勇战胜邪恶为结局。但是，日本却不同，日本赞赏的是对事物的执著，而不是急于进行善恶的判断与较量。（2）日本文学创作很少借用非自然的力量，而是更多地强调精神的力量。受中国文学的影响，《南总里见八犬传》的虚幻离奇的色彩较浓厚，其他作品对于剑术等描写比较平实。然而，中国的武侠文学和西方的骑士文学分别受中国道教的仙术和西方的幻术的影响，更多地加入了玄妙的描写。金庸武侠小说就是一个代表性例子，《射雕英雄传》、《神雕侠侣》中的设定把读者带到了一个非现实的世界。（3）日本的武士文学相对正统。而中国的武侠文学描写的是底层的武侠形象，因此作品中充分表现出了适合于平民的幽默感，同时存在世俗化倾向，甚至带有色情描写。骑士文学与武士文学接近。当然，武士文学中也有一些描写浪人题材的作品，这些作品的世俗色彩比较浓厚。（4）日本的历史观与中国不同。日本人往往把历史的推移当作四季的变化一样看待，而不是把历史当作可以人为变革的事物。并不是把人看做可以左右历史的存在，而是理解成一种被动的立场，是受历史的影响而变化的。因此，日本人"把历史作为'时光的流逝'而描述，由此产生了宿命式的无常观、达观以及把人作为点缀来处理的手法"。① 可见，日本是讲求顺应自然的。

那么，日本的作家为什么会创作出大众文学作品呢？这首先与大众文学作家有着艰苦的生活经历有关系，吉川英治、山本周五郎等人都备尝艰辛，他们的经历具有大众性；其次

① 尾崎秀树：《历史文学夜话》，讲谈社1990年版，第21页。

与作家的文学修养有关系，很多作家都有很丰富的江户时代的文学修养；另外他们以大众为读者对象。如果说纯文学表现的是近代自我确立时期的知识分子的苦恼，那么大众文学则体现了更广范围的读者的需要，并给他们以影响。最后也是非常重要的一点，武士道的内容渗透在日本近现代文学中。这一点与近现代的不少武士道题材作家与武士阶层存在一定的联系有关。比如，20世纪30—40年代的代表作家吉川英治的父亲曾经是武士，战后代表作家司马辽太郎（1923—1996年）的祖先也与武士有千丝万缕的关系。

> 在现今所知道的范围之内，司马的祖先是武士的可能性很大。据说是战国时代固守播州（兵库县的西南部）英贺城与秀吉军作战，但是结果被歼灭的武士集团之一的宇野氏。①

司马辽太郎的祖先是否是武士暂且不论，其祖父惣八虽然是个卖小点心的商人，却是个"崇拜武士的男人"。

> 虽然是百姓，却系着武士的发髻。即便是到了明治也不改变，直到到了日俄战争结束才终于剪掉。对于惣八来说，那以后才是明治吧。这种固执证明了他拘泥于武士的程度之深。由此可以清楚：对于司马来说，"崇拜武士的男人"不只是历史和资料中的人物。②

---

① 小林龙雄：《司马辽太郎考——道德的紧张》，中央公论新社2002年版，第55页。
② 同上书，第56页。

所谓大众文学一般来说具有两方面的要素：一是迎合读者的心理，娱乐的性质比较强；二是在大众的修养上下工夫。提到时代小说的作用，"时代小说会"认为："时代小说的主流是面向成人的作品。成人具备而孩子不具备的是修养。阅读时代小说与不阅读时代小说的人修养的程度大不相同。可以说曾经起到把少年引导向成人的作用的时代小说，现在成了学生成为大人所必需的'修养课程'。'大学毕业读读时代小说吧'，这已经成为口号。也就是说，时代小说里包含着人生与社会之间所有东西的精华。作家在作品中可以写任何东西，读者可以从中发现自己寻求的东西。"① 这里强调了大众文学在提高修养上的作用。在大众文学作品集中，也有以国民文学作品选的形式被出版发行的情况。大众文学就是国民文学，这表示了大众文学的民族性。所谓大众的就是民族的，因此在大众文学中弘扬民族精神的要素比较强。在面临外来压力时，在对外战争时期，大众文学的这一特性表现得尤为突出。出现了一系列的民族主义大众文学作家，他们加入"笔部队"②，创作大量的文学作品，对士兵的侵略扩张情绪起到了推波助澜的作用。

值得指出的是，近代虽然没有武士的存在，但是武士道题材的文学作品数量依然很多，对近现代武士道题材文学的研究可以使我们进一步了解日本。那么武士道在文学上到底有何表现呢？在日本近现代文学当中，先后出现的以武士道为题材的大众文学作品大致可以分为以下几种：传奇时代小说、剑豪小说、捕物帖、股旅物、忍法小说、残酷小说。值

---

① 时代小说会：《时代小说百番胜负》，筑摩书房1996年版，第15—16页。

② 王向远：《"笔部队"和侵华战争》，北京师范大学出版社1999年版。

得指出的是这些作品为了吸引读者，难免会带有打斗、色情等方面的描写。

中里介山（1885—1944年）的《大菩萨岭》（1913年）、大佛次郎（1897—1973年）的《鞍马天狗》（1924年）是两部最著名的传奇时代小说。《大菩萨岭》的主人公机龙之助是一个虚无的形象。小说开篇描写了机龙之助杀人的场面：当着一个十二、三岁的女孩，无缘无故杀死了其父亲。贯穿全篇的是机龙之助自发的、无意义的杀人。机龙之助认为：除了杀人没有别的事情可做，除了杀人之外没有乐趣，也没有意义。全篇出现的人物大多是失去家庭、到处漂泊的人。作者中里介山终身独身，与父亲始终不合。作品中的人物关系与此不无关联。作品《鞍马天狗》的背景被作者设定在幕府末期，在都城里提倡"勤王攘夷"的长州藩、萨摩藩的武士们，与为了维护旧体制而组织的暗杀集团"新选组"，时时在暗中较量。蒙面人"鞍马天狗"帮助勤王的志士们在暗地里像风一样疾驰奔波。他与曾做过盗贼的同伴吉兵卫、杉作少年出没在各个地方，甚至渡海到了上海。他是作品中最主要的英雄形象之一。此作品共有长、短篇四十六篇。

20世纪20年代末期出现剑豪热。柴田炼三郎、山本周五郎、五味康佑（1921—1980年）就是其中有代表性的作家。关于柴田炼三郎与山本周五郎在以后的分析中会有所论述，在此介绍一下五味康佑。五味康佑的代表作为《柳生武艺帐》（1956年）。柳生家族是一个大的习武集团，在历史上名声极大。作品设定"柳生武艺帐"的存在，而且一共有三卷。"柳生武艺帐"分别记述了柳生流的各代继承人，从江户到大和柳生庄的路径，柳生流的顶级技法与使用者等内容。它们分别被存放在江户的柳生府邸、九州的锅岛藩和朝廷内部。但是三卷书合起来的话，可以看出以天皇为首的朝廷的阴谋。作品中的剑术描写非常出色。作品一改以往只是设定一个英雄形象的写法，把柳生集团作为主角来描述集团的活动。作品描写了政治的无情、组织与个人的关系、武士道与日本人的关系等等。《柳生武艺帐》是五味康佑的代表作。

传奇时代小说和剑豪小说的潮流之后，还有捕物帖、股旅物、忍法小说等大众小说形式。

"捕物帖"是指追捕犯人的故事。第二次世界大战前曾经出现过冈本绮堂（1872—1939 年）的《半七捕物帖》（1915 年）和野村胡堂（1882—1963 年）的《钱形平次捕物帖》（1931 年）。《半七捕物帖》的作者冈本绮堂受欧美侦探小说的影响，开始创作江户风情的日本式侦探小说。这是第一部"捕物帖"，也是"捕物帖"中最优秀的一部。《钱形平次捕物帖》中的钱形平次和半七一样都是捕吏手下的侦探。因为侦破第三代将军德川家光袭击案而成为名侦探，之后陆续破了不少案件。野村胡堂力图创作健康的"捕物帖"，作品对坏人加以鞭笞，对依靠权利压迫平民的行为加以抨击。遵循这一思想，钱形平次带着同情心，放走善意的犯人，而对有权有势的将军直属家臣却骂得痛快淋漓。

"股旅物"指描写赌徒、浪子到处巡游题材的作品。一般他们随身携带着"一本刀"，戴着斗笠。第二次世界大战前有长谷川伸（1884—1963 年）的《沓挂时次郎》（1928 年）、《一本刀土俵入》（1931 年）和子母泽宽（1892—1968 年）的《弥太郎笠》（1931 年）等等。战后，政策上一直不允许打斗题材的出现。到了 60 年代中后期，读者强烈希望阅读股旅物，出现了笹泽左保（1930—2002 年）的《木枯纹次郎》（1971 年）系列。《沓挂时次郎》中的"沓挂"是长野县的一个地名，时次郎的家乡。做过无赖的时次郎由于一顿饭和留住一宿的恩情，而去帮人杀死了三藏，又接受了临死前的三藏的请求，照顾三藏的妻子与儿子。从此，三人开始了旅途。作品体现了"义理"与"人情"的关系。《木枯纹次郎》中的纹次郎家庭贫困，出生时差一点被父亲杀死，是姐姐把他救了下来。八岁时，知道事情真相的纹次郎从此成了一个再也不带笑容的没有表情的少年。姐姐死后，纹次郎离家出走，后来又受朋友背叛。纹次郎就像拒绝与人交往一样，总是急匆匆地各地巡游。但是最后他还是被卷进各种事件当中去。种种迹象表明：纹次郎心底里还是抱有相信人的愿望的。纹次郎口中总是叼着一根牙签。当时，牙签的长短约有十五厘米，可以说是纹次郎的一种武器。口叼牙签也成了纹次郎形象的象征。纹次郎没有学过正规的剑术，所以他的剑术不高明，显得比较笨拙，可见他并没有被美化。武藏野次郎评论说："彻底抛弃掉战前的股旅物作为招牌的义理人情，破旧的斗笠加以脏脏的长外衣，口中总是叼着一根长牙签的木枯纹次郎的故事，以其独特的姿态获得战后新股旅物代表的评价，也使股旅物的复活具有了意义。"①

"忍法小说"的代表作家是山田风太郎。他在战前小说的基础上，异想天开地在忍法上加入独特的言情性感描写，

---

① 武藏野次郎："历史时代小说的现状"，《国文学 解释与鉴赏》1979 年 3 月，第 13 页。

创作方式巧妙，使 50 年代中期的风太郎忍法热迅速升温。山田风太郎在作品《忍法魔界转生》中写道："女子的身体裂开，白色的肌肤就像鸡蛋壳一样裂开，从里面走出来一个不认识的人。"这种幻想式的描写为山田作品增强了魅力。

最后，20 世纪 50—60 年代开始了残酷小说热。南条范夫（1938—2004 年）是残酷小说的代表作家。南条范夫毕业于东京大学经济学部，是一位大学教授、经济学家。作者通过一系列"残酷故事"，描写了从战国时代到江户时代封建社会由于君主的荒淫而导致的对家臣们的不合理打击与惩罚，其受害者——家臣们成为牺牲品而凄惨地死去。作者批判了由具有虐待习性的至高无上的君主以及由甘愿受虐的家臣们组成的变态的日本封建社会。代表作品有《残酷物语》（1959 年）、《被虐的系谱》（1961 年）。

由于近现代文学中武士题材的作品内容涉及面广，为了能把问题谈得深入，本书将就近现代文学中最具代表性的乃木希典、宫本武藏两个题材的作品及其变迁来探讨武士道在近现代文学中的表现。

乃木希典与宫本武藏有所不同：乃木希典有"主君"，他的"主君"是明治天皇；宫本武藏没有主君，他提倡"独行道"，进行自身的磨炼与修行。武士道的修行包括两种：一种是封建思想的集团式武士道；一种是前者派生出来的个人修养的武士道。本文提到的乃木希典是明治国家军队里的将军，属于第一种武士道；宫本武藏是一个没有主君的浪人，属于第二种武士道。但是他们具有共同点：乃木受封建思想的束缚，为了主君献出了生命；宫本武藏没有主君，却为了剑献出了一生。乃木希典与宫本武藏是武士道的两个侧面。乃木希典是一个近代人物，但是宫本武藏这个江户时代的剑客也经常在日本近现代的文学作品中出现，并且给日本人以极大的影响。这是为什么呢？此外，近现代作家的作品体现了对武士道怎样的认识？本书尝试性地选择了森鸥外、夏目漱石、芥川龙之介、吉川英治、柴田炼三郎、山本周五郎、山田风太郎、司马辽太郎等几个作家及其作品进行分析。前三个作家是纯文学的代表作家，后几个作家是大众文学的代表作家。

武士道的题材随着日本国内形势的变化，其表现形式也不断变化。比如，随着日本战败，对外扩张战争的结束，天皇宣布自己不是"神"，而是"人"；过去人们认为正确的"大东亚共荣圈"的理念也成为过去。这样，一些作家开始重新认识武士道，表现出了对武士道的质疑，而且采用一些荒诞的手法设计一些特殊的因果关系来加以表现。比如在宫本武藏的题材中，山本周五郎创作了《予让》、五味康佑创作了《两个武藏》（1956 年）、山田风太郎创作了《魔界转生》（1964 年）、柴田炼三郎创作了《决斗者　宫本武藏》。他们用不同的手法对宫本武藏进行了重新解读，而且对宫本武藏进行了偶像破坏，这实际是对武士道模式化的批判，表现了战后日本思想的解放。但是他们的作品中不乏冷酷的形象描写，表现了武士残忍的一面。这也许是武士道的长期影响下的结果吧。

本书将分为以下几个部分进行论述：

首先，分析明治末期对近代冲击最大的事件——乃木殉死事件及其影响，并分析森鸥外、夏目漱石、芥川龙之介等不同作家对乃木殉死事件的反应，以及他们对武士道的认识。

　　然后，分析二战期间对日本大众影响最大的吉川英治的作品《宫本武藏》，以及战后不同作家对宫本武藏的不同解读。

　　最后，日本现代文学的代表作家司马辽太郎的作品《真说宫本武藏》（1962 年）、《殉死》（1967 年）涉及了乃木希典与宫本武藏两个题材，由此分析现代最有影响的作家司马辽太郎的创作方式与历史观。

第一章　"明治武士道精神"的缩影

——乃木殉死

　　日本从庄园的扩大、武士的形成，到集团间的争斗，武士力量不断增大，武士间的道德规范逐渐形成。但是即使是镰仓、室町等幕府掌权的时代，武士道也只是一个模糊的概念。到了江户时代，德川幕府才在武士道中糅入儒教的因素对其加以规范。明治维新，终于废除了武士制度，取消了武士的身份，但是，仍然存在"明治武士道"的说法。而且，在废除了武士制度四十四年之后的1912年，乃木希典将军携夫人为明治天皇殉死，这可以说是明治武士道的最突出表现。本章及以下几章将重点分析明治末期对近代冲击最大的事件——乃木殉死事件及其影响，并分析森鸥外、夏目漱石、芥川龙之介等不同作家对乃木殉死事件的反应，以及他们对武士道的认识。

第一节　"明治武士道"与乃木希典

　　什么是"明治武士道"？明治时期为什么仍然会存在武士道？"明治武士道"与传统武士道有什么差别呢？首先，明治维新是由一些积极的、开明的武士集团发动的，它的目的在于改良，不是革命。这种改良性的维新使得日本在文化上避免了易于出现的传统与现代间的断裂，社会价值观念不曾陷入混乱状态。明治维新与中国历史上发动的革命运动有所不同，明治维新并不是为了打倒武士阶层，其目的是为了推动社会的发展。由于改良、妥协、调和、宽容、和平一直是幕末维新之际日本社会变迁过程中的主旋律，因此旧的统治阶级的消亡没有通过暴力的途径来完成。这样，其结果是：维持社会正常运行的价值标准没有遭受过大程度的破坏，社会保持了自我调节、自我生长的能力。由于明治维新的这种改良的性质，使许多武士道的因素得以保留。

其次，由于推动维新的主要力量是原来的武士集团，所以，明治维新以后，武士身份虽然被取消，但是不可否认的是明治政府的官僚大多是萨摩藩和长州藩的武士出身，新的维新政权主要掌握在他们的手中。在这些人的身上，武士道的精神因素仍然存在，甚至可以说正是这种精神因素推动了日本的发展。针对这一点，《教养日本史》中这样写道：

> 把天皇推到前面而掌握政治实权的是谁呢？大久保利通说："比起朝廷更有威力的是萨长。"（《妄议》）政治是由推翻幕府的主力军萨摩、长州两藩的武士来运营的。①

第三，武士道向各个阶层不断渗透。明治维新以后，废除封建等级制度，取消了武士阶级的封建特权，他们从此成为没有俸禄的阶层。但是，为了帮助武士这个过去的寄生阶级尽快转型，明治政府采取了一系列措施。包括实行人才录

① 竹内诚等编，东京大学出版社1995年版，第205页。

用制度，依学识才能将部分士族录入中央和地方政府；发展教育，进行培训，提高士族的谋生能力；发行"金禄公债"，进行士族授产，开发北海道，低价出售土地，增强士族转化的经济基础；发展工商业尤其是官营企业，为士族提供就业机会等。[①] 于是，他们在政治、经济、教育各个领域取得了发展。他们抱着"振兴国家"、"富国强兵"的目的，逐渐成为各个领域的主导力量。他们的思想方式影响到社会的各个领域，社会纷纷效仿，尤其是明治维新以后，他们可以与平民结婚，更加快了武士道向平民阶层的渗透。

第四，在军事方面，政府取消了武士身份，改用征兵制，由之产生的政府军在镇压反抗新政府的西南战争中受到了考验。虽然反叛军受到了镇压，然而由不平武士而发动的西南战争再一次说明了武士集团的威力。政府总结经验教训，在西南战争之后，考虑把武士道精神导入以农民兵为主的军队中，以提高军队的作战能力。由征兵制而组织起来的军队从明治初期建立，到第二次世界大战结束，军队解体，共经历了七十五年的时间，产生了不少勇将与智将。随着时光的流逝，他们的名声已经逐渐被淡忘，遗留在人们记忆中的武将只剩下了西乡隆盛（1827—1877 年）、大山岩（1842—1916年）、乃木希典（1849—1912 年）三个人。[②] 西乡隆盛为旧萨摩藩藩士，官居高位，曾担任过新政府的陆军大将、参议，作为萨摩藩的领袖指挥武士集团推翻了幕府，在戊戌战争中实现了江户城的无血开城，可以说战功累累。大山岩也是旧萨摩藩藩士，曾担任过伊藤博文内阁以后六代的内阁陆军大臣，

① 李文：《武士阶层与日本的近现代化》，河北人民出版社 2003 年版，第212 页。

② 松下芳男：《乃木希典》，吉川弘文馆 1960 年。

甲午战争任第二军司令，1898年任元帅。日俄战争时期他被任命为满洲军总司令。乃木希典与大山岩年龄相仿，旧长州藩藩士，参加过1877年的西南战争，在甲午战争中任旅团长，后被任命为台湾总督，日俄战争时期为大将、第三军司令，生前任贵族学府学习院院长。明治时代，武士集团及武士身份虽已消失，但是武士的生活方式及思想方式仍然长期留存在军队当中、民众之间，并受到人们的尊重。武士道伴随着近现代日本人的精神生活，影响到后世。

近代出现不少武士道的论著，其中，新渡户稻造的《武士道》一书在论述武士道方面占有重要地位。此书的写作时间为1899年，距离1868年的明治维新已过去了三十多个年头。此书作者新渡户稻造从小受过武士道教育，在美国宾西法尼亚州养病时，因为很多国外人士与作者在交谈中提到武士道，并表示对武士道的不理解，于是新渡户稻造仿佛以被告人的身份用英文撰写了《武士道》。其写作目的是为了向国外介绍、宣传武士道。在书中，作者言辞热情洋溢，把武士与武士道过于理想化，缺乏一定的客观性。山本博文在《探险江户时代》[①]的前言中也曾对此加以批判。《武士道》一书被译成多种文字，加深了国外对日本武士道的认识；其日文版在1900—1905年的六年间也重版了十次。

在新渡户稻造的《武士道》之后又出版了大量的武士道方面的书籍。这些都充分说明日本国内武士道精神的遗存及当时的人们对武士道的留恋。

明治维新之后，虽然武士道得以继续传播，但是它的内容还是发生了一定的变化，主要体现在以下三个方面：第一，

① 新潮社2005年版。

明治政府规定天皇在上万民在下，万民平等，从而使效忠的对象由封建的主君和将军变成了天皇；效忠的主体由原来的武士阶层扩大到全体国民。日本开始成为中央集权制国家。第二，由于明治军队的士兵是征募来的，比较散乱，不容易组织，于是明治政府决定用武士道标准严格加以规范，天皇发布了《军人敕谕》。按照武士道的标准，天皇成了近代军人的效忠对象。由此天皇拥有了历史上最多的效忠者。日本的军事威力急剧增强。关于这一点，山冈铁舟说道：

> 过去的武士集团即使最大规模的也就是德川的八百万石，其次则是加贺的一百万石，再就是萨摩的七十万石，说到其人数，也不过是拥有三千人左右的武士集团的程度。五万石的藩中只拥有五、六百个武士而已。这样，各藩的武士即使集中在一起也形成不了近代的军队。近代国家所需要的大军队必须组编成适合于国民国家的规模。因此，军人的精神也已经不能是江户时代武士道的那种一只狼式的行动标准，而必须是贯穿作为巨大的军事组织之中的一环的全体军人都遵守的军人精神。《军人敕谕》的目的就是为了把这一点明显地打造出来。①

第三，明治政府一改江户时代的锁国方针，把眼光投向了世界，把奋斗的目标定为赶超西方各国。他们把竞争对象由内部转向了外部。这也是明治武士道的不同之处。它既表现在

① 山冈铁舟：《新版武士道——文武两道的思想》，大东出版社 1997 年版，第 244—245 页。

经济领域，也表现在军事领域。由此导致了以后日本的对外扩张以及侵略战争的爆发。

乃木希典是近代的"武士"，他以明治天皇为主君，极尽忠君的职责。他的这种忠君思想除了受到他父亲及恩师玉木文之进的教育影响之外，还受到吉田松荫之师山鹿素行的影响。乃木希典最爱不释手的一本书是山鹿素行的《中朝事实》，在殉死之前乃木希典把此书赠送给了昭和天皇。《中朝事实》的序言中用汉文这样写道：

> 愚生中华文明之土。未知其美。专嗜外朝之经典。嘐慕其人物。何其放心乎。何其丧志乎。抑好奇乎。将尚异乎。
>
> 夫中国之水土。卓而于万邦。而人物精秀于八纮。
>
> 故神明之洋洋。圣治之绵绵。焕乎文物。赫乎武德。以可比天壤也。
>
> 今岁冬十有一月编皇统之实事。令儿童诵焉。不忘其本云尔。①

《中朝事实》是乃木希典保皇、尽忠的主要理论基础，其核心是民族主义和保皇主义。如前所述，它所使用的文字虽然是汉文，但是文中所指的"中华文明"和"中国"实际指的是日本，是以日本为中心的作品。这部作品主张立足于本国，寻找本国的精髓，并在此基础上求发展。乃木希典从小受到汉学的熏陶，汉文诗做得非常好。但是受到明治天皇的影响，五十岁以后开始创作和歌。这可以说是乃木希典追

---

① 《山鹿素行文集》，有朋堂书店1934年版。

随天皇、回归本国文化的一种体现。乃木希典因此受到天皇的极大赏识。

明治天皇之所以赏识乃木希典主要还在于乃木希典的武士的传统精神因素。学习院是贵族子弟的最高学府，天皇家族的成员也在这里学习。1906年，58岁的乃木希典将军被任命为学习院院长。随之，明治天皇还把三个皇孙送到学习院学习。冈田干彦在《乃木希典——高贵的明治》[①] 一书第211页中写道："明治天皇对乃木的信任、恩宠是很特殊的。事实上天皇不只把乃木当作国家军队的至宝，而且认为他是相当于国家基石一样的人物。"明治天皇为什么会对乃木希典如此厚爱呢？关于这一点，不妨让我们追溯一下天皇制的历史看一看天皇的地位和象征性。

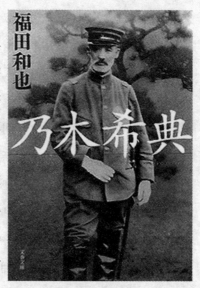

《乃木希典》书影

第二次世界大战结束以后，1947年5月新宪法规定：主权在国民，天皇既不是国家元首也不是统治者，是日本国的象征，是日本国民统合的象征。于是，天皇没有了实权，成了象征性的存在。那么，天皇以前就有实权吗？1868年幕府大政奉还，明治维新得以实现。以天皇为中心的国家实体在一步步发展，《教养的日本史》写道：

---

① 展转社 2001 年版。

新政府告谕人们说：这个国家的一切都归天子所有，宣扬天皇的恩德。九月，在从京都到东京的路途上，天皇给孝子、贞妇、老人们以恩赐，演绎出了皇恩浩荡的天皇形象。在这个月里，制定了一代天皇一个年号的制度，天皇成了支配时间的人。①

　　但是，明治新政府成立，明治天皇就真的掌握了实权了吗？其实不然，前面已经说到新政权的掌权者为萨摩藩和长州藩出身的政客，而天皇只是被他们推到前边做样子而已，政权的运作完全掌握在萨摩藩和长州藩出身的藩士手中。新政府之所以向国民告知国家的一切都归天皇所有，仅意味着这之前的幕府时期天皇并没有拥有整个国家，也就是没有掌握实权。让我们继续往前追溯到室町时代和镰仓时代。虽然当时幕府的势力没有江户时代大，而是天皇的朝廷比江户时代的权利大一些，但是天皇始终受幕府的牵制。再往前的平安时代，是摄关政治，天皇在朝廷内部受摄政或关白的制约。虽然奈良时代天皇的实权曾经相对较大，但是纵观整个日本历史，天皇的实权受到牵制是不言而喻的。可以说，天皇并不是实际的最高统治者。

　　在第二次世界大战结束之前，美国就对日本的天皇制进行了研究。美国人类学家鲁思·本尼迪克特的《菊与刀》就是她受政府委托的研究成果。研究表明，日本天皇在日本国民心目中占据着不可替代的位置，因此她认为二战结束后不适合废除天皇制。高桥纮在《象征天皇》② 一书中也写到麦

① 竹内诚等著，东京大学 1995 年版，第 205 页。
② 岩波书店 1987 年版，第 34 页。

克阿瑟占领军政府对是否取消天皇制的意见。1946 年 1 月，美国陆军参谋总长要求麦克阿瑟占领军政府提交报告，说明天皇是否负有战争责任。后来提交的报告说：在过去的十年里，没有天皇过多参与日本政治的明确证据，天皇是统合日本国民的象征。如果破坏天皇制，则日本也会崩溃……游击战会在各地兴起。另外，麦克阿瑟在谈到天皇退位的问题时，认为让谁来继承王位都不合适。结果，二战之后没有取消天皇制，也没有天皇的更迭。这是造成日本对战争责任没能进行充分认识的原因之一。

实际上，在昭和天皇宣布战败以后，日本国民并没有采取谴责昭和天皇的态度，反而是很多人跪到皇居广场上向天皇请罪，认为是由于自己没能尽责给天皇带来了耻辱。不仅如此，在野党议员在众议院预算委员会上指责天皇的战争责任，对举办裕仁天皇在位六十周年庆典提出异议时，中曾根康弘首相却为天皇开脱战争责任，说道："陛下本人是和平主义者，曾经努力地回避战争。发动战争的人是军部那些开战派的人们。中止战争是陛下的英明决断。而且陛下在战后，到全国各地去安慰受伤的人们。庆祝这样一位天皇在位六十年，是理所当然的，反之则是不自然的。我坚信这一点。"①

天皇在日本人心目中的地位曾经让第二次世界大战后的美国占领军政府感到吃惊："以天皇的名义开始的战争失败了，几百万人受伤，但是天皇的威光丝毫无损，这不只对东京的总司令部来说，即使是对华盛顿三省的行政官们来说，也是一个文化冲击吧。"②另外，梅泽惠美子在《天皇家为何

---

① 井上清：《天皇·天皇制的历史》序言，明石书店 1986 年版。
② 高桥纮：《象征天皇》，岩波书店 1987 年版，第 35 页。

得以延续下来》①的前言中写道：

　　"反天皇的话，则会遭报应。"长期以来，人们一直
这样认为。即使是十万大军的武士集团，如果有人举着
"锦旗"过来，那么也会不战自败。到底"天皇"哪里
存在这样不可思议的威力呢？

　　或许这种感情，和在城市开发盖建高层楼房时，即
便是信仰淡薄的现代，也害怕伤害到一直镇守在那里的
神社和寺庙而遭到报应的那种难以言状的恐惧是类似的。

　　为什么天皇在国民心中拥有如此高的地位，天皇如果不
是靠权利，又是靠什么来赢得人们的信任呢？这与天皇的象
征性有关系。首先，日本神话中的最高神是天照大神，天照
大神同时也是日本天皇的祖神。天照大神被供奉在伊势神宫，
被认为是日本国的创始者，是皇室崇拜的中心。那么天照大
神是如何成为天皇的祖神的呢？这主要是因为皇室要树立自
己的历史合理性，从而树立皇室的威信。为此，皇室命令撰
写了两本书——《古事记》和《日本书纪》。《古事记》是
日本最古老的历史书籍，是 712 年在天武天皇的命令下编撰
成的书籍。720 年在天皇的命令下又编写了《日本书纪》。
《日本书纪》是日本最古老的正史。二者虽然记述方法有所
不同，但是都记述了日本创世神话一直到历代天皇的历史，
包括很多神话和传说。据《古事记》和《日本书纪》中的神
话记载，天照大神的弟弟须佐之男命被赶下天照大神所在的
高天原，其子孙大国主命服从于皇孙。这完全是皇室为了把

①　KK 畅销书 2001 年版。

天皇与神联系在一起，奠定天皇即神的合理性和以天皇为中心的国家一统的思想的一种举动。

加强原始神与天皇的联系还表现在祭祀制度上。皇室制定了祭神制度，把天皇的祭祀定为全国最高级别的祭祀，掌握了地方神社的管理权。村上重良在《国家神道》中写道：

> 在古代国家，神祀制度最初被体系化，是在 8 世纪初期的"大宝令"。其后，神祀制度在平安时代初期的《延喜式》中被充实，之后，在形式上一直延续到幕末。古代天皇制国家制定的神祀制度，把天皇家的祭祀作为具有国家性质的皇室神道而制度化，把主要的神社作为官方神社放置在朝廷的直接管辖之下。国家神道为了以皇室神道为基准重编神社神道，把古代神祀制度的再现作为最大的目标。
>
> 古代神祀制度的制定表明日本民族宗教向古代国家宗教的发展。这一过程包括把地方祭祀的诸氏族的神控制在国家权力的掌握之下，同时把天皇的祭祀作为全日本最高的神的祭祀确立下来。[1]

由此可看出皇室不仅确立与原始神的至高无上的关系，而且掌管了原始宗教——神道教的祭祀大权，天皇确立了攻而不破的地位。这也是人们害怕违背天皇命令会遭到报应的原因。

值得指出的是，天照大神为女性，而且日本古代拥有比较多的女性天皇，第三十三代天皇推古天皇（554—628

---

[1] 岩波书店 1970 年版，第 29 页。

年）、第三十五代天皇皇极天皇（594？—661年）、第三十七代天皇齐明天皇（与皇极天皇为同一人，让位后又继位）、第四十一代天皇持统天皇（645—702年）、第四十三代天皇元明天皇（661—721年）、第四十四代天皇元正天皇（680—743）年、第四十六代天皇孝谦天皇（718—770年）、第四十八代称德天皇（与孝谦天皇为同一人，让位后又继位）等均为女性天皇。女皇较多是日本皇室的一大特征。日本最早的女皇被认为是三世纪中期邪马台国的卑弥呼。关于卑弥呼上台的经过，井上清在《天皇·天皇制的历史》① 第13页提到邪马台国原来立男子为王，但是战乱频发，后经豪族商议改立女子为王，即卑弥呼。卑弥呼上任以后，战乱平定了。卑弥呼奉仕神明，具有很强的预知神明的能力，让公众感动。卑弥呼没有丈夫，已经上了年纪，日常政务由其弟主持。卑弥呼深居简出，每天只是由一个人给她端进饮食，卑弥呼只负责把神的话传出来。这样，卑弥呼本人就相当于神。后来的国王兼备了卑弥呼宗教式的地位和其弟的政治权力。由此可以看出女性之所以能称王，并不是靠权利的争斗，而是具有原始的宗教因素。女性的生产能力在原始社会一直受到重视。日本原始社会结束得较晚，直至奈良时代还始终保持着"访妻婚"的方式。在日本最有名的古代文学作品平安时代的《源氏物语》中，就有这方面的记载。平安时代摄关政治权力增大的原因之一，也在于此。与天皇结婚后的女儿仍然住在父母家里，与天皇生的皇子在外祖父家中长大，外祖父对皇子容易形成控制。这是摄关政治权力增强的不可缺少的条件，

① 明石书店1986年版。

也是摄政或关白急于把女儿嫁给天皇的主要原因。

以上的论述可以得出这样的结论：古代天皇把自己与神联系在一起，并掌管了神道教的祭祀权，从而确立了天皇岿然不动的宗教地位，进而确立了牢固的精神统治地位。天皇的最主要任务是主持祭祀。国家最主要神社即为祭奉天照大神的伊势神宫。由此可以看出天皇不仅与神话而且与最古老的宗教之间拥有不可分的关系。天皇既然是日本最高神——天照大神的子孙，那么天皇的存在与神具有同样的性质。这就决定了天皇在人们心目中的地位。天皇不是靠权力取胜，而是靠一种精神力量。这就是天皇的最大威力。因此，第二次世界大战结束时，由天皇发布战败宣言可以说是日本国民对美国占领军进驻采取不抵抗态度的主要原因。

由此我们也可以认识到，为什么乃木希典会受到明治天皇高度的赞赏。对此，福田和也在传记《乃木希典》^①第155页中这样分析道："喜爱乃木无非是因为乃木决意以自己的德义来支持帝国陆军，并把它贯彻到底。明治天皇具有爽快、刚毅的性格，他理解乃木为了成为有德行的人付出了多少惨痛的努力。天皇认为比起有才干的人才，有德行的人更难得，更可贵。"当然，片面追求精神因素会产生反作用。比如关于战败原因，昭和天皇在战败后给皇太子的信中写道："我国人，重信皇国，轻视英美。我军人，重信精神，忘却科学。"^②乃木希典在日俄战争旅顺战中的屡次失败，也是因为完全相信了精神的力量，减弱了冷静判断、客观分析局势的能力。因此可以说乃木过于相信精神的力量，而没有能够

---

① 文艺春秋 2004 年版。

② 高桥纮：《象征天皇》，岩波书店 1987 年版，第 3 页。

成为好将领；然而又正是对精神的磨炼，乃木成了人们心目中的"军神"。

那么乃木的武士道精神体现在哪里呢？当然乃木身上存在克己、廉洁的精神，但是他身上最有代表性的武士道精神还是"忠君"。对主君忠诚，这是武士道的最基本要求。只不过是时代发生了变化，天皇成了"主君"，而且是日本历史上最大的主君。

第二节 乃木希典的形象塑造与"明治武士道"

萨摩藩和长州藩人士由于在推翻幕府建立明治政权的过程中，做出过重大贡献，两藩的不少人士在明治政权建立后，担任高级政府官员。由于乃木希典出身于长州藩，也受到了重用。然而，他在西南战争和日俄战争等历次作战中屡次失利。为了对自己的失误负责，乃木希典提交了请罪书，欲以死谢罪。同时，他把生命置之度外，总是冲在前面。即使是在受伤的情况下，仍然让士兵把自己绑在马上作战。他的勇猛行为受到了赞赏，由此受到一次次的提拔。

乃木希典殉死后，在乃木府邸旁设立了乃木神社。神社的社务所编著了《乃木希典全集》。在序言中，高山亨把他称之为"东洋的乃木"，认为乃木是与"西洋的林肯"同等值得赞颂的人物。在文学领域，乃木殉死后，无论是在讲谈故事（类似中国的评书），还是在浪花曲（在乐器三弦琴伴奏下的评书节目），以及在琵琶歌中，都有不少乃木希典题材的故事被传颂。乃木希典俨然成了大英雄，被逐渐神化。为什么他在民众中会有如此高的声望呢？

首先，忠君是乃木希典最主要的人生准则。乃木希典的父亲是长州府毛利藩典医，乃木希典少年时代师从于玉木文之进，从小就被彻底地灌输了武士道。长大以后，他喜欢阅读山鹿素行等人的有关武士道的书籍，以成为一个理想型的武人为目标。"对主君（天皇）的忠心和对'皇恩'的感激构成了他思想、信条的基础。"① 乃木希典从小受到的就是忠君的教育。

其次，从小树立了不怕死的生死观。乃木希典出生在长州府毛利侯的上房里。这个宅邸曾经是赤穗四十七志士中包括竹林唯七在内的十个人被收押了五十天左右并最终剖腹自尽的地方。赤穗事件影响力久远，在与这些志士关系密切的地方生活，更是使乃木希典被故事所吸引，受到极大的影响。乃木希典的父母教育非常严格，时常令乃木希典感到恐惧。比如在长州藩生活时父亲带他去刑场看被砍断了头的犯人。逼着他吃掉让人能联想到死人的头颅的挂着红汁的大饭团。乃木希典在一系列的教育之下，逐渐克服了对死亡的恐惧，这是乃木希典在战场上不畏生死的根源所在。乃木希典同样把这样的教育在自己的家里加以实施。日俄战争时期，他把两个儿子也送上了战场，并与静子夫人约定即使有人阵亡，也暂时不要送葬，要一直等到三个棺材凑齐了为止。但是，不畏生死这一点在战场上往往表现为杀人也不眨眼。芥川龙之介在短篇小说《将军》中曾对此加以讽刺。芥川龙之介写到乃木希典在日俄战争时期看到被捉到的俄军密探，曾笑着对士兵说："杀了，杀了。"②

另外，乃木总是竭尽所能地访问战死者的家属，慰问他

---

① 水川隆夫：《夏目漱石〈心〉之谜》，彩流社 1989 年版。
② 芥川龙之介：《日本现代文学全集 56 芥川龙之介集》，讲谈社 1960 年版，第 109 页。

们，并经常慷慨解囊接济生活贫困者。

日俄战争的那一年，乃木去了长野县。由于是私事，本打算不声不响地去一趟就回来，但是不能如愿，被人找到。乃木大将来了！到处都过来打招呼，有一次被长野师范学校请去。学校方面认为是绝好的机会，把全体学生召集到一起。校长在礼堂向全体人员介绍了乃木，赞美了他的功绩，然后邀请乃木上台演讲。

但是不管大家怎么邀请，乃木就是不肯登台，执意辞退演讲。校长不死心，恳切地要求乃木讲两句。没有办法，乃木站在原地，说：

"诸位，我就是杀了诸位兄长的乃木。"

只说了这一句话，他就垂下头，眼泪直流而下，流满了双颊，最后以至于掏出手绢擦着泪脸，呜咽起来。看到这些，所有师生都流下泪来。

长野县出身的士兵属于第一师团，所以作为乃木的部下，在旅顺和奉天死亡众多，因此，在师范学校学习的学生有很多是他们的弟弟。面对那些可敬的牺牲者的弟弟们，乃木没有什么值得站在高高的讲台上说的。在听说可以听到日俄战争首届一指的英雄的讲话而眼睛放着光、兴奋地盼望登台讲演的纯真的学生面前，乃木百感交集说了这样一句话就流下泪来。乃木这次只说了一句话的讲演，之后被人们感动得在当地长久传颂。①

---

① 冈田干彦：《乃木希典　高贵的明治》，展转社 2001 年版，第 239—240 页。

在教育、教导的方式上，乃木的自身经历使他不免严厉、生硬，即使是对明治天皇托付给他的后来成为昭和天皇的裕仁亲王等几个皇太子也是如此。但是，他对士兵与学生表示了极大的诚意。在军队中，乃木希典把士兵当作自己的孩子；任学习院院长期间他照样把学生当作自己的孩子。当然，他对他们实施的是独特的武士道式的教育。

乃木希典在个人军人形象的塑造上也下了不少工夫。1887 年乃木希典被派往德国留学了一年半的时间。在这段时间里，乃木希典尤其被德国军队的管理体制、军队风范所吸引，认识到整顿军人风范的重要性。回国以后，乃木希典天天军装不离身，即使晚上也是穿着衬衫和军裤睡觉。而且，他一改由于自责而经常在外烂醉如泥、去找艺妓消遣的习惯，生活变得节俭自律。1908 年，乃木希典五十九岁。这是他就任学习院院长的第二年。这一年，学习院的新校舍建成了。可是乃木希典作为院长，却选择了全院最差的房间。

乃木没有住进给他准备好的舒服的院长官舍，而是把它用作了皇族人士的用房，自己则把学生宿舍总部的两间房当作了起居室和卧室。这是两间没有任何装饰的小房间，而且其位置比起任何一间学生宿舍都要差，夏天西晒，冬天北风刮得最强。

乃木把两个装满身边常用物品的行李（旅行用行李箱）带进了宿舍。这些就是乃木带来的所有物品，行李中装进了最小限量的物品。房间里除了配备的桌子、书架、床之外，只放置了一个粗糙的金属脸盆和一个大大的水壶。军人乃木始终保持着简朴的生活。

乃木一天的生活是这样的：早晨四点半起床，比学生还要早一个多小时。自己亲自整理床铺。然后用右手的食指沾盐刷牙。再把水壶的水倒到脸盆里洗净脸部、手脚和身体。决不用水壶以外任何一滴水。

……

早饭和晚饭轮流在幼年宿舍、中等年级宿舍、青年宿舍进餐，必定和学生在一起。一边吃饭，一边亲切地与学生交谈，并提醒吃饭姿势不好的同学注意改正。

……

午饭在职工食堂与教职工在一起。下午有小组活动课和体操。乃木站在运动场上注视着学生。放学后，有剑道活动，他戴着防备面具拿着竹刀，亲自陪着学生训练。

五点的晚饭吃完以后，六点到十点学生自习。这时乃木在自己的房间里读书。就寝时间是十点，熄灯的喇叭一响，他就和学生一样上床就寝。

……

完全是以身作则的每一天。作为国内外知名的学习院院长而且作为陆军大将、军事参议官、伯爵这样的高官，他的生活根本让人难以想象，是一种惊人的朴素、克己而且忘我地献身于工作当中的生活。在众目睽睽之下的乃木的宿舍生活，无疑给予年少多感的学生以莫大的感化。①

---

① 冈田千彦：《乃木希典 高贵的明治》，展转社 2001 年版，第 215—217 页。

另外，乃木希典非常孝顺。他的母亲极其严厉，据说在乃木希典小的时候，曾经为了叫他起床而错打瞎了乃木希典的一只眼睛。乃木希典一直瞒着母亲，也很少有人知道他的眼疾。对母亲的孝心还表现在乃木希典处理夫妻关系的问题上。乃木希典一家是长州藩人，静子夫人是萨摩藩人。萨摩藩与长州藩不和的历史背景以及夫人静子与母亲寿子二人好强的性格导致婆媳二人一直不和。为了缓和二人的关系，乃木希典决定让静子夫人带着孩子搬出去住，后来静子夫人听说乃木希典不受其他女子的诱惑，不同意母亲提出的离婚的建议，大受感动，搬了回去，并且开始全身心地孝敬婆婆寿子。后来，寿子又被媳妇静子的孝心所感动，逢人就说静子是日本最好的儿媳妇。

日本历史学会主编的人物传记《乃木希典》中，松下芳男写道：

> ……一定是国民从他身上看到了古代武士式的武将型理想形象。一定是因为他是一位兼具忠节、忠恕、廉耻、诚实、质朴、仁慈、克己等德行，闪烁着崇高人格的古代武士式的武将。[①]

由于乃木希典努力塑造自己的军人形象，因而受到了广泛的赞赏与尊敬。但是另一方面我们也看到，乃木希典的武士道形象塑造是以牺牲自我、牺牲家庭、牺牲包括自己的两个儿子在内的众多士兵的生命为代价的。而且他的效忠对象已经不是幕府的将军或大名等主君，而是明治时

---

① 吉川弘文馆 1960 年版。

代的天皇。由此可以看到他在竭尽全力地塑造明治忠诚的武士形象。

第三节　明治武士道的忠诚写照——乃木殉死

1912年9月13日晚八点，明治天皇的葬礼正式举行。随着灵柩出门的号声，乃木希典在家中与妻子静子自杀。这一天距离明治天皇去世的7月30日已有四十多天的时间，可以说9月13日的自杀是乃木多天以来一直酝酿的结果。乃木的自杀造成很大的社会反响。东京大学菅原克也1984年4月在东京大学学术刊物《比较文学研究》上发表论文《二十世纪的武士道——乃木希典自杀波纹》，介绍了当时关于乃木希典自杀后国内外的反应。

乃木殉死的第二天，9月14日几乎所有日本国内的报纸都报道了乃木自杀的消息。但只是插在明治天皇大葬的报道当中，报道也只是停留在对事实的报道以及对乃木事迹的回顾上。对乃木的死，有的报纸称为"自杀"、"剖腹"，但是因为事情发生在天皇葬礼的同一时间，已经有报纸把二者相联系，称其为"殉死"。虽然也有类似《东京朝日新闻》境野黄洋的文章考虑旧的伦理对国民造成的影响，对此敲响警钟，但是对乃木殉死的说法采取批评态度的文章却是极少数。9月15日以后，各类报纸所反映的社会各界的反应，几乎都是对乃木的赞美。原来对乃木殉死采取批评态度的《东京朝日新闻》、《实事新报》也来了一个一百八十度的大转弯。《东京朝日新闻》9月17日报道中写道："美就美在他是忠君爱国的典范。但是，在文明的现今，决不能奖励这样的事情。

不过，对于乃木的这种姿态，一点也不能加以指责。"①

乃木的殉死也造成了比较大的国际影响。9 月 14 日乃木殉死的第二天，《伦敦时报》就以《乃木伯爵的自杀　旅顺的英雄　其一生的故事》为题加以报道。虽然读者在意见上存在一定的分歧，但是对乃木的做法还是表示肯定。德国、美国也做出了类似的反应。菅原克也在论文中写道："西欧国家即便是很难充分理解，但也只能充满敬意地保持沉默，低头致哀。随着他所侍从的伟大的统治者的逝去，明治时代现今已经名副其实地成为过去，而成为文明开化的推动力的正是现在已经不在世上的乃木伯爵这样的人。"② 虽然当时对乃木希典的殉死也确实存在反对的意见，但是又的确得到了西方社会的广泛赞同。

欧美与日本的价值观存在着比较大的差异，这是不可否认的。西方社会能对类似日本古代武士行为的殉死表示相当的理解，其中有一定的社会背景。甲午战争、日俄战争之后，世界上已对日本的实力另眼相看，对日本的理解逐渐加深。1899 年新渡户稻造用英文撰写的《武士道》又为世界了解武士道的内部精神世界提供了一定的渠道。当然另一方面也离不开乃木个人在西方国家中的知名度。松下芳男在《乃木希典》中对日俄战争结束后乃木对待投降方俄方将领史泰森（A. M. Stessel）的态度有如下的记述：

　　乃木把俄方降将当作勇猛善斗的勇将来对待，他温和地握住对方的手说："天皇陛下念阁下为自己的祖国

　　① 转引自菅原克也："二十世纪的武士道——乃木希典自杀波纹"，《比较文学研究》1984 年 4 月刊，第 94 页。
　　② 同上书，第 99 页。

创建的勋功，期望保持你武士的面子。"对方感谢道："无上荣幸。"接着，乃木又赞赏俄军的勇猛，对方又称赞日方军队进攻的勇敢，特别是工兵行动能力世界无比，炮兵极其优秀等等。

乃木扔下刀枪变敌为友的这种坦荡的胸怀受到了世界各方的一致好评。1911 年乃木希典受命与东乡平八郎一起陪同东伏见宫依仁亲王赴英国参加英国国王的加冕仪式，受到了热烈的欢迎。

乃木在英国各地受到了各界的热烈欢迎，与东乡分手后又陆续访问了法国、德国、奥地利、罗马尼亚、土耳其、葡萄牙、塞尔维亚、匈牙利等国，无论在哪一个国家，欢迎都极其盛大、隆重。各国都把"旅顺口的勇将"——乃木的来访当作本国的一大光荣而看待。关于乃木受到的欢迎，一欧洲人士说："他几乎得到了全欧洲各国给予王侯一样的尊敬和罕见的赞叹。"①

这次乃木希典在罗马尼亚访问时，与已经上了年纪的多才多艺的王妃谈到日本的和歌，由此又谈到红叶。由于欧洲看不到红叶，王妃表示很想亲眼看一看。

对罗马尼亚王室的款待心怀感激的乃木，在回国后的当年秋天，折了几枝学习院院内的颜色鲜艳的红叶枝，对其进行了防止褪色的处理之后，再加上装裱好的分别

① 冈田干彦：《乃木希典　高贵的明治》，展转社 2001 年版，第 236 页。

画有满山红叶和大枝的红叶的两幅画寄给了罗马尼亚王妃。

第二年也就是明治四十五年，罗马尼亚王妃给乃木寄来了包裹。王妃把收到的红叶树枝写生，制作成油画回赠过来。①

《乃木》一书是日俄战争期间作为特派员为期六个月一直在乃木的第三军司令部采访的美国随军新闻记者斯坦雷·沃什伯恩（Stanley Washburn）撰写的。他听说乃木殉死的消息十分感伤，1913年2月出版了此书。书中记述了他在日俄战争中的观感，高度赞扬了乃木人格的伟大。后被目黑真澄翻译成日文，书名为《乃木大将和日本人》。书中提到乃木的殉死：

> 乃木大将是日本古典武士的典型，是军人，是爱国者。1912年（明治四十五年）9月，明治天皇去世后不久，他即献上了浑身的赤诚和毕世的理想。由于失去了效忠的对象，他认为与其随波逐流地活下去，不如拿起刀，穿胸自杀。②

斯坦雷想以此书"描写出以大战役为背景挺立着的一个人物"。书中提到不少乃木的逸事，比如乃木对下属及士兵一直温和亲切，在第九师团编成时，连下级士官的姓名都可以记住。斯坦雷说乃木大将是连一个士兵的战死都会像失去

---

① 冈田干彦：《乃木希典　高贵的明治》，展转社2001年版，第236页。
② 斯坦雷·沃什伯恩（Stanley Washburn）：《乃木大将和日本人》，讲谈社1980年版，第7页。

亲人一样伤感的人。① 他在卷末深有感触地说：

> 欧美的人们大概很难同情诱发自杀的那种精神。但是如果想批判这个伟大的将军的死的话，我们不能从我们自己的标准出发，而是必须从将军的宗教、祖先的遗风等角度出发。如果从后一种角度出发的话，自然而然地就会认可将军绝对无二的效忠立场。他并不是旅顺口的战胜者，也不是奉天战役的英雄。只是为了完成本人职责，为实现过去数百年来的传统而生存的人而已。②

殉死在孝德天皇时期被禁止，到了武士时代再兴，1596年庆长时期达到鼎盛。但是在 1663 年被幕府明令禁止。因此，乃木殉死的做法在乃木所处的历史时代已属非合理性行为，然而乃木的行为却受到社会的特别认可。这是为什么呢？乃木在遗书中这样写道：

> 第一，本人此次追随御迹自杀，其罪不轻。然而明治十年之战役，痛失军旗。其后虽欲以死谢罪，但是始终没有机会，蒙皇恩至今，得天皇厚遇，现已老衰，不能如愿。此次抱歉，决意以死谢罪。③

从以上遗书可以看出，乃木之所以殉死，主要是对 1877 年在西南战争时期被对方夺走军旗一事进行赎罪，并感谢天皇多

---

① 斯坦雷·沃什伯恩（Stanley Washburn）：《乃木大将和日本人》，讲谈社1980 年版，第 22 页。
② 同上书，第 96 页。
③ 转引自户川幸夫：《人 乃木希典》，学阳书房 2000 年版，第 264 页。

年的厚待。西南战争至天皇去世已过了三十五年，而乃木遗书表明这三十五年来他一直处在深深的自责中。虽然遗书中乃木没有明确提出殉死与日俄战争旅顺争夺战有直接的关系，但是这也应该是他殉死的原因之一。对日俄战争期间的失误，乃木也一直深感愧疚。他在日俄战争结束后回到日本时，向天皇宣读复命书，痛哭流涕，几乎无法宣读下去。宣读完毕，乃木请天皇赐自己一死，剖腹以谢罪。天皇沉默半晌，对要悄然退出的乃木说："爱卿欲剖腹谢罪于朕的衷情，朕十分理解，但是现在还不到爱卿死的时候。爱卿如定要死，请于朕去世之后。"① 并赞赏了乃木及将士的忠勇。明治天皇之所以这么说并不是真的希望乃木为自己殉死，而是想尽量挽留比较固执的乃木。然而，天皇去世后，乃木真的采取了殉死的方式，以此来感谢天皇的大恩，同时也卸掉了三十五年来的沉重的心理重负。

另外，还有不容忽视的一点是：乃木的"殉死"里边有谏死的因素。乃木生前在现代化急速发展的社会里努力地维护并保持武士美的形象比较特异，受到了社会的瞩目。乃木殉死之前特意找来摄影师为自己和夫人拍照一事曾经遭到了社会的非议，但是乃木想把自己的形象及所塑造的时代精神留给后世的意图由此可以窥见一斑。乃木的死不只是仅仅为了向天皇谢罪，感谢天皇的厚待，而且希望通过自己的死来惊醒社会，希望社会不只被物质及所谓的西方文明所诱惑，而是需要适当地保持过去的武士道传统。这种意图换句话说就是"谏死"。对于"谏死"这一点，评论家的评论比较少，

① 转引自冈田干彦：《乃木希典 高贵的明治》，展转社2001年版，第200页。

73

第一章 『明治武士道精神』的缩影

小堀桂一郎在《明治的终结与日本人——漱石·鸥外文学中表现的殉死》① 一文中提出：乃木希典在精神方面受幕府末期志士、思想家吉田松阴（1830—1859 年）思想的影响比较大。吉田松阴曾在书信中留下"他日，谏主，如不入耳，则谏死"的话语，把谏死当作志士仁人的理想的死的方式。乃木的死也可以理解成对堕落的时世风潮的一种无言而又强烈的警告。小堀桂一郎还提到屈原的例子：

> 一般来说，虽然有考古学可以证明，但是本人认为这种实例大概比较少吧。但是，"谏死"这种形式的自决方式还是可能有的。也算是古老的话题，中国有名的屈原的例子就是其中之一。②

总之，乃木的存在使他获得"武士美"的赞誉：他以牺牲自我的方式效忠天皇，以牺牲自己的生命的方式把他的"武士美"推向巅峰。他的殉死给近代物质社会以重重的一击，宣布了明治时代的终结。

---

① 和歌森太郎、神岛二郎等：《日本人的再发现》，弘文堂 1972 年版。
② "明治的终结与日本人——漱石·鸥外文学中表现的殉死"，载和歌森太郎、神岛二郎等：《日本人的再发现》，弘文堂 1972 年版。

第二章　官僚作家森鸥外对乃木殉死的文学反应

　　乃木殉死使社会各界受到很大震动，"乃木文学"也便应运而生。单就乃木的传记来说，"发行数量在 1940 年就有'二百种'以上（宿根重一《乃木将军》），到了 70 年代，据说'日本有二百五十册'，'外国有三百五十册的乃木传记出版'（前川和彦《军神乃木希典之谜》）。即使在全世界也是几乎难以比拟的数字，（乃木）甚至被称为'西方的林肯，东方的乃木'"。①

　　传记之外，以乃木为题材的文学作品，数量也不少。许多作家，如文学巨匠森鸥外、夏目漱石，年青一代作家如芥川龙之介、武者小路实笃（1885—1976 年）等都有相应的创作。在这当中，森鸥外（1862—1922 年）是最快受到乃木殉死的触动并

森鸥外（1862—1922）

----

① 佐佐木英昭：《乃木希典——吾杀了诸君的子弟》序，米内路瓦书房 2005 年版。

75

开始创作相关作品的作家。

让我们看一下森鸥外 1912 年的日记：

9 月 13 日（星期五），晴。

随撵车由皇宫前往青山。晚八点出发，十一点到达青山。第二天凌晨二点离开青山返回。途中听到乃木希典夫妇自杀的消息，我半信半疑。

9 月 14 日（星期六），阴。

拜访乃木府邸。应石黑男忠惪①的要求，派鹤田祯次郎、德冈熙前往乃木府邸。

9 月 15 日（星期日），雨。

下午参加乃木的纳棺仪式。前往妻明舟町，夜半返回。

9 月 16 日（星期一），阴。

一个自称叫 C. Cagawa 的人拿着松本乐器店店员身份的名片来访，希望创作赞颂乃木希典的诗句。拒绝。

9 月 18 日（星期三），半晴。

午后参加乃木大将的葬礼，前往青山斋场。撰写有关兴津弥五右卫门的作品，交予中央公论。②

---

① 惪：日文旧字体，"德"之意。
② 《鸥外全集》第 35 卷，岩波书店 1975 年版，第 568—569 页。

从日记可以看出：森鸥外参加了 9 月 18 日举行的乃木的葬礼，回来当天就创作了短篇历史小说《兴津弥五右卫门的遗书》，并且从此走上历史小说的创作道路，陆续创作了大量的留传后世的历史小说。从得知乃木殉死的消息到 18 日创作《兴津弥五右卫门的遗书》，前后只经历了五天，这期间森鸥外还要处理工作以及与乃木葬礼相关的事宜。虽然创作很仓促，但是可以从中看出森鸥外对乃木殉死的强烈反应。

那么，森鸥外为什么会迅速创作出历史小说《兴津弥五右卫门的遗书》？究竟到底什么是殉死？殉死从何而来？乃木希典为何会选择殉死？世人是如何反应的？他后来又为何对《兴津

《鸥外全集》书影

弥五右卫门的遗书》做了重大修改？本文旨在从森鸥外受乃木殉死的触动而创作的《兴津弥五右卫门的遗书》初稿、修改稿及《阿部一族》出发，对殉死的起源、目的及乃木殉死的起因和森鸥外的创作动机进行分析，并试做中日殉死文化的比较，以阐明日本殉死的特征。

第一节　《兴津弥五右卫门的遗书》的初稿

《兴津弥五右卫门的遗书》表现的是主人公弥五右卫门在剖腹殉死之前给众人写的遗书。弥五右卫门是江户时代的武士，侍从于细川藩妙解院殿下细川忠利。1624 年，一艘越南商船到达长崎，妙解院殿下忠利希望能从船上购买到茶事

（茶道活动）所用的奇物，派弥五右卫门和另一武士前往长崎。船上有两段备受珍爱的香木，是被锯开的大小不同的两段。与弥五右卫门同行的另一武士不赞成武人花高价去争夺那粗的一段，只买上边一段细的就可以了。但是由于弥五右卫门坚持己见，二人产生争执。在争执中，弥五右卫门把对方杀死。拿着香木回来的弥五右卫门，并没有受到妙解院殿下忠利的责备。香木一直受到珍视。后来主君妙解院殿下忠利去世，弥五右卫门由于要辅佐幼主，一直没能为死去的主君殉死，直至妙解院殿下忠利去世第十三个忌年才实现殉死的愿望。

森鸥外为什么创作《兴津弥五右卫门的遗书》？这篇小说与乃木希典有什么关系？我们来看森鸥外创作的诗歌《乃木将军》：

> 你是何人，欲把其搬至何处？
> 且请听，背着的是我们的主人，
> 乃木将军的爱子，
> 年老的乃木将军的二子。
> 一子胜典已早一步，
> 在南山战役牺牲。
> 只剩弟弟保典一人，
> 我们背的是他的尸体。①

诗歌描写的是日俄战争时期，乃木希典路遇搬运二儿子乃木保典尸体的士兵，得知二儿子也已经战死的经历。当时，

① 《鸥外全集》，岩波书店 1973 年版，第 206 页。

他并没有向士兵说明身份，而是不动声色地默默离开。"这首诗比起石川啄木（1886—1912 年）的《老将军》更加广泛流传，不久在学校教科书等各处被广泛转载，并被广泛阅读。"① 从这首诗完全可以看出森鸥外对乃木希典是持着赞美的态度的。乃木希典的殉死给森鸥外带来了巨大的震动，这是为什么呢？

　　首先，森鸥外作为高级官僚，与乃木希典保持着一定的往来。山田辉彦在《乃木殉死——对近代文学史的影响》② 一文中提到森鸥外与乃木的关系。乃木和森鸥外都曾留学过德国，森鸥外留学四年，乃木留学一年。在乃木德国留学的那一年期间，两人曾见过八次。对乃木，森鸥外的第一印象是：一个长身巨躯、沉默严格的人。森鸥外深受乃木人格的感染。回国以后，二人一直保持着交往，其间经历了甲午战争、日俄战争，长达二十五年。森鸥外被贬到九州小仓时，乃木到车站抱着森鸥外的长子森於菟为森鸥外送行。③ 从小仓回到东京以后二人也保持着来往。乃木殉死的 1912 年，在鸥外日记中和乃木希典的交往就记载有四次。

　　　　1 月 1 日（星期一），晴。

　　　　在乃木希典大将家里进午餐，是稗饭。做法为在一升米中加入预先煮好的稗子。

　　　　4 月 16 日（星期二），阴。

　　① 佐佐木英昭：《乃木希典—吾杀了诸君的子弟》，米内路瓦书房 2005 年版，第 155 页。
　　② 《九州女子大学纪要》1987 年 3 月刊。
　　③ 森於菟：《父亲森鸥外》，筑摩书房 1985 年版，第 159 页。

乃木希典来访。为了给 Marques de Polavieja 撰写序言一事。

4月20日（星期六），晴。
为乃木大将撰写给 Polavieja 的序言。

4月24日（星期三），雨。
参加上原大臣官邸的晚餐会。乃木希典大将过来，感谢有关红十字的意见，谈到拜见 Carmen Sylva 王妃一事，托付要注意白桦派诸家的言论。①

由此可以看出森鸥外与乃木希典的交往比较频繁，关系比较密切。

其次，森鸥外对历史兴趣浓厚，并有比较多的了解。1899年一向春风得意的森鸥外据说因医务局长对他身任官职却摆弄文墨颇有不满，而被贬职至九州的小仓任军医部长。虽然森鸥外很失意，但小仓的生活清闲，因此有时间搜集了相当多的历史资料，为以后创作历史小说奠定了基础。

第三，森鸥外对武士道有深刻的认识。日俄战争期间，森鸥外作为第二军军医部长参战。日俄战争使森鸥外的看法大有改变。在《日本文学影集　森鸥外》的结尾唐木顺三这样写道：

一直认为甲午战争胜利的原因在于日本较早地欧化的鸥外，把这次能战胜更加西式的俄罗斯的原因归结为日本的传统精神——"不怕死"的武士道精神。这在其

① 《鸥外全集》第35卷，岩波书店1975年版，第545—556页。

后的鸥外作品中多次出现，也是来自于战争的体验和思考。①

除此之外，还有一件令森鸥外痛心的事。1907 年森鸥外任军医最高职——军医总监。1908 年 5 月森鸥外组织脚气调查团，动员官方与民间的力量以解决困扰众多国民的脚气问题。但是，由于森鸥外一直坚持占医学界主流的脚气细菌说，对民间及陆海军的通过改良饮食治疗脚气的方法不予重视。直到过了较长一段时间，铃木梅太郎发现维生素 B1 的作用，进一步弄清楚脚气的起因、治疗方法和预防方法之后，森鸥外才随之改变了自己的看法。对身担军医总监这一军医最高职的森鸥外来说这是一个很大的失误，固执己见给士兵和民众造成的痛苦令森鸥外深感痛心。

以上所述森鸥外的经历以及失误，使森鸥外在乃木希典身上得到了共鸣，乃木的殉死也给了他很大的冲击。虽然《兴津弥五右卫门的遗书》中的兴津弥五右卫门是江户时代的武士，而乃木希典是明治时期的人物，但是二者存在着较多的共同点：首先，主君之恩难以报答。二者都有过较大的失误，但是均得到藩主或天皇的谅解，并受到重用。兴津弥五右卫门在长崎为到底应该不应该花高价购买香木一事与同事发生争执，杀死了同事，藩主不但没有追究他的责任，还对他加以重用。主君去世之前，把辅佐幼君的重任交付于他。乃木希典在西南战争期间失去过军旗，在日俄战争旅顺攻击战中屡屡失利，而他的上级一直都没有追究他的责任，甚至包括天皇。大家都阻拦他去求死，天皇还极其信任地任命他

① 野田宇太郎编辑、摄影，筑摩书房 1968 年版，第 75 页。

为学习院院长，把对几个皇子进行教育的重任交付给他。其次，二者都是抱着强烈的自责，在自责中煎熬，度过了漫长而痛苦的岁月。兴津弥五右卫门因争执杀死同事到殉死，从血气方刚的青年时代到老年，中间一共经历了三、四十年的岁月；而乃木希典从1877年西南战争中失去军旗到1912年殉死，中间还有日俄战争的失利，前后共经历了三十五年。

森鸥外《兴津弥五右卫门的遗书》初稿正像尾形仍所说的是对其他人认为乃木功利主义的看法的反驳。可以说《兴津弥五右卫门的遗书》初稿的重点在于表现兴津弥五右卫门的自责和多年不能求死谢罪报恩的苦恼上，以此寻找乃木希典殉死与兴津弥五右卫门殉死的共同心境，为乃木殉死正名。半田美永在《试论森鸥外的"殉死小说"》①一文中提到："鸥外第一篇历史小说的创作动机是在于维护乃木大将。赞美其行为，对其加以肯定。"

森鸥外的创作动机受到一致公认。

第二节　殉死格式化与《兴津弥五右卫门的遗书》的定稿

关于"殉死"，《广辞苑》是这样解释的："主君死后，家臣、侍从自杀。随主剖腹。"《百科事典》上关于殉死解释得比较详细：

在君王和主君去世之际，家臣、侍从等追随着自发地或者强制性地死亡。在古埃及、美索布达米亚、中国

① 《皇学馆论丛》1971年6月刊。

等地都发生过。特别是指日本的武士社会遵从只侍一主的原则而进行的自发性的殉死。开始于日本中世在战场上因为主君战死而剖腹追随的习俗，到了近世发展成主君病故时而进行。但是，因为会失去有才干的家臣，另外由于为了子孙的荣誉而有算计的殉死逐渐增多，江户幕府于 1663 年宣布禁止令。随之，殉死几乎销声匿迹。1912 年乃木希典的自杀虽然受到落后于时代的批评，但是产生了较大的影响。①

说到殉死，中国古代也曾经有过。那么，中国的殉死又是一个什么样的概念呢？中国的《汉语大词典》关于"殉"的第一条解释是这样的：

> 以人从葬。《左传·昭公十三年》："王缢于芋尹申亥氏。申亥以其二女殉而葬之。"亦指从葬的人。《墨子·节葬下》："王子杀殉，众者数百，寡者数十。"②

"以人从葬"这样一个概念更多是"人"处于被动的地位，被别人逼迫不得已而从葬。因此在汉语中更多地用"殉葬"、"陪葬"这样的词。中国"殉葬"的历史可以追溯到公元前三千多年，从考古资料看，我国早在公元前三千多年就存在人殉的现象。③ 到了公元前16—17世纪至公元前11世纪中期的殷商时期殉人制度达到了顶峰。到了春秋（公元前770—

① 《（新订）小百科事典》，平凡社 1994 年版。
② 汉语大词典出版社 1990 年版。
③ 王计生主编《事死如生 殡葬伦理与中国文化》，百家出版社 2002 年版，第 84 页。

公元前 476 年）战国（公元前 453—公元前 221 年）时期，
殉人风气有所减弱；但是到了秦汉时期，秦始皇死时又出现
了中国历史上比较大规模的陪殉。以人陪葬的现象后来一直
持续到明清时期。但是从东汉以后更多的是妻为夫陪葬，妃
嫔为皇帝陪葬。这种女子为丈夫而死的做法应该说起源于中
国儒教的男女秩序观念，女子被要求"从一而终"，一生只
为一个男人服务，保持女子的贞操。因此，男人已死，女子
就被认为没有存在的价值；而皇帝更希望在死后仍然能过上
花天酒地的生活，所以强迫妃嫔为自己陪葬。当然也不排除
仆人为主人而死的情况，如《红楼梦》中就有丫环在贾母死
去之后，因为生活所迫，为贾母而死。

关于日本古代陪葬的情况，主人去世后，比较近地服侍
过他的人被要求死后也要服侍，而被活埋。古代的垂仁天皇
觉得不能那样残酷，命令野见宿祢，"用陶器做成人、马的
形状，把它们放在墓地的周围，以代替殉死"。[1] 笠谷和比谷
在《武士道　其名誉的规章》[2] 一书第 100 页指出殉死在战
国时代（1467—1568 年）和江户时代（1603—1868 年）初
期极其盛行，甚至在大名之间产生互相比较殉死人数的风习。
然而，这种殉死与古代被强迫而进行的陪葬有很大的不同。
关于这种"殉死"的起因，山本博文提到早期的殉死大多是
发生在与主君有同性恋关系的侍者身上，有着情死的因素。
为情而死，一般应该是自愿的。这种为"情"而死后来发展
到曾经受到主君一定照顾的侍者为主君而殉死。[3] 在上边引
用的《百科事典》中关于"殉死"的解释中就提到"特别是

---

①　平泉澄：《少年日本史》，时事通信社 1970 年版。第 46 页。
②　山本博文：教育出版株式会社 2001 年版。
③　《剖腹　日本人负责的方式》，光文社 2003 年版，第 40 页。

指日本的武士社会遵从只侍一主的原则而进行的自发性的殉死"。由此可以看出：日本真正意义的"殉死"是以武士社会为主的、以效忠为目的的、以自愿的形式进行的"殉死"。

随着武士殉死的发展变化，慢慢形成了殉死需要得到主君的许可的定式。经过许可而剖腹殉死，死者的家属一般会受到主君的照顾，基本能保证衣食无忧，甚至还能受到厚待。所以，经过主君同意而殉死是很名誉的事情，而且这关系到家族将来的利益。森鸥外就是按照这个思路重新修改了《兴津弥五右卫门的遗书》。

1948 年筑摩书房出版的森鸥外短篇小说集《意地》，别出新意地把《兴津弥五右卫门的遗书》和《阿部一族》的初稿和定稿在同一页上分上下两部分对照印刷出版，使我们更清楚地看到了二者的不同。关于《兴津弥五右卫门的遗书》的改写，文艺评论家唐木顺三（1904—1980 年）评论道：

《意地》书影

　　与其说不同，还不如应该说是重新创作。从数量上看初稿不到定稿的三分之二。而且乃木殉死的强烈打击在初稿中比较明显，开头部分更明显。另外，年号差异很大……鸥外以乃木殉死为契机，没有考证的时间，只能迅速地一口气爆发性地创作，他的这种心情在初稿中不难看到。①

那么，首先让我们看一看《兴津弥五右卫门的遗书》的修改稿是如何强调主君允许殉死的荣誉感的。《兴津弥五右卫门的遗书》修改稿开篇就提到能在主君墓前顺利地剖腹殉死非常高兴，并把之所以殉死的经过写下来作为遗书留给子孙，在于让子孙以此为荣。当弥五右卫门终于在主君去世三年之后完成公务，恳请新主君允许自己为去世的主君殉死之后，受到新主君的特殊关照。弥五右卫门赴京都殉死前到新主君处道别，新主君亲自赐茶，并赠送两件衣物给弥五右卫门。不久，新主君又派重臣到弥五右卫门家去看望弥五右卫门，带去了新主君赠送的和歌。之后新主君托付别人在京都照顾弥五右卫门，最后，派人为弥五右卫门送行。弥五右卫门殉死之后，有人留下诗句：

无比英名升云霄，弥五右卫门随主剖腹。②

这证明世人对弥五右卫门的殉死也是极其赞美的。

《兴津弥五右卫门的遗书》初稿中的不足在定稿中得到了弥补。森鸥外在《兴津弥五右卫门的遗书》初稿发表之后又获得了一些有关兴津弥五右卫门的历史资料，修改稿的前边加入了大段关于兴津弥五右卫门祖先的记述，后边加入了更多的关于兴津弥五右卫门子孙的记述，还加进了家谱。这些记述是修改稿字数增加的主要原因。史实的大量记述，证

---

① 唐木顺三：《解说》载森鸥外：《意地》，筑摩书房 1949 年版，第 192页。

② 《日本现代文学全集 7　森鸥外集》，讲谈社 1980 年版，第 175 页。

86

明了森鸥外对史实的了解和尊重。森鸥外1915年1月在杂志《心之花》上发表了《尊重历史与偏离历史》一文，在文章中森鸥外谈到了他本人在创作历史小说时对历史史实的处理。森鸥外虽然重视尊重历史史实，但是在文章中他提到自己在作品《山椒大夫》（1915年）中的脱离史实的尝试。森鸥外本人承认"好像脱离历史还不够"，虽然他的历史小说观不否认脱离史实发挥想象力的需要，但是从客观结果来看，森鸥外的历史小说更趋向于尊重史实，正像森鸥外所说的："不喜欢变更历史的'自然'，不知不觉就被历史束缚住了。"① 这成了森鸥外历史小说的一大特点。

修改稿与初稿虽然根据史料，历史年代等有所改动，但是最大的史实上的不同在于初稿中殉死的时间为主君的十三周年忌，而修改稿根据史实改为三周年忌。初稿中的殉死是自己决定的殉死，因此对主君去世十三年之后才殉死的原因进行了解释说明。遗书是写给众人的，希望得到理解。而在修改稿中由于史实证明兴津弥五右卫门的殉死是得到新主君的同意的，于是就省去了解释的必要。遗书是写给自己的孩子的。另外，《兴津弥五右卫门的遗书》初稿与修改稿的不同还体现在森鸥外的写作动机上。初稿是为了借《兴津弥五右卫门的遗书》替乃木殉死说话，而随着两个月后1912年12月《阿部一族》的创作，森鸥外对殉死的思考与理解不断加深，又经历了半年之后，森鸥外对《兴津弥五右卫门的遗书》进行了修改。离开乃木殉死已经过去了七个多月的时间，乃木的殉死使乃木的形象更加受到世人的尊敬，森鸥外没有必要再特意为乃木说话，而且随着森鸥外历史小说创作

① 《鸥外全集》第26卷，岩波书店1973年版，第509页。

的展开，森鸥外的眼光已经不只局限于乃木殉死，而是转向对历史的认识，因此可以说森鸥外的修改稿的视点放在了剖析殉死这一历史现象上。

兴津弥五右卫门与乃木希典二者之间存在着共同点，同时也存在着差异：第一，兴津弥五右卫门的主君是藩主，不是国家的最高统治者，藩主是兴津弥五右卫门的效忠对象；乃木希典是明治时代的军人，明治维新后日本已经成为中央集权制国家，乃木的效忠对象是天皇。第二，兴津弥五右卫门殉死需要得到主君的许可，以获得相应的荣誉和待遇；乃木希典所处的明治时期殉死早已被废止，乃木希典不需要征得天皇的许可，乃木希典也没有必要以征得许可的方式谋求相应的待遇。总之，二者最大的不同是时代的不同，也是如何殉死与死后荣誉和待遇的关系不同。

第三节　武士道的逆命题——《阿部一族》

"世间"在日语中是一个非常具有日本文化特色的词汇。一般指"社会，或者世上的人们"。由于日本文化偏向于"耻文化"①，因此人们非常在意外界对自己的评价，并因外界的评价而产生一系列的连锁反应。武士与"世间"同样存在这一关系。

关于《阿部一族》的创作，森鸥外1912年的日记记录如下：

11 月 29 日（星期五），晴。

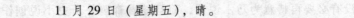

① 鲁思·本尼迪克特：《菊与刀》，吕万和等译，商务印书馆 2002 年版。

阿部一族脱稿。

11 月 30 日（星期六），晴。霜。
把阿部一族交予泷田哲太郎派来的人。

12 月 5 日（星期四），阴。
泷田哲太郎拿来阿部一族的校对稿。①

12 月 22 日（星期日），雨。
关于兴津子孙的事情与贺古联系。②

1913 年 4 月 3 日（星期四），晴。
傍晚开始整理有关兴津弥五右卫门的资料。

4 月 6 日（星期日），晴。
整理阿部一族等殉死小说。③

4 月 8 日（星期二），雨。暖。
把《轶事篇》的文稿交给植竹喜四郎。

4 月 9 日（星期三），雨。
植竹喜四郎来访，根据他的希望把《轶事篇》改为
《意地》。④

---

① 《鸥外全集》第 35 卷，岩波书店 1975 年版，第 575 页。
② 同上书，第 577 页。
③ 同上书，第 590 页。
④ 同上书，第 591 页。

从日记中可以看出，1912 年 11 月 29 日森鸥外创作完成《阿部一族》，距离 9 月 18 日《兴津弥五右卫门的遗书》的创作仅有两个月的时间。在《阿部一族》脱稿后，森鸥外又进行了以上提到的《兴津弥五右卫门的遗书》的修改。后来，根据出版社的意见，森鸥外把《阿部一族》的修改稿、《兴津弥五右卫门的遗书》的修改稿及《佐桥甚五郎》三篇小说合在一起出版了小说集《意地》。筑摩书店为了初稿与修改稿对照方便，又把初稿与修改稿上下对照出版了《意地》的新版本。

《阿部一族》和《兴津弥五右卫门的遗书》两部作品所表现的时代一致，均是为藩主细川忠利的殉死。但是，同是为主君殉死，在《阿部一族》中给藩主牵狗的津崎五助因为得到藩主忠利的允许，而受到人们的羡慕；阿部弥一右卫门因为没能得到主君的许可，却受到世人的唾弃。

《阿部一族》的主人公阿部弥一右卫门是藩主生前的近侍。虽然在藩主生前多次向藩主恳求过殉死，却始终没有得到同意。口头上藩主说希望阿部弥一右卫门留下来帮助辅佐幼君，但是实际上另有原因。阿部弥一右卫门是公认的好武士，但是有一点不近人情，不容易接近，朋友也很少。藩主细川忠利对阿部弥一右卫门这一点很了解，所以，每次对他都表现出不同的态度：别的近侍来请他去就餐，细川忠利不说二话；阿部弥一右卫门如果来请他去吃饭，细川忠利就会说还不饿。久而久之细川忠利就养成了一种心理定式。于是，阿部弥一右卫门向他请求殉死的时候，同样地也得到的是否定性的答复。然而，由于阿部弥一右卫门很早就受到细川忠利的大力提拔，孩子也受到了特殊的照顾。因此对于殉死，

连家人都觉得是理所当然的。"世间"更不用说。可是，事
与愿违，决心殉死的阿部弥一右卫门却不能得到主君的允许。
于是，众人便开始风言风语地说阿部弥一右卫门之所以没有
殉死是因为贪生怕死、苟且偷生的缘故。阿部碍于世人的流
言而自杀（这种死法被人们认为是"犬死"）。可见，世人舆
论的压力是阿部弥五右卫门"犬死"的主要原因之一。《阿
部一族》中另一个典型的例子是讨伐阿部一族的藩军大将竹
内数马，因为舆论认为他受过去世的藩主细川忠利的厚恩，
也应该为主君殉死。于是，竹内数马大将为了名誉急于求死，
作为讨伐阿部一族的主将终于英勇地死在战场上。

阿部弥一右卫门的自杀只是阿部一家悲剧的开始，在藩
主去世一周年的忌日，没能被允许继承家业的阿部弥一右卫
门的长子权兵卫在灵位前决定放弃武士身份，结果以触犯灵
位之罪被处以斩首。作为武士不能堂堂正正地剖腹是一种耻
辱，阿部一族再无脸面奉公，于是，一族人杀死了孩子，老
人和妇女自杀的自杀，其他人固守在府内，决定与藩主派来
的藩军决一死战。结果，寡不敌众，阿部家族被藩军消灭。

作为统治者的细川忠利不同意他的侍从为自己殉死，其
理由是希望这些人留下来保护儿子——幼君光尚。其实细川
忠利另有想法。他觉得，生老病死乃自然规律。老木枯死，
新木再生，在儿子光尚周围已经有了很多为光尚尽忠的年轻
人。即使自己想让自己的侍从同样去侍奉儿子光尚，光尚周
围也已不缺人手。自己任用的老侍者们对儿子身边的人来说
只会是一种障碍，已经没有存在的必要。另外，自己任用的
人在多年的奉公过程中与别人也结下了不少恩怨，成为别人
嫉妒的对象。因此，让他们活下去，并不是明智的做法。于
是，细川忠利得出了一个结论："也许同意他们殉死是一种

慈悲。这样一想，忠利仿佛多少得到了一些心理上的安慰。"① 实际上，细川忠利的想法背后隐含着武士道"一仆不侍二主"的原则。归根结底一句话，还是一个"忠"字。虽然在江户时期以前，武士集团的抗争，武士易主的情况并不少见，但是发展到了江户时代，社会相对稳定，武士开始被加以规范，武士道德要求武士对一个主君绝对性地尽忠。

《阿部一族》中有这样一个情节：藩军讨伐阿部家的时候，阿部家的邻居第一个冲进阿部家，杀死了阿部家的人。两家非常亲近，表面看起来以上做法好像很无情无义，但是阿部家族是由于违反了主君的命令，与主君唱反调而被主君征讨的。这是逃脱不了的命运，邻居也救不了阿部一家。为了表示对主君的忠诚，也是为了表示对阿部的友情，邻居希望用自己的手而不是随便什么人的手结束朋友的生命。甚至阿部权兵卫也非常理解邻居的心情。在我们看来，这里实实在在地存在着忠君思想与人情之间的"理与情"的矛盾，但是在阿部与朋友看来却是理所当然的，这里没有怨恨。他们都已经习惯了按照这种按封建制度的规矩行事。

同样是殉死题材的历史小说，而且历史年代又很接近，但是《阿部一族》主人公阿部弥一右卫门的殉死与《兴津弥五右卫门的遗书》修改稿中弥五右卫门的殉死有着根本的不同。如果说《兴津弥五右卫门的遗书》的初稿只是受到乃木殉死的触动的迅即反映，那么《阿部一族》和《兴津弥五右卫门的遗书》的修改稿可以说是森鸥外对殉死的更深层次的思考；因此，《兴津弥五右卫门的遗书》尤其是修改稿着重描写了殉死带来的荣誉感，而《阿部一族》则表现了没有得

---

① 《日本现代文学全集7　森鸥外集》，讲谈社1980年版，第183页。

到主君许可的殉死的失落与无奈。在两者的对比中，虽然对武士的殉死做了充分的肯定，但同时不得不承认，这也表现了作者对殉死价值的再认识，以及对殉死制度的质疑。

相比于中国，日本强调"忠"字，对主君的献身意识较强，同时世俗的评判对是否殉死起的作用也很大。《兴津弥五右卫门的遗书》中兴津弥五右卫门的殉死由于得到许可而获得了荣誉，《阿部一族》中阿部弥一右卫门的不名誉的殉死使得家族不能延续，并招致灭门之灾。难道阿部弥一右卫门对主君不"忠"吗？不是。问题在于阿部虽然对主君尽忠，但是没有得到主君的理解。阿部听从主君的意思，没有殉死，却遭到了世人的非议。《兴津弥五右卫门的遗书》和《阿部一族》所表现的均是为藩主细川忠利的殉死。然而两者的命运却截然不同。可见，根本原因不在阿部，而在主君，因而这是"忠君"制度带来的悲剧。《阿部一族》向读者展示了封建武士制度的弊端。也就是说，在"忠"字至上的封建君主制的统治之下，武士始终处于被动的地位，丧失了自我的存在。由此可见，森鸥外对武士道有不同于他人的自己的认识。

关于这一点，还可以在他后来创作的《护持院原的敌讨》得到进一步的证实。小说中的主人公宇平作为死者的儿子，对敌讨（复仇）有着义不容辞的责任。按照旧时代的做法，如果父亲、兄长去世而不去敌讨，是很不光彩的一件事，而且不能继承家业。宇平在得知父亲去世后也曾经十分激动，并决定去复仇。然而，随着时间的推移，他认为这种像大海捞针一样地寻找仇人实在前途渺茫，于是，他动摇了。他没有被封建的伦理道德束缚，对敌讨这一前途渺茫的行为提出质疑，并最终放弃敌讨，去走自己的路。

通过以上分析，不难看出的是，森鸥外在《阿部一族》、

《护持院原的敌讨》中表现出了对封建体制的不满，也表现了他对作品主人公命运的不平。阿部一族的灭族，宇平一家的背井离乡、漫无目标地去敌讨，森鸥外对此都表示了同情。事实上，森鸥外对殉死的认识并非那么坚定，如他在《妄想》一文中曾写到：

> 西洋人说不怕死是野蛮人的特点，便觉得自己也许就是西洋人所说的野蛮人。这样一来，便想起儿时二老曾多次训诫自己：你生在武士之家。必须学会切腹自杀。于是想起当时曾想，恐怕会很痛吧？但却又认为必须得忍耐。而且，渐渐承认，自己也许就是西洋人所说的野蛮人。但是，却无法承认西洋人的见解是正确的。①

话语中的无奈和内心的矛盾显而易见。从小说中也可以看到，森鸥外对武士道的描写，既有对武士作为个人道德的赞美，同时也有对上层政权的反思。虽然森鸥外的创作原则基本上是尊重史料，脱离历史的描写较少，并且以客观叙述为主，尽量不对作品中的人物加以评论，但是还是能从其历史小说题材的选择以及具体的描述中看出作者的态度。因此可以说，森鸥外对殉死、敌讨、剖腹等多种题材历史小说的创作，实际上是作家对武士道正反面认识的反映，是他在创作中对武士道这一传统道德一路思考的结果。

① 高慧勤编选《森鸥外精选集》，北京燕山出版社 2005 年版，第 276 页。

第三章　文学家夏目漱石对乃木殉死的文学反应

第一节　官僚作家与文学家的比较
——夏目漱石与森鸥外

夏目漱石（1867—1916 年）与森鸥外（1862—1922 年）是近代文学的两大家，反自然主义作家的代表。两人年龄相仿，加藤周一在《日本文学史序说》中把他们这一代称为"1868 年的一代"。1868 年经过明治维新，日本开始西化。1872 年福泽谕吉出版《学问的劝谕》。书一出版就受到极大的欢迎，多次再版，日本大众对西化表示了极大的热情，日本走上了效仿西方社会、彻底变革的道路。夏目漱石与森鸥外也经历了同样的过程，但是不同的家庭背景和不同的追求使二人表现出截然不同的人生道路。

森鸥外是家中长子，森

夏目漱石（1867—1916）

家第十四代，从小是神童，佼佼者。九岁开始学荷兰文，十一岁就随藩医的父亲赴东京求学。二十岁东京帝国大学（即东京大学）医学部毕业。二十二岁公派赴德国留学四年。走的是精英之路。在德国，森鸥外与德国少女产生浪漫恋情，但是作为大家庭的长子，森鸥外不得不放弃初恋（后期根据亲身经历创作的浪漫主义作品《舞姬》算是为这段恋情彻底画上了句号）。从此，森鸥外服从命运的安排，走上了理性的仕途之路。四十五岁，森鸥外就被任命为军医最高职——军医总监。森鸥外服务于明治天皇制国家的工作性质，决定了森鸥外一切以国家为重。

与森鸥外不同的是：夏目漱石是父母年老时生的孩子，让父母很感惭愧，因此被送到别人家里做养子，即使后来回到家里，在家中也是一个多余的人，所以他对家庭没有像森鸥外那样的责任。夏目漱石从小学汉学，十六岁开始学英语，考入东京帝国大学（现东京大学）英文专业。毕业以后，三十三岁公派赴英国留学。在英国的两年期间，让夏目漱石最感苦恼的是文化的差异和生活的艰难。在彷徨中，夏目漱石找到了"自我本位"，也就是不当英国人的奴婢，追求与西方人、西方文化的平等。他在《我的个人主义》（1914 年）一文中提到："我把自我本位一词握在自己手里之后，变得坚强了。"夏目漱石没有走森鸥外的仕途之路，他辞去了东京大学的教师职位，专心写作。作为一个文人，夏目漱石一直在苦苦地思考、摸索。这使夏目漱石的身体健康受到了极大的影响，从英国留学时期开始夏目漱石就患有神经衰弱症，而且不断反复；胃溃疡也让夏目漱石经受疾病的煎熬。

提到乃木殉死，夏目漱石的《心》是公认的反映乃木殉死的小说。1914 年 4 月 20 日小说开始在报纸《朝日新闻》

上连载。此时距离乃木希典为明治天皇殉死已过去了近两年的时间。在《心》下篇第五十六节中夏目漱石借用"先生"之口表示了对乃木殉死的不理解：

> 这以后过了两三天，我终于下了自杀的决心。正像我不明白乃木先生死的理由一样，或许你也不能明明白白地领会我自杀的理由吧。如果是这样的话，那是由于时势推移而来的人的不同。①

在这里我们需要注意的是"先生"没有称乃木为大将，而是只用了对一般人的称呼"さん（用在人名之后，表示一般的尊重）"，表明"先生"没有把乃木希典当作高高在上的人物。乃木殉死虽然使"先生"有了自杀的决心，但是"先生"只是在"殉死"上与乃木希典产生共鸣，而在殉死的动机上并不一致。桶谷秀昭在论文《寂寞的"明治精神"——〈心〉》中这样评论道："不管怎么说，可以说的是漱石绝没有认为乃木大将是'完全理想主义的人物'。漱石应该只是有对承受过极其残酷的惨剧的人的共鸣。"②

夏目漱石作为一个作家，一个社会评论家，不但没有把乃木希典理想化，对皇室采取的也是客观的态度。1912 年 6 月 10 日，他在日记③中写到他观看古典戏剧"能"时对皇室的感受：

> 皇后陛下、皇太子殿下吸烟。然而，不许我们吸烟。

---

① 周大勇译，上海译文出版社 1983 年版，第 254 页。
② 猪熊雄治编《夏目漱石〈心〉作品论集》，库来思出版 2001 年版。
③ 平冈敏夫编《漱石日记》，岩波书店 1990 年版，第 189 页。

这件事，陛下、殿下应该考虑一下我们臣民。如果觉得
自己吸烟无碍的话，应该允许臣民有同样的自由。

　　皇室不是神的集合，应该容易接近、容易亲近，打
动我们，令我们产生敬爱之念。这是最可靠的方法，也
是最持久的方法。

夏目漱石在此表示了对皇室的尊重，同时对皇室的特权
也提出了质疑，指出皇室不是神。他认为皇室与臣民应该平
等。对皇室地位的这种认识可以说是夏目漱石与森鸥外的不
同之处。那么，夏目漱石是如何认识乃木殉死，乃木殉死对
夏目漱石又有何影响呢？

第二节　"明治精神"——K 的追求
与"先生"的罪恶感

　　1914 年（大正三年）3 月 26 日皇太后在疗养地心绞痛
发作，4 月 11 日去世。皇太后去世之前，有关皇太后病情及
皇族、国民对此反应的报道频繁地出现在报纸上。葬礼于 5
月 24 日举行，夏目漱石的《心》的连载在这当中的 4 月 20
日开始。从 1912 年 7 月明治天皇的去世到皇太后去世，两年
之间，明治时代宣告彻底结束，日本进入真正意义上的大正
时代。作为文学家的夏目漱石并没有向官僚作家森鸥外一样
作出迅即的反应。直到皇太后去世之后，夏目漱石才创作完
成了《心》。在《心》中夏目漱石把对明治的相对化的认识，
浓缩成了《心》中的"明治精神"。让我们看一下《心》下
篇五十五、五十六"先生"的自白：

在盛夏时节，明治天皇驾崩了。那时，我似乎觉得明治的精神，始于天皇，也终于天皇。我觉得明治的影响最深，此后生存下去，总归要落后于时势。这种感想强烈地打动我的心胸。我明明白白地对妻这样说了。妻笑着，不来理我。可是不知她想到了什么，突然对我开玩笑说："那么，你就殉死好了。"

"殉死"这话，我几乎已经忘了。因为这个词在平常没有必要使用，显然已沉到记忆的底里，在开始朽灭了。这时听到妻的玩笑，才想了起来。我对着妻说："如果我殉死的话，那是打算殉明治精神而死的呢！"我的回答，当然也不过是开玩笑，可不知什么缘故，那时我觉得有一种心情，好像一个古老的、用不到的词，又加进了新的意义。①

《心》中的主人公"先生"是家中独子，二十岁失去了双亲，只身赴京求学，遗产被家乡的叔父诈取，于是"先生"对人失去了信赖。处理了遗产事宜之后，"先生"寄宿到一母女家，因为与朋友 K 都喜欢上这家的女儿，而早一步求婚得到同意，K 自杀。"先生"虽然顺利结婚，但是"先生"

《心》书影

---

① 周大勇译，上海译文出版社 1983 年版，第 253 页。

也意识到自己和叔父一样是自私自利的人。为了妻子的幸福，"先生"始终没有和妻子挑明过去的这件事。为此，"先生"心中始终对 K 的死抱着深深的负罪感而不能自拔。终于，明治天皇去世，乃木殉死的消息使"先生"下定决心：为追求"自由、独立和自我"的"明治精神"而殉死。"先生"写下遗书留给年轻的"我"。

回顾明治社会，作为 1867 年出生的夏目漱石正好生活成长在明治时代的前期。明治维新使倒幕派排除了幕府的压力实现了大政奉还，天皇因此又拥有了一定的实权。随着西化的深入，明治社会在迅速发生变化，经济得到发展，人们开始追求以自我为本位的个人主义。夏目漱石看到了明治社会的这种变化。关于这一点，1914 年 11 月夏目漱石在学习院应邀进行题为《我的个人主义》的演讲中说道：

> 最近个人主义好像常用于这样一种风潮，他们口中高喊着自我、自我觉醒，却做什么都无所谓。其中有很多怪异的，他们根本不承认他人的自我，却说应该彻底尊重自己的自我。我坚信不疑的是：只有具备一双公平的眼睛，拥有正义的理念，才能为自己的幸福发挥自己的个性，并同时把自由给予他人。①

在此，夏目漱石对个人主义进行了严厉的批评，他提倡的是不只考虑自己的利益，也考虑他人利益的个人主义，而不是纯粹的利己主义。这次演讲距离《心》的连载开始已过

① 《筑摩现代文学大系 12　夏目漱石集（一）》，筑摩书房 1975 年版，第 480 页。

去半年，以上内容应该是夏目漱石头脑中理想的个人主义形态。水川隆夫在《漱石〈心〉之谜》一书中这样分析夏目漱石的思想：

> 为了防止这种个人主义向利己主义的变质以及自我失去控制，难道不应该把"明治精神"中存在的"对精神追求"的"认真"的努力，对有意识、无意识的利己主义的严肃的反省，对"伦理"的必要性的确信等继承到"大正的精神"中去吗？另外，难道没有必要把蕴含在"明治精神"中的重视"义务"与"责任"的意识进行近代式的再现，抑制"权力"和"金钱"的滥用，以此把"在现今的社会制度下拥有绝对权力，只考虑单方面的利益"（《文艺与道德》）的做法加以改造吗？大概漱石的想法可以像以上这样归纳吧。①

从以上内容中不难看出夏目漱石所指的"明治精神"，即积极向上的生活态度，对利己行为的反省，对伦理道德的尊重等等。虽然明治时代结束，已进入大正三年（1914年），西化的步伐进一步加快。但是，夏目漱石希望人们在追求个人主义的同时，糅进传统的因素。因此，夏目漱石所指的"明治精神"并不仅指武士的恩义，对主君的忠诚，而是更广泛意义上的过去时代的传统因素。这种"明治精神"比起森鸥外作品中的对旧时代的武士传统的追怀要广泛得多。那么，"明治精神"在《心》中是如何体现的呢？

在《心》中，与"先生"、"我"和其他人相比，K明显

---

① 彩流社1989年版，第192—193页。

是另类。K毫不彷徨地把献身自己的道路作为最高理想。那么，K追求的理想到底是什么呢？是什么可以使K放弃自己的感情而自杀呢？K的父亲是个僧人，他的家就是本愿寺寺院。K从小就对宗教、哲学感兴趣。为了让二儿子K也能有更好的物质条件可以赴京学习，K被送到医生家庭做养子。但是，K违背了他的养父母让他学医的意愿，学了文。K从小受佛教思想的熏陶，"他以为种种对衣食住的精美讲求，正和不道德的事一样。他一知半解地读了些高僧呀、圣徒呀等的传记以后，有一个癖见：动不动就要把精神和肉体割裂开来。说不定有的场合，甚至还会感到鞭挞了肉体，就能增加灵魂的光辉似的"①；K好像一味认定只要对困难习惯以后，就会变得对那困难丝毫不以为意。好像他确信，如果能一次一次地反复忍受艰苦，那么这种反复就会发挥功效，会无意中遇到一个时机，到时就不再把那种艰苦放在心上了。而且K是一个言行一致、嘴里说前进就绝不会在前进的道路上退缩的人。在理想的追求与磨炼上与乃木希典相比较来说，虽然两人追求的理想不尽相同，但是不追求物质利益而追求理想的那种执著的、克己的精神，却是他们两个人的共同点。同时，为实现理想排除一切个人感情因素而献身这一点也是二人的相同之处，因此可以说在K的身上能看到乃木的影子。

另一方面，乃木为失去军旗的长期的自责出现在"先生"身上。当K为自己爱上房东家小姐不能自拔的时候，"先生"用K说自己的那句话——"在精神方面没有进取心

---

① 夏目漱石：《心》，周大勇译，上海译文出版社1983年版，第184页。

的人，那是混蛋"① 来打击 K。K 受到了震动，反省自己偏离原本追求理想的行为。"先生"乘胜追击："如果你要不提，那么不提也好。不过，单是口头不提，那不见得有用——如果你没有起码的决心，在心里也不提那件事的话。你对你平素的主张，到底打算怎么办呢？"② 这时，K 的反应是"决心，——也没有下不了决心的事"③，"他的声调，仿佛是在说梦话似的"④。虽然 K 不敢表露自己对小姐的感情，一直很苦恼，但是考虑到 K 做其他事的果敢态度，"先生"对 K 说的"决心"这一词有了自己的理解：K 对房东女儿将采取积极的方式去追求。这种理解促使"先生"采取行动，先行一步急急地求了婚。事后，"先生"一直不敢向 K 开口提这件事。但 K 不久还是从房东口中得知了求婚的事。就在"先生"决定与 K 坦白的前一天，K 自杀了。K 的死，很容易让人感觉是因为"先生"背叛了 K 的缘故，而且"先生"也是这么认为。但是，仔细想来从 K 说"决心"的表情中，不难看出 K 已经下了一个决心，那就是 K 决心放弃感情，为自己的理想而自杀。因此，K 从房东口中知道"先生"求婚的事时没有表示出很大的惊讶，得知求婚的消息以后也并没有马上自杀，在"先生"的面前更是不动声色。而且，K 在自杀之前拉开了 K 和"先生"的房间之间的拉门，这应该表示 K 对"先生"的"门户开放"的态度，甚至可以理解成 K 对"先生"的友情。

---

① 夏目漱石：《心》，周大勇译，上海译文出版社 1983 年版，第 222 页。
② 同上书，第 225 页。
③ 同上。
④ 同上。

从西南战争的明治十年（1887年）到明治四十五年（1912年），共有三十五年的距离。乃木先生在这三十五年中，曾不止一次地想死，好像是在等待着死的机会。对于这样的人，是活着的三十五年苦呢，还是用短刀刺入肚子的那一刹那之间苦，是哪一样苦呢？——我盘算起来了。①

不管怎样，"先生"一直生活在强烈的自责当中，经历了漫长的岁月。"先生"深深地理解了乃木内心所承受的痛苦。在《心》中描写的这种痛苦可以说是"先生"与乃木殉死的共鸣。

在《心》中，K的追求是一种纯粹的几近苛刻的个人修炼的追求，这与武士的修炼类似；"先生"的自责是站在武士道传统的"诚"，也就是"无我"的角度的反省，它起因于在近代化的进程中对"自我"的盲目追求。二者构成了《心》中的"明治精神"，也就是明治武士道的精神。"先生"的自责导致了"先生"的自杀，是为"明治精神"的"殉死"。

第三节　先生"殉死"的多重意义

在《心》中，"先生"在追求个人主义的同时伤害了最好的朋友K，K自杀。"先生"陷入深深的自责之中。这种自责体现的是已经逝去了的那个重视"情"、"义"时代所尊重的伦理道德规范的约束。这种伦理道德规范主宰着

①　夏目漱石：《心》，周大勇译，上海译文出版社1983年版，第254页。

"先生"，使先生不能自拔。因此，"先生"的死实际上可以说是负罪感所导致的结果。但是"先生"在这里选用了"殉死"这个词。殉死应该还有除以上所说的负罪感之外的其他意义。"先生"明确地表示为"明治精神"而殉死，这表现出了"先生"对渐渐逝去的包含儒教伦理道德的"明治精神"的留恋，因此可以说"先生"的"殉死"与乃木的"谏死"比较接近，二者有着类似的性质。虽然"先生"过着与世隔绝的生活，没有朋友，也没有乃木那么大的影响力，"先生"的死是在妻子毫无察觉的情况下进行的，几乎无人会去留意他的死。但是，"先生"这种无声的死应该与乃木的"谏死"拥有同样的意义，"先生"的死是为了警醒现世这些利己主义的人们。

另一方面，"先生"感到了过去时代的一去不复返，他希望年青一代在此基础上求发展。"先生"自责的产生可以说是来自于他所处时代的伦理道德的限制。新时代成长起来的学生"我"则是新一代的代表，这一代人没有旧的伦理道德的约束，可以更轻松地追求"自身充满自由与独立"的个人主义。在他们身上，儒教、武士道伦理道德的束缚已经减弱。与"我"这一代相比，"先生"这一代人处在时代的过渡期，是矛盾的集合体，也是时代的牺牲品。在此借用有岛武郎《致幼小者》的一段话来表述"先生"的心情：

时光流逝。作为你们的父亲的我到时如何被你们看待，那是难以想象的事。大概像我现在嘲讽、怜悯过去的时代一样，你们也嘲讽、怜悯我的陈腐的想法吧……你们如果不把我当作跳板，不客气地超越我到更高、更远的地方去的话就错了。①

与以上相似的内容在《心》中也可以看到："我现在正在自己剖开自己的心脏，要把它的血泼到你的脸上去。如果当我心脏停止搏动的时候，能够在你胸脯里孕育着一个新生命的话，我就满足了。"② 水川隆夫在《漱石〈心〉之谜》③ 第191页中把《心》中的这段内容，用佛教轮回的观点分析为"先生"希望在"我"的身上得到转生，以求新生。但是与其说是转生，不如说是"先生"希望牺牲自己而让年轻人吸取自己的教训。殉死是为了逝去的主君，也意味着为了逝去的时代，而《心》中"先生"的"殉死"则带着追随旧的时代，为新的大正时代让步的意味。"先生"没有子女，在多年的蛰居生活中接受了闯进来的"我"。面对父亲重病对财产分割没有任何概念和想法的新一代纯真无邪的"我"，"先生"虽然已经决定"殉死"，却为了给"我"留下遗书，在这个世上又生活了十天的时间。

"先生"的自责经历了漫长的岁月，"先生"深深地理解乃木内心所承受的痛苦。在《心》中对这种痛苦的描写可以说是"先生"与乃木的共鸣。然而，这里存在一个疑问——为什么"先生"要留下遗书呢？"先生"的遗书与乃木的遗书有何不同呢？在《心》中遗书最后一节，"先生"这样写道：

产生我的"我的过去"，作为人类经验的一部分，

---

① 《日本近代文学全集48 有岛武郎集》，讲谈社1980年版，第344页。
② 周大勇译，上海译文出版社1983年版，第138页。
③ 彩流社1989年版。

这除我以外谁也说不出来。所以我要把它没有虚假地写下。我的努力，在了解人方面，不论对于你或是对于别人，想不会成为徒劳吧。

"先生"留下遗书不只是为了写出乃木遗书中对自己过去过失的强烈的自责，而且是为了留下来给年青一代以作借鉴。时代是前进的，事物是变化的，"先生"用自己的死把沉甸甸的包袱卸掉，给旧的时代画上一个句号，从而让年轻人更轻松地向前走下去。当然，《心》开始连载的半年以后，夏目漱石并没有忘记在《我的个人主义》的演讲中提醒年轻人不能不顾及他人，片面追求强调个人利益的个人主义。

夏目漱石的《心》与森鸥外的《兴津弥右卫门的遗书》、《阿部一族》所不同的是：夏目漱石不只是回顾旧的时代，而是把"明治精神"赋予更广泛的意义，把视点放在目前和未来。夏目漱石在《心》中让"先生""殉死"，自己也进一步去走"则天去私"的路，追寻新的艺术境界。作为大正时期的作家，夏目漱石又创作了《道草》、《明暗》等作品。桶谷秀昭在《寂寞的"明治精神"——〈心〉》中这样评论道：

> 创作《心》的暗影已经消失，借《道草》主人公的话说，在"没有一个需要收拾的东西的"世界里，一切都相对化的、自我与自我冲突着的灰色情景被展开。
>
> ……
>
> 在寂寞沉重的云彩缝隙，一瞬间闪现的是"自然"、"天"，这些与K陷入神经衰弱仍然要继续求索的"路"

第三章 文学家夏目漱石对乃木殉死的文学反应

107

不同，而且和威胁先生的、过去的亡灵也有所不同。①

　　夏目漱石经过一个长长的黑黑的隧道，落到了大正时代。作为一个文学家，夏目漱石既有对明治武士道精神的留恋，同时也认识到了时代的变化。明治武士道精神在《心》中的表现就是 K 对精神磨炼的绝对追求，"先生"对自己的自责。"先生"受西方的影响，没有采取传统武士道抛弃自我、一切为主君、为他人的无我的"忠"与"诚"的态度。追求自我与无我是矛盾的两个方面，《心》很好地体现了这一点，反映了武士道与近代日本社会的矛盾。

武士道与日本近现代文学

108

---

① 猪熊雄治编《夏目漱石〈心〉》作品论集》，库来思出版 2001 年版，第66 页。

第四章　新一代作家对乃木殉死的文学反应

——芥川龙之介的武士道观

如果说森鸥外是从当政者、官僚的角度去探究乃木的殉死，而夏目漱石是从文明批判的角度看待乃木殉死的话，其他作家有什么观点呢？与《心》中"我"年龄相仿的年轻作家也有不少，下面让我们看一看芥川龙之介（1892—1927年）的相关作品。

第一节　《手绢》与武士道

谈到芥川龙之介对武士道的认识，首推芥川龙之介二十四岁时创作的短篇小说《手绢》。《手绢》创作于大正五年（1916 年）9 月，发表于当时规模最大的期刊《中央公论》10 月刊。《手绢》是芥川龙之介受到久米正雄短篇小说《母亲》的启发而创作完成的。二者的主人公虽然都是以新渡户稻造为原型，但是主题上存在较大的不同。同为描述一位母亲，久米正雄的《母亲》中表现的是母亲为生病坚持参加考试的儿子而担心[1]，芥川龙之介的《手绢》则表现母亲在外人面前尽量掩饰因失去儿子而带来的悲伤。

---

[1]　《久米正雄全集》第 8 卷，平凡社 1930 年版。

109

芥川龙之介在 1916 年 9 月 25 日写给秦丰吉的信中提到《手绢》的主人公长谷川谨造的原型是《武士道》一书的作者新渡户稻造。小说《手绢》中的长谷川谨造是东京帝国法科大学的

教授，兼任一所高中的校长。长谷川谨造教授的专业为殖民地政策。教授的夫人是美国人，是教授留学美国期间认识并结婚的。这些特点和教授对武士道的关心与新渡户稻造的经历与观点非常相似。

在生活中，芥川龙之介与新渡户稻造也有着一定的联系。新渡户稻造 1906—1913 年任第一高等学校校长

芥川龙之介（1892—1927）

期间，芥川龙之介 1910 年 9 月—1913 年 7 月在此学习。芥川龙之介上过新渡户稻造的课。① 对于新渡户稻造对武士道的关心与认识，芥川龙之介应该受到一定的影响。所以，《手绢》可以说是芥川龙之介对武士道认识的一部作品。

《手绢》的主人公长谷川谨造教授的夫人为美国人，非常喜欢岐阜县的日本传统风格的灯笼。长谷川谨造教授认为日本近五十年虽然物质生活获得了极大的提高，但是精神生活方面没见一点进步。为此长谷川谨造教授断言要实现精神生活的进步，唯有依靠日本固有的武士道。教授认为所谓武士道并不是狭隘的岛国国民道德，在武士道之中可以找到与

---

① 初谷顺子："《手绢》——武士道与其形式"，《东京成德国文》1989 年 3 月刊。

欧美各国的基督教精神相一致的普遍性。在长谷川谨造教授感慨现今日本社会欠缺武士道精神之时，有学生母亲西山夫人来访。西山夫人是来告知自己的儿子已经去世的消息的。然而，在长谷川谨造教授看来，西山夫人的眼中没有一滴眼泪，声音与常人并无两样，甚至嘴角上还浮现着些许微笑，根本不像是在谈论自己儿子的死亡。但是，教授在不经意之间发现了西山夫人的手中紧紧地攥着一块手绢，仿佛要把手绢撕开一样，两手在微微地抖动。教授这才认识到：西山夫人脸上在笑，实际上整个人一直在哭。于是，长谷川谨造教授把其赞赏为"女子武士道"。

新渡户稻造在《武士道》一书第80页提到女子武士道，他引用莱基《欧洲道德史》第二卷第383页中的话，认为武士道所最赞美的女子乃是"从性的脆弱中解放了自己，发挥出足以同最刚强而且最勇敢的男子相媲美的刚毅不屈"。新渡户稻造认为武士道虽然在要求女子守贞洁等方面与男子有所不同，但是作为武士的妻子，是被按照男人的道德标准来要求的。《手绢》乍一看，很容易让人感觉到这是芥川龙之介对武士道的赞美。其实不然，《手绢》究竟要告诉人们什么，还需要做深入的分析。

首先，长谷川谨造教授口中念念不忘的无非是是西山夫人用劲扯手中的手绢。这种控制内心失子之痛的方式让他联想到了武士道。但是这一控制内心感情的行为真的是武士的特殊行为规范吗？新渡户稻造在《武士道》第十一章"克己"中谈到："我国国民实际上对柔情的敏感并不亚于世界上的任何民族"[①]，"实际上，日本人在人性的软弱遭到严峻的考验时，有经常做出笑颜的倾向"。① 最后新渡户稻造谈到克己的局限性："克己的修养很容易过分。它有时会压抑心灵的活泼的思潮。它有时会扭曲率真的天性使之变成褊狭、畸形。"② 实际上，虽然克己作为武士道行为特征的一个表现，但是新渡户稻造在这里用的是"我国国民"、"日本人"这样的称呼，因此可以说克己的行为是日本人行为的一般表现。控制自己的思想感情，不给对方造成麻烦的做法在武士时代之前的古代时期，作为日本人的处世原则就已经出现了。西方人直接表露情绪的习惯和日本人对情绪的控制是长期以来形成的两种不同文化的体现，如果单纯把这一点定义为"武士道"，未免过于牵强。《手绢》中长谷川谨造教授把这一点定义为武士道，希望以此得到心灵安慰的过程的描写可以说是作者芥川龙之介的有意为之，以此加强对长谷川谨造教授的讽刺程度。

其次，长谷川谨造教授兼任一家高中的校长，博览群书，对当今学生非常感兴趣的书籍，只要有时间就一定要翻一翻。长谷川谨造教授现在正在翻一本西方戏剧创作艺术论，因为很多学生都热衷于欧洲近代戏剧，甚至有学生立志终身从事戏剧事业。但是很明显地，书中的内容不能让长谷川谨造教授产生共鸣。长谷川谨造教授曾留学美国，教授认为武士道与欧美各国的基督教精神有其共通性，可以说教授心目中的理想状态是求得东西方的调和。然而，虽然长谷川谨造教授把西山夫人的行为称为"女子武士道"，但是当教授把目光落回到戏剧创作艺术论上时，看到书中有一段把脸上带着笑容、手中把手绢撕成两半的行为称为双重演技的内容，这令

---

① 孙俊彦译，商务印书馆 2002 年版，第 64 页。
② 同上书，第 65 页。

他十分迷惑。"先生心中想的已经不是那个妇人。虽说如此，既不是夫人，也不是日本的文明。是要打破其平稳的协调的不可名状的什么东西。"① 书本上的话语使教授感到仿佛有什么东西搅乱了自己平和的心境，这使得教授心中非常不快，把眼睛抬向画着秋草的岐阜灯笼。以上描写可以看出教授矛盾的心境：既想追求东西方的协调平和，又隐隐感到的武士道的过于形式化与不自然。

第三，在整篇作品中可以感觉到，芥川龙之介对主人公长谷川谨造教授的描写带有讽喻的口吻。这里，芥川龙之介如何看待新渡户稻造就显得非常重要。因为前面提到，新渡户稻造是长谷川谨造教授的原型。《手绢》中对长谷川谨造教授略带讽刺性的疏远式描写已经表明了芥川龙之介对新渡户稻造的认识。相川直之在论文《芥川龙之介的〈手绢〉论——新渡户稻造的影响》② 一文中谈到芥川龙之介的新渡户稻造观。相川直之认为芥川龙之介"虽然不到轻蔑新渡户稻造的程度，但是还是可以说轻蔑过"。其根据是芥川龙之介在《明日的道德》（1924 年）上回忆新渡户稻造给他们上课时所讲过的话。新渡户稻造说："人类有形形色色不道德的东西，所以即使是朋友，如果都把这些不道德的东西互相暴露出来的话，相互之间也会讨厌，没有办法交往下去。"对于新渡户稻造这些关于与人交往、要给对方留情面的说法，芥川龙之介表示"非常愤慨"。他在 1916 年 9 月 3 日给浅野三千三的信件中提到：轻视那些无聊的人向前迈进吧。轻蔑

---

① 《芥川龙之介小说选》，文洁若、吕元明等译，人民文学出版社 1981 年版，第 54 页。
② 广岛大学近代文学研究会编《近代文学试论》2002 年 12 月刊。

是美德。① 虽然新渡户稻造的说法作为教育者，带有一般的说教式因素，芥川龙之介本人的想法与一般性认识有所差异，但是芥川龙之介表现出来的"愤慨"表明了他对新渡户稻造的非认同性观点。可以看出，芥川龙之介对新渡户稻造及其武士道的修身原则是持排斥态度的。

从以上分析可以得出结论：《手绢》一文的主人公长谷川谨造教授不仅不是芥川龙之介的代言人，相反，作者对长谷川谨造教授牵强的思维方式的讽刺，表明了芥川龙之介对武士道的过分形式化持反对的态度。芥川龙之介在作品中对西川夫人强忍失子之痛、手中拉紧手绢的举止的描写，不仅不是对武士道的赞扬，而是对牵强地从这一行为中寻找武士道的表现形式的做法的一种否定。实际上，随着时代的变化，武士道已经不再是人们追求的一种生活方式，现代人不应该再古板地追寻那种固定的思维模式。这应该是作者写作《手绢》的基本用意吧。

第二节　《将军》对乃木殉死的认识

芥川龙之介与森鸥外、夏目漱石一样也创作了关于乃木殉死题材的作品，短篇小说《将军》就是如此。小说创作于大正十年（1921 年）12 月，大正十一年（1922 年）发表于《改造》。《将军》发表的 1922 年距离乃木殉死的 1912 年，已过去了近十年的时间。

全文共分四节。是以追忆日俄战争的形式开始的。作品写 N 将军亲自到前线与敢死队队员握手，鼓舞士气。队员于

① 《芥川龙之介全集》第 10 卷，岩波书店 1978 年版，第 320 页。

是克服了厌战的情绪，纷纷表示"决心今晚为了报答将军的握手，不落于人后，肉搏"。① 将军亲自上前线鼓舞士气的做法奏效了。N将军能身处将军的位置到前线阵地上亲切地与士兵握手、谈话，表现了N将军对工作兢兢业业、尽心尽责的态度。另外，与士兵一起观看慰问演出时，N将军为台上的色情表演而大怒。但是台上换成英雄殉职的题材时，将军为此大受感动，流下热泪，并大声喝彩，使得旁边的中佐"在轻微的蔑视当中，感觉到了一些明快的好意"。② N将军的这些所作所为虽然与士兵的意愿相悖，但是表现了N将军的克己禁欲的正统观念。小说的第四节"父与子"写的是日俄战争时跟随N将军作战，已由军部参谋的少佐军衔升为少将的中村与儿子的意见分歧。中村少将的儿子是一名大学生，

《芥川龙之介全集》书影

刚参加过同学的葬礼回来。这之前，他没有经过父亲的同意便把西式客厅中N将军的画像换成了西洋绘画。儿子表示，比起N将军，自己与墙上的西洋画在感觉上更接近；对于N将军殉死前拍照一事儿子也表示异议，认为N将军是预见了殉死以后自己的照片会被很多店铺挂在店前才拍照的。少将的儿子对N将军是这样评论的："当然不是俗人吧。也可以想象他是个至诚的人。不过，那种至诚不是我们能够清楚理

---

① 《日本现代文学全集56　芥川龙之介集》，讲谈社1960年版，第199页。

② 同上书，第204页。

解的。可以想见，我们的后代就更不能理解了。"

小说《将军》虽然没有直接描写乃木希典，但是作品中提到的 N 将军的日俄战争的经历、殉死及殉死前拍照留念等一系列经历和行为均与乃木希典相符，N 这个大写字母还是乃木希典名字拼写的头一个字母。所以，《将军》是公认的描写乃木希典殉死题材的作品。作品《将军》设定的时间为大正七年（1918 年）10 月。在乃木殉死后的十年时间里，工业化大幅度发展，教育普及，就业难的现象开始明显。作品中的年轻人——将军儿子的心理明显反映了他们这一代年轻人的共同特征。对于这一代人来说，影响他们的不再是强烈的国家的概念，乃木希典的武士道精神更是离他们很远，对于乃木希典的殉死他们也很难理解。加藤周一在《日本文学史序说》中把这一时期的年轻人称为"1885 年的一代"，也就是 1885 年左右出生并成长起来的一代。

> 生于明治维新前后，把明治国家的命运和自己的命运紧密地结合在一起思考问题的一代人之后，又成长起这样一代人，他们出生在一八八五年前后，在日俄战争时期度过青春时代，脱离开国家，又经常面对国家来专心思考自己的问题。[①]

在此值得注意的是少将的儿子比起一般人家的孩子来说，会更多地受到身为军人的崇尚武士道的父亲的影响。如果少将的儿子对乃木殉死是如此的不解，那么，一般的年轻人该会

---

① 《芥川龙之介小说选》，文洁若、吕元明等译，人民文学出版社 1981 年版，第 301 页。

怎样，就可想而知了。

另外一方面，上了年纪的少将已经失去了当年的锐气。当注意到儿子擅自做主换掉墙上 N 将军等旧照片时，少将只是随之叹了一口气；与儿子谈到换画的事情时，少将也只是无力地表示："没什么不行。倒不是说不行，不过我想，唯独那幅 N 阁下的肖像，要挂上才好。"① 由此可见，少将与儿子两代人之间的认识差异已成定局，对于拉近与儿子间的认识上的差异，少将已没有充分的热情与信心。换句话说，两代人之间的认识差异已经成为不可否认的、绝对的事实。时代是发展的，也是不能逆转的。但是，当听到儿子反驳说将军的画与其他西洋绘画不协调时，少将没有表示强烈的异议，也轻易地放弃了。由此可以看出：少将对西洋绘画没有强烈的抵触情绪，西式客厅、西式生活已经完全融入少将的生活。

小说《将军》没有像森鸥外那样把时代推到江户时代，也没有像夏目漱石那样只取其抽象的意义，他描写的不是在征战中的乃木希典，而是从一件件琐碎的生活小事中，让我们看到了乃木的另一面。从中，我们能感受到乃木的价值观、乃木的将军作风。尤其是发现俄国密探鞋底里有情报，证明 N 将军的判断正确时，N 将军脸上表现出得意神情，这种描写也把将军与常人拉近了一步。因此，在全文中我们不难看出芥川龙之介不是把 N 将军描写成一个威严的偶像，而是在他的举止动作中加进了略带滑稽可笑的描写，有偶像破坏的用意。鼓舞士兵时将军的语调中带着戏剧性的冲动。作品最后还写到了战争结束后，将军与夫人散步时，学生帮着找厕

---

① 《芥川龙之介小说选》，文洁若、吕元明等译，人民文学出版社 1981 年版，第 298 页。

所的情节。以上种种极其日常的与将军的形象不相称的行为描写，证明了芥川龙之介与乃木希典的距离感，以及作者对以往乃木希典偶像式的形象的不认同。芥川龙之介运用这种方法把乃木希典绝对的军神形象打破了，创作了一个有血有肉的、热情投入的、但是又与周围环境格格不入的将军形象。芥川稍带戏谑式的滑稽描写达到了这种偶像破坏的效果，可以看出作者要把 N 将军拉向凡人的努力。

芥川龙之介的《将军》再次表明他对武士道、武士道形象模式化、绝对化的态度：刻板的武士道已经不被人接受。芥川龙之介与森鸥外、夏目漱石不同，他把着眼点从传统的、模式化的武士道转向了现代的日常生活。

第三节　芥川龙之介武士道观的另一侧面
——《某日的大石内藏之助》、《一个敌打故事》

从以上分析可以看到芥川龙之介在作品《手绢》与《将军》中涉及了对武士道的态度。芥川龙之介除了创作有很多现代题材的文学作品，还创作了大量的历史小说。事实上，受到夏目漱石极大赏识的成名作《鼻》（1916 年）以及早期作品《罗生门》（1915 年）、《芋粥》（1916 年），此外还有《戏作三昧》（1917 年）、《地狱变》（1918 年），甚至包括中国历史题材的《杜子春》（1920 年），均为历史题材。但是以上作品仅仅是借助历史题材来抒发作者对人性的理解、艺术至上主义以及对人生的哀婉情怀等等，而且主要人物大多以僧侣、画师为主，与武士的关系不大。作为武士题材的历史小说，芥川龙之介创作有《某日的大石内藏之助》（1917年）、《一个敌打故事》（1920 年）。前者描写了日本历史上三大仇讨事件之一的赤穗事件；后者也同样是一个仇讨故事。

1701 年赤穗城城主浅野长矩在江户城中与吉良义央发生冲突，而后自杀。赤穗藩没有了主君，封地被收回，原有的武士沦为浪人。为了给主君复仇，其中的四十七个浪人在家老①大石内藏之助的率领下一直寻找仇讨的时机。终于，1702 年 12 月 14 日凌晨仇讨成功。虽然按照武士道的要求，为主君复仇尽忠是值得称道的事情，但是由于集体复仇的行为影响了江户城的秩序，妨碍了幕府的统一管理，因此，这些武士被判令剖腹自杀。浅野家为了纪念这些武士，在东京泉岳寺为每个浪人设立了一个碑，每年 12 月 14 日举办隆重的祭奠活动"义士祭"，参加者众多。1748 年，这个浪人仇讨的故事被编写成剧本《假名手本忠臣藏》搬上了戏剧舞台，直至今日常演不衰，是日本传统戏剧的经典剧目。

《某日的大石内藏之助》描写了仇讨成功之后的大石内藏之助的内心感受。

作品中进行了大量的大石内藏之助的心理描写。大石内藏之助为了主君不惜自己的生命，带领浪人们遵循了武士道追求忠义的传统道德进行仇讨并成功，他十分满足。他虽然对上层武士没能参加仇讨同样表示了不满。但是，他心中有着自己的思考：

《某日的大石内藏之助》书影

① 大名的重臣，负责统领藩中的武士，管辖藩中的事务。

他并不赞赏一般老百姓的效仿，同时，对中途离队放弃仇讨的浪士高田群兵卫等人也表示了理解。对他们只有怜悯，而没有憎恨。

> 在他看来，他们的变心，大多是十分自然的。如果允许用率直这个词，那真是率直到令人遗憾的程度。因此，他对他们始终持宽容的态度，何况在已经报了仇的今天，对他们唯有怜悯地一笑而已。社会上的人们似乎觉得杀了他们也不解气。为什么为了将我们捧作忠义之士就非把他们当作衣冠禽兽不可呢。①

芥川龙之介在这里通过对社会上人们的心理以及客观事物的分析，加入了自己的冷静思考与判断，从而表现了他对武士道传统道德质疑的不同态度。

《一个敌打故事》描写的是细川藩比武引发的仇讨故事。被田冈甚太夫战胜的新阴流剑术指南②濑沼兵卫怀恨在心，暗中算计反而杀错了人，加纳平太郎被杀害了。加纳平太郎的儿子求马、侍从江越喜三郎，以及深感有责任的田冈甚太夫向藩府申请仇讨，被批准。但是寻遍各地也没有找到仇敌。求马身心疲惫生了病，心中充满了徒劳感，无限落寞与寂寥，开始与艺妓进行交往。即使从互定终身的艺妓口中得知了仇人的踪迹，他也没有告诉其他人，而是悄悄留下遗书和自己与艺妓的誓约书而自杀了。被寻仇的濑沼兵卫在寺院里设了自己误杀死的加纳平太郎和仇讨过程中被他杀死的津崎左近

120

---

① 《芥川龙之介小说选》，文洁若、吕元明等译，人民文学出版社 1981 年版，第 70 页。
② 即剑术教练。

的牌位，经常去祭奠，以谋求心理安慰，可见被寻仇的濑沼兵卫的心中也是不平静的，是在痛苦地挣扎着的。田冈甚太夫呕吐不止，身体日渐虚弱，唯恐仇讨不成。后得知濑沼兵卫也是呕吐不止已经死去自己才得以安心地死去。这个故事写出了仇讨者与被仇讨者双方的苦衷。尤其是死者的儿子求马放弃仇讨而自杀的行为，令读者感受到了求马的苦恼与痛苦。这篇作品是芥川对仇讨这一武士道德行为的又一质疑。

大正初期，森鸥外开始创作历史小说，文坛上出现不少历史题材的文学作品。芥川龙之介开始历史题材的创作仅距离森鸥外的历史小说发表五年左右的时间，题材同样离不开忠义与仇讨，这明显是受到了森鸥外的影响的。但是，芥川龙之介与森鸥外也存在许多不同。森鸥外的作品讲求平铺直叙，作品的创作追求客观，尽量靠近真实的历史；芥川龙之介则把主观思想加入作品中，甚至把近代式的思考赋予主人公，通过历史事件的描写，抒发自己的情怀。

1915 年 12 月，二十三岁的芥川龙之介参加了夏目漱石每周四举办的"木曜会"，成为夏目漱石的弟子，作为一名文学青年，他对夏目漱石极其敬仰。夏目漱石对芥川龙之介也表示出了极其欣赏的态度，对其作品尤其是使他后来一举成名的作品《鼻》赞赏有加。芥川龙之介受到夏目漱石文明批判的影响，对事物采取旁观的批判态度，冷彻地描写人性与社会。正像以上分析的作品一样，芥川龙之介的作品中经常有对社会、时代的讽刺。事实上，这一点除了夏目漱石的影响之外，与芥川龙之介本人的经历也有关系。芥川龙之介出生后不足一岁时母亲患上精神病，他被母亲娘家收养，由一直没出嫁的姨妈抚养长大，十一岁时户籍才归到舅父家。芥川龙之介经历了一个不稳定的没有归属感的童年。同时，母亲娘家良好的家庭修养使得芥川龙之介培养了清高、超脱凡俗的气质，从而也养成了他对事物的怀疑态度，使得他擅于对人性、社会进行深刻的剖析。

芥川龙之介与森鸥外、夏目漱石一样对武士道进行了反思，但是他们生活的年代有所不同。芥川生于 1892 年，与森鸥外相差整整 30 岁，与夏目漱石相差 25 岁。在变化纷繁的日本近代社会中，这样的年龄差距使得他们的思想方式与创作内容存在较大的差异，森鸥外、夏目漱石是属于生活成长于明治时期的作家，而芥川的青年时期是在 1912 年之后的大正时期度过。

这一时期在日本，虽然有社会主义思想的传入，日本革命运动不断高涨，但是在大正元年（1912 年）的 1 月以预谋暗杀天皇的罪名受到政府的镇压，即"大逆事件"。日本右翼势力不断增强，日本政府进一步向中国内地以及朝鲜半岛扩张。这一时期，日本经历了甲午战争和日俄战争，扩张了领土，努力向帝国主义列强行列迈进。芥川龙之介作为生活在这一时期的青年，他感受到了精神上的痛苦。同时 1921 年 3 月底到 7 月中旬历时近四个月的中国之旅，使芥川龙之介进一步认识到了西方以及日本的殖民行径，在作品集《中国游记》（1925 年）以及《金将军》（1924 年）、《桃太郎》（1924 年）等作品中表现出对殖民统治的批判。可见芥川龙之介的一生中所持有的怀疑、批判态度与那个时代有着密不可分的关系。

第五章 20世纪30—40年代文学中的武士道

——吉川英治的《宫本武藏》

以上谈到的是纯文学作家关于乃木殉死等武士道题材的创作。那么，20世纪30—40年代最著名的大众文学作家又是怎样描写武士道题材、反映武士道精神的呢？这里我们不能不说到宫本武藏形象的塑造。宫本武藏是一个浪人，关于他的题材创作比较多地出现在大众文学作家的作品中。而吉川英治创作的《宫本武藏》是日本近现代最有代表性的作品，他笔下的宫本武藏形象已经在日本人的头脑中定型。据日本每日新闻社1958年编写的《读书世论调查》可知，吉川英治及其作品——长篇小说《宫本武藏》均获"最喜爱的作家与最喜爱的作品"一项调查的榜首，其人数超过夏目漱石等其他作家。① 吉川英治的《宫本武藏》在近现代文学总体上来看也是具有代表性的。

---

① 藤井淑祯："文学被庶民热爱的时代——高度成长期的读者"，《日语学习与研究》2009年第1期，第5页。

第一节　吉川英治的《宫本武藏》创作

宫本武藏是怎样一个人物呢？

> 江户时代的剑客。名政名。二天一流剑法之祖。传记中虽然不明确，但是从幼年开始致力于兵法学习，青年时期创出二刀流，游历各诸侯国，在岩流岛与佐佐木小次郎决斗而取胜的经历极其有名。晚年，成为肥后国熊本藩藩主细川家的座上客。著有《五轮书》。擅长水墨画，有《枯木鸣鶪①图》、《鹈图》等作品。②

宫本武藏是日本历史上实存的人物。但是，宫本武藏的生活经历在历史文献中几乎是个空白。很难再有像宫本武藏这样著名、而实际在史实记载上又这么模糊的人物了。这主要是因为关于宫本武藏生平，尤其是年轻时代的可靠的史料记载非常少的缘故。即使是有关其晚年事迹的记载也只是片断性的，大多数未能作为史实流传下来。《二天记》可以说是现存最完整的对宫本武藏的记载，但是《二天记》的写作时间为宫本武藏去世的五十年之后，可靠性如何值得研究。其他资料更是如此。如果说比较可靠的资料，也只能算是宫本武藏在晚年写作的兵法书《五轮书》了吧。宫本武藏在《五轮书》的自序中用极少的文字记述了自己的经历：

---

① 日本汉字，一种鸟名。
② 《（新订）小百科事典》，平凡社 1994 年版。

　　我从很小的时候就致力于兵法的研究。第一次尝试使用兵法，是在十三岁，那年，一位兵法界的新秀有马喜兵卫落败在我的手下。十六岁时，我在与但马国秋山的怪力兵法高手过招时险胜于他。至二十一岁，我来到京都，于这个虎狼成群的地方战遍天下高手，从来没有失败过。之后，我周游列国，遍访各路兵法名家，与之交手。至十三岁到二十八岁，大小决斗六十多次，每一次，我都得胜而归。①

　　此外，在宫本武藏的一生中，可确定的还有晚年服侍于熊本藩藩主细川氏，在熊本生活，并在灵严寺的洞窟中撰写了《五轮书》等事宜。由此来看，宫本武藏的生平是个谜，他的生活中存在着过多的未知空间。从宫本武藏遗作的自画像中，可以看出晚年的宫本武藏是一个冷静、瘦削、目光炯炯的人。他虽然自称一生决斗六十多次，没有一次失败，但是却一直没有受到众人的关注。只是到了大正时期才有人开始对他加以赞美。

　　可以看出来：从明治末期到大正时期，不只是勇武题材、复仇题材，修行的武藏形象逐渐渗透出来，原本忠孝题材的谈话本也重新被赋予了这种意义。②

　　但是吉川英治创作前的宫本武藏在人们的眼里只不过是一个替父报仇的剑士，人们从中感受到的是他的冷漠、无情

---

① 宫本武藏：《五轮书》，李津译，企业管理出版社 2003 年版，第 39 页。
② 樱井良树：《宫本武藏的接受》，吉川弘文馆 2003 年版，第 45 页。

的一面。不管怎样看，宫本武藏都是一个二流的剑客。

吉川英治（1892—1962）

吉川英治为何要创作《宫本武藏》呢？关于这个问题还得从1932年大众文坛的两大代表作家直木三十五（1891—1934年）和菊池宽（1888—1948年）在《文艺春秋》上所展开的论争谈起。直木三十五和菊池宽是多年的旧交。在直木三十五去世之后，菊池宽为了纪念直木三十五在大众文坛的功绩，专门设立了至今在文学界仍然极有权威的两大文学奖之一的直木文学奖。但是，当时两个人对宫本武藏持不同的观点，而且进行了认真的论争。直木三十五认为宫本武藏强肯定是强，但是真正武艺有多强无法肯定。菊池宽则认为江户时代的剑士即使名声再高，也没人能动真剑决斗过如此之多。①

> 父亲创作《宫本武藏》起因于菊池宽和直木三十五两人之间的争论。菊池宽认为武藏是剑术名人，然而直木三十五主张：不对不对，根本不能算作名人。②

吉川英治没有参加这场在《文艺春秋》上的论争，他作为作家，决定用小说的形式表达他的看法。吉川英治在1936

① 加来耕三：《武藏之谜——彻底验证》，讲谈社2002年版，第26—27页。
② 吉川英明：《父亲　吉川英治》，学习研究社2003年版，第7页。

年《宫本武藏》的序言中写道：

> 对一般人而言，很多人从少年时代开始，即对宫本武藏这个人物耳熟能详。但他大部分都出现在古戏曲或旧时代的读本中，而且受到扭曲。①

《宫本武藏》的创作就是这样开始的。吉川英治就是这样在史料极其缺乏的情况下创作了《宫本武藏》。他认为：

> 我在以前也曾多次谈过。要说作为史实，可信范围之内的"宫本武藏的正传"只是很微量的文字。如果写成古代的汉文体，恐怕连一百行都不到吧。②

史料的缺乏给吉川英治的创作带来一定的难度，但是同时也给吉川英治以最大的想象空间。正像吉川英治本人1936年在《宫本武藏》序言中所说的那样，在旧的文艺作品中无法了解宫本武藏的内心世界，因此可以说吉川英治在《宫本武藏》中加入了对宫本武藏内心世界的描写，使其成为有血有肉的人物形象。吉川英治创作的《宫本武藏》虽然仍然是剑客、浪人，也仍旧是替父报仇的题材，但是作品描写了宫本武藏不断地吃苦耐劳、磨炼自己的意志、逐渐成长的经过。同时，对照性地描写了幼时的朋友本位田又八如何一步步堕落，最后在宫本武藏的鼓励、支持之下走回正途的经过。另外也描写了宫本武藏和青梅竹马的女孩子阿通的感情，以及

---

① 吉川英治：《宫本武藏》地之卷，作者自序，新世界出版社2004年版，第15页。

② 吉川英治：《随笔 宫本武藏》，讲谈社2002年版，第18页。

本位田又八的母亲阿杉婆的执迷不悟和最后的顿悟。可以说《宫本武藏》这一历史题材的小说采取了与以往的剑客题材小说不同的手法。它不是刻意描写剑客的残忍、无情，而是去描写有血有肉、有情有义的人物，并且在描写每个人的成长历程上面下了很大的工夫。正因如此，宫本武藏的形象在日本大众的心中留下深刻的印象。

> 现在，在日本人中起支配作用的是吉川英治塑造的宫本武藏形象，其他的形象几乎都消失了。①

> 大概日本人一般听到剑豪宫本武藏的名字，头脑中就会反射性地出现吉川英治的名作《宫本武藏》吧。②

从结果上来看，吉川英治的宫本武藏观极大地左右了日本人对宫本武藏的认识。正像战后司马辽太郎创作的《龙马奔走》中的坂本龙马的形象在人们的心中固定下来一样，在30年代，吉川英治创作的宫本武藏的形象也一直保留在人们的心中，一直到21世纪的现在。

那么，吉川英治创作的宫本武藏到底是什么样的形象呢？

第二节　完美形象——宫本武藏

吉川英治描写的宫本武藏主要是幼年到二十八岁与佐佐木小次郎决斗时的宫本武藏。

---

① 桑原武夫：《〈宫本武藏〉与日本人》，讲谈社1964年版，第15页。
② 加来耕三：《武藏之谜——彻底验证》，讲谈社2002年版，第3页。

历史上的宫本武藏是一个评价不一的人物，在吉川英治的作品中也是如此。

《宫本武藏》中的宫本武藏之所以世人对他的评价不高，首先是因为宫本武藏在京都一乘寺迎战著名剑派吉冈一族几十名对手时，虽然略占了上风，但是因为他一人孤军奋战，寡不敌众，逃离了现场而招致了世人的非议。其次，也是最主要的一点，因为他不是出身名门。与宫本武藏不同的是，佐佐木小次郎虽然对人态度傲慢，生活追求奢华，但是因为出身名门，剑名要比宫本武藏高，几乎没有争议地成为细川藩的兵法指南。加之世人对他的误解也影响到宫本武藏的仕途生涯。比如，从小的玩伴本位田又八的母亲阿杉婆一直认为不是儿子抛弃了未婚妻阿通，而是宫本武藏抢了儿子的未婚妻，儿子的堕落、没有出息不是儿子不对，而是宫本武藏毁了他的儿子。为了复仇，阿杉婆一直在寻找杀害宫本武藏和阿通的机会。年迈的老人坚持复仇，多年不变的强烈意志获得了众人的赞许。阿杉婆的做法得到了世人的认可。当阿杉婆得知宫本武藏即将担任将军家兵法指南的消息以后，到处游说。所以，尽管有著名高僧泽庵和尚和安房守向将军推荐宫本武藏担任将军家的兵法指南要职，但是等宫本武藏到了德川将军府邸，却迟迟没有人召见。终于，大臣出来解释说："昨晚，发生了一些变故，将军指示延期。"① 德川幕府在宫本武藏受聘的前一天终于放弃了聘用宫本武藏的念头，这是阿杉婆的话奏了效。

然而，吉川英治在作品中还是从多个方面肯定了宫本武藏。

---

① 吉川英治：《宫本武藏》第 6 卷，六兴出版 1975 年版，第 26 页。

第一，在作品中，宫本武藏是一个有血有肉的形象。宫本武藏不仅吃苦耐劳，以此磨炼自己的意志，还对人有情有义，即使阿杉婆再找他、追他，他也一直尊重阿杉婆，不想伤害于她。对自己喜爱的女子阿通，宫本武藏因为需要到处磨炼自己，不便共同生活，所以对阿通基本采取躲避的态度，但是在心里仍然暗暗关心着她。

第二，宫本武藏在泽庵和尚的指导和帮助之下不断提高武艺和修养。作品中设计了宫本武藏被泽庵和尚倒吊在树上反省，后来又被泽庵和尚关在姬路城的楼阁中三年的情节。在这三年中，浮躁、鲁莽的宫本武藏阅读了大量的日文、汉文书籍，还阅读了大量的佛教经典。姬路城是目前日本遗留下来的保存最完好的古城，是日本文化的一个象征。以上的安排有力地塑造了宫本武藏能文能武的完美形象。

第三，宫本武藏有向更高层次提升的追求。在二天之卷"海市蜃楼"一节中宫本武藏被诬陷偷盗寺院的财宝而被关押。在坐牢期间，宫本武藏坚持坐禅修炼；圆明之卷"无可先生"一节中，宫本武藏留在冈崎，一边建私塾教孩子们读书，一边等待到处巡游的愚堂和尚来八帖寺时拜师请教；在同一卷"苹环"和"圆"中还写到宫本武藏拜师不成，仍然紧紧地跟随愚堂和尚。

第四，作者不单纯把宫本武藏描写成一个剑客，还描写了宫本武藏对大众的贡献。空之卷"征夷"一节，宫本武藏指挥村民与来袭的土匪抗争，终于保护住了村庄。在全书中关于宫本武藏对大众的贡献的描写所占的比重并不多，但是这种情节的设置，使读者看到的不是一个一般的剑侠小说中所描写的普通而孤独的剑客，宫本武藏有着较强的民众意识和组织才能。

第五，作品描写了宫本武藏对政治、国家的关心。宫本武藏"认为以水和土为对象，在这里大兴人烟的治水开垦事业和以人为对象盛开人文之花的政治经纶，没有什么两样"。① 宫本武藏在荒山野地开垦农田来磨炼自己的意志时联系到了国家与治国，从这一点上可以看出宫本武藏有着清醒的政治头脑和大众意识。作品中的宫本武藏说：

> 进一步思考的话，政治之路不只以武为本，在于文武两道的完美结合。其中有妥善的政治，有有助于世的大道义的剑的极致。——所以，还不成熟的我的梦想还只是梦想而已，必须谦逊地研磨文武二天之道。——在治世之前必须更多地接受社会的教育……②

第六，宫本武藏在艺术上有很高的修养。历史上宫本武藏的确留下了不少的遗作，有雕塑，有字画，手法洗练，表现了在艺术方面较高的造诣。这一才能在作品中也有比较详细的描写，比如写到了宫本武藏与著名艺术家本阿弥光悦母子的接触和交往，以及从他们身上受到的人生与艺术的熏陶。还写到了宫本武藏在创作观音雕像时的锲而不舍。宫本武藏不怕失败，反复雕琢，终于雕刻出比较理想的观音像。

第七，小说中还有宫本武藏与艺术家本阿弥光悦去高级艺妓处学习艺术的描写。本阿弥光悦的母亲竭力支持并鼓励宫本武藏随自己的儿子去寻访艺妓，并把其作为必要的修养来看待，还为宫本武藏准备好了像样的装束。本阿弥光悦带

---

① 吉川英治：《宫本武藏》第4卷，六兴出版1975年版，第257页。
② 吉川英治：《宫本武藏》第6卷，六兴出版1975年版，第31页。

宫本武藏去的是最高级别的艺妓处，除了男女的戏谑之外，最高级别的艺妓表现了极高的艺术修养和较高的人品。宫本武藏从中受到了熏陶；他还在被追踪的情况下，接受了她的保护，在她那里躲避了几天。在真实的史料记载中，的确存在宫本武藏去妓院的记载。已发现的史料证明宫本武藏到江户最大的妓女聚居地找过下级的艺妓。① 在日本，至今为止，寻找艺妓不被认为是违反道德准则的行为。甚至受江户时代的影响，在文人的眼中被看做是一种文化修养。作者吉川英治年轻的时候在东京就曾经常到艺妓处游乐，而且吉川英治的第一个妻子以前就是艺妓。但是，作品中把艺妓推到那样高的位置，还是着意于对宫本武藏的理想化的描写。

第八，吉川英治把宫本武藏的恋人阿通也做了理想化的艺术处理。吉川英治把再婚娶来的美丽、善良、贤惠的年轻妻子文子当作了阿通的原型。而且作品中的阿通从名师处学会了吹横笛，被塑造成更具有艺术修养的形象。

> 就像武藏的经历中有作者的影子一样，在阿通的身上也有文子的影子。对于作者来说，阿通是一个理想的女性形象，同时也是日本人共同的理想形象。贞节，又蕴涵着执著的美，脱离开作者的手，在读者的心目中成为一个偶像。②

吉川英治对宫本武藏和阿通的这种理想化描写，在日本的纯文学作品中很少见到，在大众文学作品中也不多见。但

---

① 加来耕三：《武藏之谜——彻底验证》，讲谈社 2002 年版，第 94 页。
② 尾崎秀树编辑、评传：《新潮吉川英治影集》，新潮社 1985 年版，第 44 页。

是从某种意义上来说却达到了使读者在心目中树立目标，使
精神有所寄托的作用。

吉川英治就是这样把宫本武藏描写成了一个文武兼备、
具有理想境界的人物形象。

第三节　大众文学《宫本武藏》——善与恶

人们感动于武藏的刻苦修炼，为阿通流泪，而且试
图从中读取自己的人生。《宫本武藏》对人们来说是
"人生的书"、"心灵的书"。受欢迎的最大理由必定是主
人公青年武藏的生活态度。①

教读者奋发、自立是吉川英治的创作动机，同时，他作
品结尾的大团圆结局也是迎合了大众的心理。《宫本武藏》
被人们认为是修养文学、大众小说，从受欢迎的程度来看，
《宫本武藏》可以说是大众文学中最受欢迎的文学作品。大
众文学区别于纯文学。纯文学的作者一般更多地考虑文学作
品的艺术性，并没有如何为大众写作的意识。而大众文学在
这一点上却不同。尾崎秀树是这样谈论吉川英治与大众文学
的关系的：

吉川英治是一位随着大众文学的成立开始创作生涯，
随着其发展而充实其内容的作家之一。正因为如此，日
本大众文学的历史在他的作品中有着深深的烙印。不成
熟的地方、成熟的地方甚至包括其发展的前景，从这些

---

① 松本昭：《吉川英治　人与作品》，讲谈社1984年版，第138页。

地方可以提取出很多大众文学方面的问题。①

大众文学写给大众，又能受到大众的欢迎，这种互动可以使我们看到作品背后的大众文化的特征。吉川英治的《宫本武藏》是获得成功的大众文学作品。

桑原武夫、梅棹忠夫、鹤见俊辅、樋口谨一、多田道太郎等共计六人，于 1949 年组织了一个"大众文化研究小组"，他们把大众文学作为他们的研究对象，主要原因在于：

> 日本的大众不喜欢或者说不擅长把自己真正的思想抽象化、体系化地表现出来，大多只是用独特的、与情绪相关的词来表现思想。所以，面对大众，像问他们"你的信念、价值体系是什么"这样直接的问题，没有什么效果。所以，必须考虑间接方法，这时，大众文学就成为最有效的手段之一了吧。仔细地观察人们对大众小说的反应，这种方法应该会成为看到日本人心灵深处的实实在在的方法。

> 我们认为在现代的日本，与世界任何国家相比，面向一般大众的小说也就是大众小说，在社会上所占的位置要大得多。
> ……
> 所以我们认为研究大众小说难道不会成为考虑何谓日本人、何谓日本文化时的一条新的途径吗？②

---

① 《大众文学论》，讲谈社 2001 年版，第 213 页。
② 桑原武夫：《〈宫本武藏〉与日本人》，讲谈社 1964 年版，第 13—14 页。

同时，由于《宫本武藏》的读者众多，这个大众文化研究小组把吉川英治的《宫本武藏》作为最有代表性的研究对象来进行研究。因为他们认为《宫本武藏》是"在现代日本普及程度最广的大众小说"。① 这是桑原武夫他们把《宫本武藏》作为研究对象来考察日本文化的原因，他们的研究成果总结成了论著《〈宫本武藏〉与日本人》。

综上所述，《宫本武藏》这一文学作品并不是纯文学作品，应归类于大众小说。吉川英治的其他作品也基本属于大众文学系列。

大众小说的手法多样，对宫本武藏和阿通的理想化描写是大众小说《宫本武藏》的一个最突出的特点。而作为大众文学的另一个处理方式，吉川英治还刻意描写了一般的大众形象。

宫本武藏和阿通是一对"永远的青年神"。武藏像鬼一样生活在剑中，阿通像狂女一样生活在恋爱中，他们这种飞向"天"的"执著"的人生，是别人没有办法模仿的空前绝后的青春。

与此相反，自幼与武藏一起长大的本位田又八生活在无论做什么都只是失败的不中用的青春里。叫朱实的女子也经历的是被很多男人玩弄，一直爬在"地上"的沾满污点的青春。过于堕落的又八和朱实决定幸福地结婚，抚养孩子，作为"平民"顽强地生活下去。这是在岩流岛决战的前夕。又八和朱实二人不是"神"，作为

---

① 桑原武夫：《〈宫本武藏〉与日本人》，讲谈社1964年版，第15页。

永远不被从痛苦中解救出来的"凡人",经历了漫长的十三年岁月。在此,可以看出被称为"市井物"的历史小说(时代小说)的典型样态。

被分为"天"与"地"两个世界的两组男女的共存,融合了剑豪题材的剑豪物和世俗题材的市井物两种历史小说的写法,而且相互照射出对方的精彩之处。像武藏和阿通很优秀一样,又八和朱实的人生也同样精彩。①

《宫本武藏》中的主人公宫本武藏是一个奋发、努力,勇于吃苦耐劳、向目标迈进的理想形象,这的确会产生激励的作用。但是与一般大众更接近的毋宁说是那些存在着各种各样的缺点、最后奋发上进的普通人形象。其中包括软弱无能的宫本武藏幼时朋友本位田又八;一味溺爱儿子又八、失去客观判断能力到处伺机杀害宫本武藏和阿通的阿杉婆;追捕宫本武藏,企图占有阿通的青木丹左;盲目跟随反幕府大盗贼的城太郎父子……在作品中,这些人物最终都有极大的转变。年轻的本位田又八与宫本武藏一同参加关原之战,一起从死尸堆中逃出来之后,本位田又八跟了一名中年妇女,靠对方养活,无论做任何事情都没有耐力和信心,结果一事无成,但是最终他跟随愚堂和尚修行,又勇敢地担负起养活妻子朱实与幼小的孩子的责任,成为对人充满友情与关爱的人。阿杉婆多次威胁宫本武藏和阿通,甚至善良的阿通在暴风雨中从堵满大石块的洞穴中救她出来,她仍然执迷不悟,连踢带打欲致阿通于死地。但是,最终阿杉婆醒悟了:

① 岛内景二:《历史小说真剑胜负》,新人物往来社 2002 年版,第157页。

可怕呀，可怕。被孩子蒙住双眼就是这么回事吧。觉得自己的孩子可爱，却觉得别人的孩子像鬼吗？……阿通啊，你也是有父母的人啊。你的父母如果看到了，一定会认为我这个老太婆是孩子的敌人，是个阎罗……啊！我的样子大概会被看成是夜叉吧。①

醒悟过来的阿杉婆一直照顾苏醒过来的体弱的阿通。还在宫本武藏与佐佐木小次郎决斗之前送阿通与宫本武藏相见。

像《宫本武藏》这样对多个人物的最终反悔、重新做人的情节的描写，在以往的纯文学作品中并不多见。这种理想化的描写可以说是力求教育效果的修养小说的特点。这也可以说是吉川英治创作大众小说《宫本武藏》的目的所在。

> 吉川认为：现在的民众生活"过于脆弱、肤浅、没有活力"。希望通过描写武藏，让人们认识到自己本来拥有"强韧的神经、梦想、认真的生活态度"，从而从"迷茫中苏醒过来"。吉川把武藏的真实的姿态归纳为"道中人"、"哲人"，而且作品叙述武藏值得赞赏的是：他是一个以人格塑造为目标而努力的人，所以可以说《宫本武藏》的实质是修养小说。②

可见，吉川英治创作《宫本武藏》是为了激励更多的人上进、奋发。

---

① 吉川英治：《宫本武藏》第6卷，六兴出版1975年版，第211页。
② 樱井良树：《宫本武藏的接受》，吉川弘文馆2003年版，第33—34页。

吉川英治对宫本武藏的历经磨难，以及其他人悔过自新的生活经历存在着共鸣。吉川英治在大正十二年（1923 年）才开始正式的文学创作。比宫本武藏与佐佐木小次郎决斗时的二十八岁还要晚三年，可以说是大器晚成。吉川英治的先祖是小田原的下级武士，虽然地位很低，但是吉川英治的父亲还是遗传了武士的气质，他父亲的口头禅就是"武士的孩子"。① 吉川英治出生之前，父亲还多少有些资产，但是吉川英治出生以后，父亲经营的牧场破产；十一岁时，父亲因饮酒过度卧病在床，吉川英治之下还有五个弟弟妹妹，一家的重担都落在了幼小的吉川英治的肩上。虽然吉川英治开始外出打工，但是微薄的收入难以填饱家人的肚子，以至有一个妹妹因饥饿而死亡。更不幸的是吉川英治十九岁那年在所就职的横滨船坞厂，发生工伤事故，吉川英治落在了船坞的底部，昏迷不醒。卧床一个半月后的吉川英治终于出院。善良的母亲再也不想拖累大儿子，同意他到东京去走文学之路。那是明治四十三年（1910 年）12 月末的一天，吉川英治的怀中只揣有一元七角钱。吉川英治到了东京以后住在下层居民居住的老区浅草附近，靠给手艺人当学徒谋生。为了生活，大正九年至十年（1920—1921 年）的 6 月吉川英治还到大连生活过半年多。做买卖不成，唯一的成果是在廉价旅馆中撰写的三篇中奖小说。后来，吉川英治因母亲病故回到日本。在大正十二年（1923 年）关东大地震时，三十一岁的吉川英治以手中仅有的五元钱为资本沿街叫卖牛肉饭。《难忘的记忆》是吉川英治以自传体的形式对自己从小在艰苦生活中成长的一个记述。从漫长的艰苦生活中磨炼出来的吉川英治，

① 吉川英治：《难忘的记忆》，六兴出版 1981 年版，第 8 页。

深深地了解生活的磨炼对于一个人成长的作用。在婚姻方面吉川英治也经历了比较大的挫折。吉川英治十九岁刚到东京时，虽然生活窘迫，但是受当时一些文人的影响，经常到艺妓处游玩。第一个妻子赤泽弥须（音译）就是他在花柳巷结识的艺妓。后来他们夫妻二人的关系恶化，影响到了吉川英治的写作。

　　1935 年吉川英治四十三岁，他创作的一味在困苦中磨炼自己的宫本武藏的形象，可以说是吉川英治塑造的、把自身的生活经历和感受融合于其中的一个形象。经历了多种挫折、跌倒了再爬起来的吉川英治，在对作品主人公的设定上体现了自己的风格。吉川英治的立足点不是为了以善惩恶，也不是为了做出善恶判断，而是用温和的眼光去看一切。这一点在作品中的几个人物身上都可以看得到。比如，佐佐木小次郎是自己的敌手，多次企图陷害宫本武藏，但是在《宫本武藏》全书的结尾，当宫本武藏终于战胜了佐佐木小次郎之后，宫本武藏看着死去的佐佐木小次郎，是这样的一种感情表述：

　　　"一辈子，很难再遇到这样的敌手了吧！"
　　　一想到这，立刻对小次郎充满了爱与尊敬。
　　　同时也想到从敌手那里受到了恩惠。剑术之强——
　　单纯是斗士的话，小次郎一定是站在比自己高的勇者的
　　位置。为此，自己才能以武艺高强者为目标，这就
　　是恩。①

---

① 吉川英治：《宫本武藏》第 6 卷，六兴出版 1975 年版，第 309 页。

在此，吉川英治就是以温和的、欣赏的眼光来看佐佐木小次郎的。在作品《宫本武藏》中，不只对以宫本武藏为敌手的佐佐木小次郎如此，对以上提到的阿杉婆和本位田又八母子、青木丹左和城太郎父子等人，吉川英治也是如此。

对于以上善恶区分不明确的这一点，也许让中国的读者很难理解。这一点与中国武侠小说中的疾恶如仇的描写有所不同。日本是一个单一的民族，民族内部的矛盾不是很激烈。同时，日本崇尚武勇，因此对勇猛者，不管是谁都能报以欣赏的眼光。这是吉川英治作品的一大特点，也可以说是日本文学与文化的特点。在日本的原始神话中，很多的神是做过很多错事的，甚至极其残暴。比如，须佐之男命由于认为领土分配不合理，把日本后来被作为天皇原始形象的姐姐——天照大神的领土折腾得一塌糊涂，天照大神不得不躲藏起来，以至于外界暗无天日。这样的行为在中国和西方的社会里会被以道德标准来衡量，被认为是恶神。但是，因为须佐之男命很英勇而被当作英雄神来崇拜。在近世的日本文学作品当中，由于受德川幕府所提倡的儒教的影响，劝善惩恶的因素相对比较强，然而在近代文学作品当中，无论是纯文学还是大众文学，一般都不对所描写的人物做过多的善恶道德评判，即使是做过很多恶事的人，也被认为有一部分有理由同情。

事实上，在日本民众当中存在着很强的同情弱者的意识。比如，镰仓时代的源义经受哥哥——幕府将军源赖朝的排挤，颠沛流离、失去生命的故事，使源义经的形象一直受到民众的欢迎；有名的江户时代赤穗四十七勇士为藩主复仇的历史故事，民众的同情是在弱者四十七勇士这一边。但是这种同情弱者的心理往往使民众失去客观的判断能力。比如，比较明显的是在日本三大复仇事件之一的镰仓时代曾我兄弟的复仇事件。1193 年，他们为父亲复仇杀死堂兄，自己也被乱军杀死，他们的行为显然受到当时民众的赞赏，这一事件使曾我兄弟成为人们心目中的英雄。但是，从事情的前因后果来看，他们的父亲是因为霸占了侄子的财产而被侄子的部下杀死的，而且幕府对此早已经有了定论，其母亲后来也劝他们兄弟俩放弃复仇，做一些对自己的未来有意义的事情。

善恶观念含糊是日本文化的特征，其原因在于日本人不是以善恶作为判断的标准，而更多的是从"耻"的角度来处理问题。美国民俗学家鲁思·本尼迪克特在其论著中写道：

> 日本人所划分的生活"世界"是不包括"恶的世界"的。这并不是说日本人不承认有坏行为，而是他们不把人生看成是善的力量与恶的力量进行斗争的舞台。他们把人生看做是一出戏，在这出戏中，一个"世界"与另一个"世界"，一种行动方针与另一种行动方针，相互之间要求仔细酌量平衡，每个世界和每个行动方针，其本身都是善良的。如果每个人都能遵循其真正的本能，那么每个人都是善良的。①

事实上，日本人始终拒绝把恶的问题看做人生观。他们相信人有两种灵魂，但却不是善的冲动与恶的冲动之间的斗争，而是"温和的"灵魂和"粗暴的"灵魂，每个人、每个民族的生涯中都既有"温和"的时候，也有必须"粗暴"的时候。并没有注定一个灵魂要进地狱，另一个则要上天堂。这两个灵魂都是必需的，并且

---

① 《菊与刀》，吕万和等译，商务印书馆 2002 年版，第 137 页。

在不同场合下都是善的。①

善恶观念不强是日本人认识问题的一个特征，在很多文学作品中都有体现。日本的善恶观念不强也会导致把问题含糊化。比如长久以来一直作为中日友好往来障碍的战争的侵略性与责任问题，不少日本人认识不到问题的严重性。在这一点上中国与日本有很大的不同，中国受儒教观念的长期影响，以及受佛教的"劝善惩恶"的影响，判断问题比较喜欢黑白分明，是非观念较强。

正像以上分析的那样，吉川英治的《宫本武藏》中的善恶区分不明显。个中原因除了以上提到的日本文学、日本民众情绪的共同倾向以外，《宫本武藏》这部修养小说的宗旨是劝大众积极、上进，鼓励那些走过歪路的人勇于改邪归正。"与武藏相对照地不断重复愚蠢的失败的本位田又八，其小市民的性格更比起理想形象的武藏，给人以安慰。"② 人无完人的思想是《宫本武藏》的指导思想。虽然这种描写对激励普通人奋进起到了一定的作用，但是这种思想也产生一定的副作用：它让一些人对自己的过错能够心安理得；可以说这种认识方法对在第二次世界大战中的杀戮的心安理得的心理的助长，也起到了一定的推波助澜的作用。

关于吉川英治和作品《宫本武藏》与战争的关系，在后面的章节中还会做具体论述。

---

① 《菊与刀》，吕万和等译，商务印书馆 2002 年版，第 131 页。
② 桑原博史："吉川英治与《宫本武藏》"，《国文学》临时增刊号 1974 年3 月刊。

第六章　大众文学与社会

——《宫本武藏》的社会性

第一节　战争与和平

　　吉川英治除了二十七岁时在大连谋生半年多以外，二战期间还两次到过中国①，是作为特派记者到前线视察的。1937 年 8 月，抗日战争爆发后，吉川英治作为每日新闻报社特派员，视察北京、天津战场，回到日本后发表《天津通讯》、《来自北京》。1938 年 9 月，他在汉口从军。吉川英治作为"笔部队"的成员，与二十多名作家一起赴南京、汉口作为随军记者，随军一个月。受大陆辽阔的风土触动，回国后就着手准备创作《三国志》。除了以上活动之外，在二战期间的 1941 年，吉川英治被选为日本文学报国会的理事。1943 年，在大东亚文学者决战大会上，朗读大会宣言。

　　战争时期日本大众的义侠情绪急剧增长，这种社会心理从流行歌曲上就有所反映。見田宗介在《近代日本心情史——流行歌的社会心理史》一书用图表的形式展示了"义侠情绪的消长"。② 从中可以看出：1917—1923 年，日本的义侠

---

① 尾崎秀树：《吉川英治　人与文学》年谱，新有堂 1980 年版。
② 讲谈社 1978 年版，第 100 页。

情绪最弱，这之前的 1889—1895 年、之后的 1938—1944 年两个阶段，日本的义侠情绪最强，这两个时期分别是甲午战争时期和第二次世界大战期间。

大众文学作家有两种，一种是有着振奋国民精神的使命感的，一种是单纯为了大众娱乐的。第一种作家往往需要跟着大众的心理，推动大众前行。在战争时期跟着形式走的民族主义倾向尤其明显。吉川英治就是其中之一。1945 年 8 月 15 日，天皇宣布战败，吉川英治听了广播以后，把孩子们赶到了屋外，自己关在房间里一整天。① 吉川英治虽然因为受海军的委托撰写海军战史的缘故，与军部人士接触较多，对战败已经有了一定的预感，但是战败对他的打击仍然很大。

第二次世界大战结束后，吉川英治由于战争中的表现，差一点被联合国占领军定为有罪文人。

二战前、二战期间军国主义那样强烈的时代，被那么狂热地阅读的《宫本武藏》的作者不会不是军国主义者，这种传言甚至传到了山形县的深山里。②

在此采用了武藏自身“独行道”中蕴含的日本人的精神主义，也就是直接与民族主义相同的因素，成功创作了虚构的武藏物语，而且真正地获得了极大的成功。

……

---

① 吉川英明：《父亲　吉川英治》，学习研究社 2003 年版，第 29 页。
② 井上久：“‘武藏’为何被世界所爱”，《文艺春秋》1987 年 7 月刊。

现在想来，痛感小说《宫本武藏》达到的民族主义效果之强。①

吉川英治纪念馆

可见，作为大众小说的《宫本武藏》的民族主义色彩、纳粹效果的确很强。对吉川英治有罪的评论给他的打击很大，听到天皇宣布战败以后，吉川英治在自己的大众文学创作上停笔了三年，天天习字、下日本象棋、种地、画画。直到1949年，六兴出版社才出版了《宫本武藏》的复刊本。这一战后版本是吉川英治在对战前的版本修改的基础上再版的。再版的《宫本武藏》1949年、1950年连续两年占畅销书第七位。吉川英治除了修改《宫本武藏》外，还对1939年创作的《随笔 宫本武藏》进行了修改。《随笔 宫本武藏》的修改大多是史料的挖掘。对于吉川英治的修改举动，有一些评论家认为是"体制顺应"。但是这种"体制顺应"并不

---

① 武藏野次郎："吉川英治《宫本武藏》"，《国文学 解释与鉴赏》1971年6月刊。

是宣布战败后产生的特有现象。在 30 年代，无产阶级文学由于受政府的镇压，不少作家曾经放弃无产阶级文学的写作，开始转向。当然，第二次世界大战结束之后的转向是大多数日本人所面临的抉择，其规模不同一般。正像日本没有完全的革命一样，很多人为了生存，也只有采取顺应时势的态度。吉川英治由于是大众文学作家，在这一点上与一般的纯文学作家相比，相对明显得多。那么，吉川英治是如何修改战中版《宫本武藏》的呢？

由于初版很难找到，因此在这里只能借用大众文化研究小组的调查结果。桑原武夫在《〈宫本武藏〉与日本人》①一书第五章中，对吉川英治的战中版和战后版进行了比较，认为修改的大多数内容在于文章的表达方法。比如：

a、把"意地（译：固执）"改为"気持ち（译：情绪）"。

b、把"敵を斃す（译：毙敌）"改为"あいてを屈伏させる（译：使对方屈服）"。

c、把"相手の息の根がとまるまでやっつける（译：整得对方咽气）"改为"やるまでやる（使劲收拾对方）"；把"もう死んでいるはずの自分ではないか（译：难道自己不是已经死了吗?）"改为"もう宇宙と同心同体になっているはずの自分ではないか（译：难道自己不是已经与宇宙同一了吗?）"。

d、把"まもなく死んでしまった（译：不久就死了）"改为"床についてうんうん唸り通している（译：倒在地上呻吟）"。

---

① 讲谈社 1964 年版。

　　e、把"とうとう今の天下をものにしてしまった家康（译：终于把天下占为己有的德川家康）"改为"だが戦乱は、もう過去の人の夢だった。時代は久しく渇いていた平和をのぞんでいる。その待望にこたえた家康（译：但是战乱已经是过去的人的梦想。时代希望渴求已久的和平的到来。德川家康就是回应这种期望的人）"。

　　f、把"仇を討ちたいなら（译：如果想复仇的话）"改为"し返ししてええなら（译：如果觉得可以报复）"。

　　g、把"讐討（译：复仇）"改为"返報（译：报复）"。

　　h、把伊势的"内宮の神域（译：神域内宫）"改为"内宮（译：内宫）"。

　　i、把"神領（译：神域）"改为"ここ（译：这里）"。

　　j、把"皇土の礎（译：皇土之基）"改为"礎（译：根基）"。

　　k、把"皇国の忠臣（译：皇国的忠臣）"改为"忠臣（译：忠臣）"。

　　l、把"朝廷へ御奉公も（译：向朝廷的效忠）"改为"人民をよろこばしたりも（译：取悦于人民）"。

　　以上虽然是语言上的修改，还是可以看出吉川英治的良苦用心。a—d 的作用在于减弱杀人的气氛；e 的作用是加强和平的气氛；f—g 的作用在于减弱封建背景；h—l 的作用在于减弱"神国"、"天皇崇

《宫本武藏》书影

拜"，建立皇室人民的一体感意识。由此可以看出，吉川英治在战后还是顺应了时势，立场有了很大的改变。

吉川英治虽然战后停止了三年的写作，但他还是表现出了大众文学的国民作家的特点，没有忘记鼓舞国民斗志，其表现形式就是即使暂时放弃文学创作也没有放弃演讲。比如他在宣布战败后不久的1945年9月3日，为海军干部和士兵进行了一次演讲。他在讲演中说道：

> 我们成长在日本昌盛的时代，那空前规模的大战，结果以战败告终了。这是一般即使想体验也不可能的奇异的命运。而且我们尽了那么大的努力为国尽力，所以如果有了同样的努力的话，复兴一定会实现。致力于各自的家业，为日本的重建努力吧。①

吉川英治的演讲目的是为了鼓舞一些年轻人在战败的情况下不放弃努力，为国家的重建奋发向上。

战后，战争罪犯的审判工作在进行，当时出现了很多否定战前一切的日本文人。吉川英治在1947年杂志《东京》的创刊号上为第二期即将连载的艺术论写的"作者的话"中写道：

> 我们人类是善心和恶心相互交织的。日本人哪方面强呢？回顾日本过去，哪一方面表现得比较强呢？世界为日本的昨天断了罪。但是到目前为止日本走过了各个时代，当时的社会和文化也是罪恶的吗？美术，特别是

---

① 转引自松本昭：《吉川英治　人与作品》，讲谈社1984年版，第195页。

以古代工艺品为例，日本拥有世界无可比拟的以爱和良心创造出来的高贵的名品。我认为我们是热爱和平的国民的具体证据就在于日本的这些古典美术。①

《宫本武藏》的战后再版以及以上的演讲词和其他言论，可以说都是吉川英治为了让国民振作而采取的独特的方式。无论是战争期间还是战败之后，吉川英治的目标只有一个，就是鼓舞人们奋发、上进。这是他一贯的方针。早在1934年11月吉川英治就创立了"日本青年文化协会"（由于经费的问题，活动至1937年），创立机关杂志《青年太阳》。他到各地的支部进行演讲，号召青年们关心国家大事，自力更生。认为作家应该与大众保持一致，与大众为伍，跟上时代的步伐。吉川英治的主旨是促进青年奋发，但是他的立脚点完全处于日本的立场，他的民族激情使他看不到日本发动的战争给别国的人们造成的灾难。在吉川英治第一次作为特派员去天津拍摄的照片上，我们看到的是站在废墟上的吉川英治的战胜者的姿态。在战争期间，士兵们在战场上随身携带着他创作的《宫本武藏》，广播里也多次播放《宫本武藏》的长篇朗诵，《宫本武藏》极大地鼓舞了士兵和民众。因此，吉川英治的一系列创作和行为，不可否认地推动了日本的民族主义，而这种民族主义给亚洲的国民造成了灾难。同时，关于前面引用的给海军官兵的演讲中，认为士兵们在战争中为国家尽了最大的努力，而对他们的行为予以肯定，这是对战争的善恶评判的回避。关于古典美术品，实际上根本不存在善恶的问题。吉川英治以强调古典艺术品的价值来提高国民

---

① 转引自松本昭：《吉川英治 人与作品》，讲谈社1984年版，第202页。

的自信心，是在借题发挥。

此外，吉川英治对 1948 年 11 月 12 日 A 级战犯的判决也表达了他的看法。吉川英治谈到："关于东京审判的新闻报道、社论，以及文坛文人的所谓感想、评论随时随地可见。其中登载在 T 报上的高田保的《审判》一文最为令我感动。"高田保在 1948 年 11 月 14 日报纸《东京新闻》上撰写的《审判》一文中提到："世纪的裁判由神来做。……祈神的心情，在听最后的宣判之前，我所准备的就是这个。"① 这里的"神"指的是联合国。高田保的意思是：由于日本是战败国，所以只能在心中暗暗地祈祷，并被动地服从审判，而没有资格去提广岛、长崎的原子弹的责任。高田保的言论表现了日本人的无奈。吉川英治对战争责任认识的模糊性，以及对审判的看法表明了他的战争立场。

第二节　大众文学的"精神因素"

日本武士为世袭制，在日本社会中属于最高层——"士"，居于农、工、商之上，有着绝对的地位，属于社会的统治阶层。他们自视为值得敬畏的特殊社会阶层，具有着异乎寻常的自尊心和名誉感。这是因为江户时代生活平稳，极少战争，德川幕府对武士提出了提高自身修养的要求，其中包括对以忠义为主的儒教精神的追求。日本武士多多少少都习文，德川幕府对武士是以文武兼备的标准来要求的。尤其江户时代后期出现不少武士出身的思想家、文学家，但是从

① 转引自松本昭：《吉川英治　人与作品》，讲谈社 1984 年版，第 213—214 页。

整个武士集团本身来说，虽然幕府要求学习儒教思想，提高修养，以适应和平社会的需要，但是身为武士，仍然存在重武轻文的倾向。

与日本武士不同，中国侠士的历史比较悠久，对武士的文武兼备的要求随时代有所变化。春秋战国以前，虽然士不分文武，人人都要习武，对修养和武艺都同样重视。但是到了春秋以后，开始出现文武分途的趋势，出现了专门从文的士人。士人的最主要目标就是为主君出谋划策，并在其过程中寻求自身价值。从文的士人关心的是国家大事和政治，成为政客。虽然后期言论受到限制，但是文人从政的宗旨没有变。隋唐以来长期实行的科举制，使文人从政理想的实现长期成为可能，古代的文人白居易等人的诗歌中掩饰不住对仕途失意的心情，可见文官的价值是很高的。诸葛孔明虽然不尚武，但是他能看天相，出谋划策，使战争取得胜利，人们对他的能力的欣赏超过能征善战的大将。《西游记》中的唐僧，虽然没有一点武功，在取经途中常处于被动，不得不依赖于孙悟空、沙僧、猪八戒的保护与救助，但是他仍然是取经的"领导者"。由以上可以看出中国对文人的推崇，这种推崇一直延续至今。

而从文以外的另一部分士人仍然保持着尚武的传统。"他们大多来自平民社会，不断汲取着平民社会和底层人民的伦理观念，这样的武士组成的群体，就是处于萌芽状态的'武侠'阶层。'文者为士，武者为侠'，'儒'与'侠'，'文'与'武'的分流，奠定了中国文化传统中最具影响力的两大文化传统体系的基本格局，那就是儒家文化——上层文化的主体与武侠文化——大众文化主体之间的相互抗衡与影响的基本模式。"① 中国的侠由于文武分流，只作为纯粹尚武的武侠文化而遗留下来，作为大众文化与处于儒家文化的文人文明相比，处于社会的底层而存在。由于武侠的存在威胁到了统治者的权利和利益，中国的武侠受到了统治者的排挤，而只是作为社会的非主导力量发挥着有限的匡扶正义的作用。

　　同为武士，宫本武藏与乃木希典也有不同。乃木希典是将军，是统治阶层中的一员；而宫本武藏是一个浪人，是一个没有主君的武士。在这一点上，宫本武藏仿佛与中国的武侠有些接近。但是，日本的浪人虽然暂时没有归属，甚至其中不乏胡作非为的浪人，但是一般来说仍然是以找到合适的归属为目的。所以他们经常注意磨炼自己的意志，提高自己的武功与修养，按照正规武士的标准严格要求自己。因此可以说他们是武士的一种表现形式。那么，我们从宫本武藏身上能看到日本武士的什么特点呢？

　　宫本武藏的一生横亘群雄争乱的战国时代和德川幕府统一天下、巩固统治的江户时代。宫本武藏从小生长在武士家庭，受过父亲极其严格的训练。宫本武藏在生活中不断寻找高手比练武功，十三至二十八岁大小决斗六十多次，每一次都是得胜而归。可见宫本武藏是一个彻头彻尾的武士。在古代物竞天择、适者生存的现实生活中，行武是提高自身竞争力的最直接手段，世界各国都不乏武者。但是需要指出的是：宫本武藏虽然身为武士，但是他较长时间脱离集团，过着漂泊的生活，直至晚年才定居在熊本藩，为熊本藩效力。宫本

---

　　① 转引自松本昭：《吉川英治　人与作品》，讲谈社 1984 年版，第 50 页。

武藏过的并不是普通日本武士的生活。在习武的过程中，他几乎没有拜过师，而是靠精神、体力与意志的磨炼。宫本武藏经历的是自身求道的历程。

宫本武藏作为一个武士，首先要具备精湛的武艺。他不断进行武功的磨炼，他的武功逐渐提高，其高超的武功可以在他一生中的多次比武中窥见一斑。但是吉川英治的宫本武藏形象的魅力不仅在于武艺的精湛，还在于作者在宫本武藏的形象当中加进了精神的因素。在作品的最后，宫本武藏战胜佐佐木小次郎后自己总结到：

> 对于高者，自己赢得的是什么呢？
>
> 是技术吗？是上天的保佑吗？
>
> 可以马上说：不是，但是武藏也不明白。
>
> 如果用含糊的语言的话，是超过力气和上天的保佑的东西。小次郎相信的是技术和力量之剑，武藏相信的是精神之剑。仅仅是这么一点差距而已。①

关于吉川英治的宫本武藏形象塑造，司马辽太郎 1962 年 9 月 7 日在《产经新闻》上谈到：

> 吉川在宫本武藏身上塑造出来一个日本式的求道者的人物典型形象。我们日本人得益于吉川的典型塑造，可以在日常会话中很轻松地说"某某是武藏式的人物"。在这种意义上也可以说在日本文化史上，吉川英治的地位不低。②

---

① 吉川英治：《宫本武藏》第 6 卷，六兴出版 1975 年版，第 309 页。

② 转引自松本昭：《吉川英治　人与作品》，讲谈社 1984 年版，第 138 页。

宫本武藏的"求道"——精神追求是作品的最大吸引力,这一点还体现在宫本武藏的文化修养上。为达到武士理想形象的标准,武士还需要文武兼备,宫本武藏也不例外。其中包括儒教思想的接受以及对艺术的追求。吉川英治在《宫本武藏》中设置了宫本武藏被泽庵和尚关在姬路的白鹭城中的天守阁埋头学习三年的情节,但是在后续的内容直至《宫本武藏》全书结束,很少提到宫本武藏把所学知识在理论上的运用。因此可以说吉川英治这一情节的设置多少有些牵强,只能在对树立宫本武藏形象上起到一定作用这一方面加以肯定。那么,难道三年闭门读书的生活对宫本武藏没有任何影响吗?也不尽然。这三年的生活使宫本武藏树立了自己的生活目标,就是"求道"。所谓"求道",在宫本武藏来说并不是广泛意义的寻求真理与宗教上的彻悟,而是一种精神上的追求。另外,对绘画、雕刻等艺术的追求表现了宫本武藏的艺术修养,是紧张的修炼生活的一种缓解与释放。总之,以上对日本古典经典、儒教、艺术等方面的学习,对提高宫本武藏的精神修养具有不可缺少的作用,这一点是显而易见的。

在这里还有一点需要指出的是刀剑的精神因素。冶炼师在锻造日本刀的时候一般要借助神佛的帮助,他们在刀的制作现场四周围上为了防止不净之物进入神殿而使用的"注连绳",目的在于不让邪鬼接近。而且自己举行驱除妖魔的仪式,穿着神社神主穿的白色礼服进行刀的制作。他们认为把灼热的铁伸入到冷水中,使得冷水四溅的那一瞬间是刀剑神圣化的瞬间,神佛之灵凝聚在了刀上。① 关于剑本身具有精

---

① 内田顺三:《精神武士道——高层次传统回归之路》,CHC 株式会社 2005 年版,第 31 页。

神作用这一点，秋山骏也有论述："剑是伸向虚空的精神的一种表现形式。""尚武的精神"，"其核心有剑"。① 习武在日本被称为"武道"。日本在艺术与武功修养上比较喜欢用"道"这个字。除了"武道"的称呼以外，还有"茶道"、"花道"、"空手道"、"柔道"等等。"道"本身带有较强的精神因素。

> 花道、茶道、剑道都成了道德，连体育在日本也被一种异样的精神主义支配着。②

"道"这一精神的追求与日本文化关系密切。第一，日本虽然不擅长在宗教和哲学方面的抽象思维，但是讲求"诚"，对具体的事情用心去做，把基本的精神因素糅入具体的事物当中去。第二，自古代以来，尤其是江户时代，日本自上而下提倡"重精神，轻物质"。关于物质与精神的追求，新渡户稻造在《武士道》中提到：

> 武士道是非经济性的。它以贫困而自豪。……在大多数藩国中，财政是由下级武士或僧侣来掌管。……武士道教导节俭是事实，但并非出于经济的理由，而是出于训练克己的目的。奢侈被认为是对人的最大威胁，因而要求武士阶级过最严格的质朴生活，许多藩国都严厉执行对奢侈的禁令。
>
> ……

---

① 秋山骏：《时代小说礼赞》，日本文艺社1990年版，第77页。
② 岛田庄司、笠井洁：《日本型恶平等起源论》，光文社1999年版，第70页。

由于这样极力鄙视金钱和金钱欲，武士道便得以长期摆脱了来自金钱的千百种弊端。①

综上所述，武士的最高境界是放弃物质追求，在最严酷的生活环境中、最低限度的物质条件下，勇于磨炼自己的意志，因此可以说武士的最高境界是对精神的追求。台湾商人兼作家邱永汉在《中国人与日本人》中认为日本是"职人文化"，即不以追求经济效益为主。这种精神追求与武士的追求在某种意义上来说是相同的。可以说这种精神是武士道的本源，是日本人奋斗的原动力，是明治维新以后日本的振兴，是侵略战争的不断扩大，以及战后经济复兴成功的主要精神因素之一。

在吉川英治笔下的宫本武藏身上，可以看出他对剑术的追求上就是加进了这种精神因素。

通过剑，他看到了人的凡俗和慈悲，他是为了如何处理人的烦恼以及为了生存的斗争本能等问题烦恼终生的一个人。同时也是在动荡杀戮的时代把只被视作是杀人工具的剑变成佛光、变成爱之剑，给予人生的争斗、给予令人类苦恼的好斗本性以哲学意义的一个人。②

宫本武藏式的武士道精神因素可以对事物的发展起到极大的促进作用。但是如果片面理解剑的神圣化，认为有了剑也就是有了杀戮的权利的话就是对剑的精神的曲解，就会把

---

① 孙俊彦译，商务印书馆 2002 年版，第 59—60 页。
② 吉川英治：《随笔 宫本武藏》，讲谈社 2002 年，第 2 页。

杀人合理化。同时，立场的不同、片面的民族主义也会导致对他人、对他民族的伤害。

第三节　《宫本武藏》的武道修行——"独行道"

吉川英治把宫本武藏描绘成一个不求仕途的绝对的求道者形象，并设计了宫本武藏多次放弃任职机会的情节，其中包括作德川家剑术师范（同剑术指南）。这样做是因为在宫本武藏看来，求仕，学会统治人，将会成为自己修炼的障碍。宫本武藏把自身的价值定位于自身的修养中，选择的是个人修养的武士道。虽然作品描写了他指导村民赶走强盗的事例，但是他一味追求的并不是为社会、为幕府、为大众谋利益，也不是为自己谋利益，而只是剑术这一技术本身。

与宫本武藏的形象相反，中国并不推崇不顾左右，一味地脱离集体、脱离社会，走自己的路的做法。那么，中国是否存在宫本武藏这样以单纯个人修行为目的的武者呢？不妨让我们看一下中国古典名著《水浒传》。《水浒传》描写了梁山泊的英雄们与社会上的不合理现象、恶势力抗争的故事，从中可以看出中国的"侠"是以匡扶正义、见义勇为、打抱不平为行为准则的。他们为他人谋利益，为社会除恶，从而得到大众的广泛认可。侠是与社会、民众的利益密不可分的。侠士在上千年的历史中始终维护着自身的社会性。而这种侠义精神普遍存在于中国的武侠小说中。

与中国的侠士相比，宫本武藏虽然同样没有归属，到处漂泊，但是他存在的意义重点并不在于与社会保持密切的联系，宫本武藏几乎是与社会脱离的。《宫本武藏》中关于社会背景的描写所占比重极少，有人甚至把这一点作为《宫本武藏》从战中至战后，甚至到现在仍受欢迎的主要原因之一。

宫本武藏追寻的是"独行道"。关于宫本武藏的求道，吉川英治曾经引用过现今流行的宫本武藏独行道内容：

一、不悖世道。

一、身心愉悦。

一、不拘万事。

一、重世轻己。

一、于事无悔。

一、善恶无妒心。

一、不惜别离，义无反顾。

一、不计恋慕之情。

一、我身不忌物。

一、不求私宅。

一、一生不贪欲。

一、心不旁顾。

一、舍身不舍名。

一、尊神佛不靠神佛。①

关于宫本武藏一人独行式的修行方式和根源，岛内景二从古典文学的角度进行了分析。

在大型长篇小说《源氏物语》中，一味地描述了光源氏这个人物的心灵之旅。这与一般读者感觉的"好

① 吉川英治：《随笔 宫本武藏》，讲谈社 2002 年版，第 25—26 页。

色"、"一夫多妻"不同，极其地"求道式"。

由于不成熟，在男女关系上多次受过挫折的青年出发去长途旅行来获得成熟的人格。作为这种象征，有"获取宝物"的方式。但是，光源氏对自己获得的宝物（也就是自己的人格）抱有怀疑，不久决心放弃，从而从物语中退场。经过重重苦难之后的自我发现、对找寻到的自我的失望，新的"求道"式的自我探索在《源氏物语》中被描写出来，令人感动。

在吉川英治的《宫本武藏》中，求道的色彩也很浓厚。这大概不只是受创作时"社会背景"的影响，也可以说这是日本一流的长篇文学作品所一贯追求的"何谓自我（幸福）"的态度的反映吧。一直没有"定居"，到处巡游的宫本武藏的形象和决心放弃对自己建成的"家"的责任的光源氏的形象在较深处重叠。《源氏物语》和《宫本武藏》的主题是一致的。①

同时，关于求道者的形象塑造，樱井良树指出吉川英治的创作受到了大正修养主义的影响。关于大正修养主义，他是这样说明的：

修养主义或者修养运动在大正时期盛行一时。莲沼门三的修养团，顾名思义是其中的代表。日俄战争之后到大正时期，很多的修养运动被展开。也有宗教界派生出来的活动，也有青年团报德会等团体组织的社会活动。

① 岛内景二：《历史小说真剑胜负》，新人物往来社 2002 年版，第 25—26 页。

主要是武道、艺道、禅的修行与冥想、禁欲、自我磨炼以及其他靠行为的反复来锻炼身心，谋求健全的发展。与教养主义一样谋求人格的完善强韧的精神和体魄，但是由于是通过某种形式来进行的，有教训式因素，所以知识阶层没有接受。由于欠缺社会性、创造性、合作性，因此容易与社会断绝联系，倾向于保守，有陷入自我满足的危险。①

宫本武藏没有亲人，在社会上没有归属，是一个孤独的人物。对于宫本武藏，坂口安吾在《青春论》中从反面进行了评价：

> 武藏的路很是凄惨。失败的时候将丢掉性命。佐佐木小次郎一生失败了一次就失去了生命，武藏好歹没有输掉，是在榻榻米上正常去世的。但是连和性命没有关系的围棋和象棋界人士都经常说到了五十左右的年纪，就承受不了激烈的胜负之争之类的话，所以武藏为剑贯穿始终真是不同寻常的事情。我要是那样做的话一定非常困难，然而武藏停止比武时，武藏就算死了。武藏的剑输了。

> 并不是战胜对方已经变得并不让人兴奋，无趣，没有劲头，也不是厌烦了生存感到中了魔似的空虚才停止了比武。这些，在读过《五轮书》这本平凡的书之后会了解。他只是毫无意义地活下来，撰写《五轮书》，并凭借这本书得以传盛名于今。然而，这样的盛名到底是

---

① 《宫本武藏的接受》，吉川弘文馆 2003 年版，第 20 页。

160

何物呢?①

　　宫本武藏把所有的剑客都视作对手，一人独行求道，即使是对于追慕自己的年轻女子，宫本武藏也选择躲避的态度，不近女色。痴情的女子阿通一直追随宫本武藏，然而结果是一次次的失望。正像中国修行需要禁欲的说法一样，宫本武藏是禁欲的。这实际上也是宫本武藏对物质——肉体的放弃，对精神的追求。新渡户稻造在《武士道》第十四章"妇女的教育及其地位"中提到武士道的女性理想中看不到女子的神秘，女子无外乎是维护家庭、传宗接代的一分子。山鹿素行（1622—1685 年）就曾在《武教小学》之七《饮食色欲》中说道："饮食色欲者，人人大欲存也。饮食者，为养身体行礼节也。色欲者，为嗣子孙止情欲也。人皆有自然节。士者为三民之长，家业弥重，所职任甚重，企可不慎哉?"② 宫本武藏的禁欲实质上是对物质的放弃，对精神的绝对追求。贝原益轩（1630—1714 年）的《养生训》等思想家的作品中也提到类似内容。

　　当然，在过去的修养书中，也有仔细用心于肉体条件的。比如之前引用的贝原益轩的《养生训》等书籍中提到精神修养的"心术"的同时，还提到了"养生之道"。但是，那是以"畏"字当先的精神主义，是以"恐天道而慎行，畏人欲而谨慎"为原则的。虽然不到

　　① 斋藤慎尔编《"武藏"与吉川英治》，东京四季出版 2003 年版，第 32 页。

　　② 转引自藤原（王）文亮：《圣人与日中文化》，社会科学文献出版社 1999 年版，第 924 页。

禁欲的程度，但是由于精神修养的需要，而消极地采取比起健康，优先考虑卫生、养生这样的顺序。①

宫本武藏以上对物质的放弃，对精神的追求，使他在"求道"生活中得到心灵的满足。可以说这一追求也是武士道的一种体现。然而日本的类似于宫本武藏的这种对精神的过分追求，常会导致不考虑现实中的客观状况，过分依赖于精神因素，并且往往会导致失败的结果。比如乃木希典在日俄战争期间的旅顺攻击战中，由于忽视双方军事实力的相差悬殊，而导致日方士兵的大量伤亡。第二次世界大战中日军的"神风特别攻击队"，是在战争面临败局的情况下，日军认为唯一可以采取的相信士兵纯真精神可以战胜一切的最终选择。

吉川英治创作的宫本武藏的形象已经在日本人的头脑中定型。在美、英、法、德等其他国家，《宫本武藏》被陆续翻译出版。作家井上久谈到一次他在纽约为谈著作权的相关事宜赴约迟到时，对方开玩笑说："你们日本人和武藏一样，都经常迟到啊。"当时，周围的其他美国人听到都笑了。② 宫本武藏迟到指的是：宫本武藏为了打败佐佐木小次郎，比武时故意迟到以消磨对手佐佐木小次郎斗志的做法。周围的人之所以能理解以上的笑话，是因为《宫本武藏》在美国拥有众多的读者。国外的读者最初是为了了解日本经济强大的原因才开始阅读《宫本武藏》和《五轮书》的，但是读完以后，对宫本武藏独特的生活方式、生活态度开始产生兴趣。

① 南博：《日本人的心理》，岩波书店 2002 年版，第 168 页。
② 井上久："'武藏'为何被世界所爱"，《文艺春秋》1987 年 7 月刊。

在中国内地较早翻译出版的宫本武藏题材作品是小山清胜的《宫本武藏》（1954—1957 年集英社文库），创作于吉川英治之后。在日本，这个版本并没有吉川版的《宫本武藏》具有代表性。2004 年 5 月新世界出版社出版了刘敏翻译的吉川版的《宫本武藏》地之卷和水之卷，8 月又出版了火之卷等。书的卷首刊登了金庸的评价：

《宫本武藏》中译本

该书在武藏比武求胜的过程描述中，主要阐述的武道之一，是不断修学，身体成长，同时心理与武功也跟着成长。第二要点是集中精神，除了武术之外，决不分心。第三要点是抛弃教条，只重实践。①

其中，金庸认为"《宫本武藏》中有一节（芍药使者），我觉得那是中国所有武侠小说中从来没有写过的精彩比武场面"。② 但是，书中类似的描写并不多。芍药使者一节仅仅描写了从用刀削过的芍药花枝根部的切口可以看出武艺的高超程度。吉川版《宫本武藏》作为时代小说与中国同样描写武侠题材的武侠小说相比，虚构的成分较少，相对平白，故事情节相对简单。

---

① 原载自香港《明报》1998 年 4 月刊，金庸与池田大作对谈。
② 同上。

第七章 现代文学对宫本武藏的再认识

　　1945 年 8 月日本战败，打斗题材的作品受到控制。直到 1949 年 12 月，村上元三的《佐佐木小次郎》（1949—1950 年）才在《朝日夕刊》上开始连载。这个作品因为"不仅是战后第一个在报纸上连载的时代小说，而且是战后第一个'拔刀'的小说而成了众人的话题"。① 《佐佐木小次郎》是以最后一个与宫本武藏决战的人——佐佐木小次郎为主人公的作品。作者塑造的佐佐木小次郎和吉川英治的剑禅归一的宫本武藏不同，作为一个具有鲜明个性、不畏生死的剑士而引起反响。"作者以日本战后型的人物为原型，在反对封建制的空气中恢复了时代小说的趣味性，这一点功绩极大。"② 作品描写了佐佐木小次郎受到日本歌舞伎创始者阿国美丽舞姿的启发，并尝试把这种有力度的美感糅进自己的剑术中。村上元三塑造了一个与宫本武藏完全相反的、享乐、唯美的佐佐木小次郎的形象。作者在《佐佐木小次郎》中表示了对佐佐木小次郎的欣赏，挑战了吉川版《宫本武藏》。这样，日本战后的第一部时代小说就是村上元三的挑战吉川版《宫

---

　　① 大众文学研究会：《历史·时代小说事典》，实业之日本社 2000 年版，第 335 页。

　　② 同上书，第 335 页。

本武藏》的作品。从此，不断地有作家创作宫本武藏的不同形象。

吉川版《宫本武藏》塑造了一个英雄形象，影响了20世纪30—40年代国民的精神面貌，宫本武藏形象已经深深地扎入日本人的心中。但是，随着战争结束，日本人的意识发生变化，产生了不同于战前的一成不变的价值取向，不少作家也从各种角度对吉川版《宫本武藏》提出质疑。对宫本武藏形象的挑战贯穿了日本战后大众文学的发展之中。

首先，以描写冷酷无情的剑士形象著称的柴田炼三郎创作的《决斗者　宫本武藏》（1970—1973年，集英社文库）对宫本武藏的经历这样设定：三岁时，父亲被平田无二斋杀害，母亲被平田无二斋占有，宫本武藏救母亲不成，反而杀死了母亲，自己被平田无二斋领回家抚养长大。平田无二斋要把他养到能替父报仇为止。宫本武藏为报父仇，自学武艺，严格修行。十一岁时，平田无二斋命令宫本武藏向自己挑战，宫本武藏成功。这是宫本武藏平生的第一次决斗。

吉川英治在作品中只是把平田无二斋设定为一个严厉而无情义的宫本武藏的父亲形象。而柴田炼三郎的这种设定更把宫本武藏的冷酷根源加深了，恢复了宫本武藏的冷酷剑士身份。

为了塑造一个既不是求索者，也不是野人，而是一个冷酷的决斗者的形象，设定了幼年时期的非常特殊的体验和被敌人袭击的特殊的状况，在不择手段冷酷无情的生活态度中探索兵法者处于极限的生存。①

① 尾崎秀树：《历史文学夜话》，讲谈社1990年版，第183页。

　　其次，在众多的作品中，山本周五郎的《予让》虽然是一个短篇，但是受到很高的评价。全篇的主角不是宫本武藏，却是被宫本武藏杀了父亲的岩太。岩太的父亲原本为了试探宫本武藏的武功而偷袭宫本武藏，结果偷袭不成，反而被杀。当时，他心服口服，心满意足地死去。即使这样，按照当时的风习，晚辈需要为父亲报仇。岩太后来流落成了乞丐，平静地过着自己的生活。但是世人一直认为他的一切行为都是为了替父亲报仇做准备，连宫本武藏也不例外。很意外地，有一天宫本武藏突然发病死了。宫本武藏生前留下遗嘱，把自己的一件衣服送给岩太，让岩太把衣服作为假想的宫本武藏，来实现报仇的目的。宫本武藏的这种做法让现在的读者感到滑稽可笑，其实这是对宫本武藏偶像形象的破坏。

　　除了以上作品，还有其他几位作家以宫本武藏为题材的作品，让我们对其加以分析。这些作品的创作有先有后，但是为了对战后的时代小说有一个整体的印象，为了更进一步了解日本战后大众文学发展的轮廓，本章将不按作品发表的顺序，而是按照作家在战后不同时期的作用来排序并进行分析。首先，随着时代小说的出现，20 世纪 50 年代日本出现了剑豪热。主要代表作家有五味康祐、柴田炼三郎、山本周五郎等等。之后到了 1958 年，司马辽太郎的以忍者为题材的小说《枭城》获得第四十二届直木奖，拉开了第三次忍术热的热潮，出现了最著名的忍者小说作家山田风太郎。因此以下关于宫本武藏题材作品的分析顺序依次为：

　　柴田炼三郎与《决斗者　宫本武藏》（1970 年）

　　山本周五郎与《予让》（1952 年）

　　山田风太郎与《魔界转生》（1964 年）

第一节　剑的回归——柴田炼三郎
与《决斗者　宫本武藏》

柴田炼三郎（1917—1978 年）是日本近代著名的大众文学作家，是战后最著名的剑豪小说作家，被人们亲切地简称为"柴炼"。他塑造的"眠狂四郎"是公认的日本战后最著名的人物形象。清原康正在《眠狂四郎　京洛胜负帖》的解说中这样评论说：

柴田炼三郎（1917—1978）

时代小说最必要的、不可缺少的要素是必须首先要推出具有鲜明个性的、有魅力的主人公。到目前为止有众多的主人公被创造出来，只是举出其名字就可以浮现出其独特的形象，但是如果说到给其后的时代小说极大影响的超级主人公形象的话，也列举不了多少。如果把满足这一条件的超级主人公形象按二战前、二战时期、二战后每个时期只限一人来选择的话，那就是二战前《大菩萨岭》（中里介山）的机龙之助、二战期间和二战后持续存在的《宫本武藏》（吉川英治）的宫本武藏，战后的话不管怎么说都是柴田炼三郎创造出来的眠狂四郎吧。①

---

① 新潮社 1991 年版，第 248 页。

开始创作《眠狂四郎》的 1956 年，柴田炼三郎三十九岁。这一年 5 月至 1958 年 3 月柴田炼三郎在《周刊新潮》上连载《眠狂四郎无赖控》（"控"是记录的意思），主人公眠狂四郎深受读者的喜爱，结果一举成名。由此，他的眠狂四郎系列一直持续下去，直到他五十七岁，柴田炼三郎去世的四年前才宣告结束。因此，可以说眠狂四郎伴随了他后半生的创作生涯。"眠狂四郎"的"眠"字寄托着柴田炼三郎的一个愿望：睡眠是人类必不可少的，是最贴近人们的日常生活的，所以"眠狂四郎"这一名字会让人们听起来比较容易接受。柴田炼三郎希望他的主人公能受到大众的欢迎，这可以说是柴田炼三郎在大众文学创作中所下的工夫。

眠狂四郎是江户时代幕府担任大目付①的水野越前守忠邦的家老武部仙十郎手下的隐秘②。水野越前守忠邦计划拥幕府将军德川家齐的世子家庆上台，来进行幕府行政的改革，因此与拥护德川家齐的水野忠成暗中较量。眠狂四郎开始了他一系列拼死的战斗。

眠狂四郎虽然是战后最受欢迎的形象，但是他却是一个只对孩子露出一点笑脸的极其冷漠的人。眠狂四郎采用独特的圆月杀法，只需要用刀尖在敌手面前划圆，就可以使其处于半睡眠状态，从而轻而易举地把敌手杀掉。眠狂四郎用这种办法杀了无数敌手，但是他在杀死敌手，救出女子之后，却又马上转向女子，将其占有。从这些方面看，他完全是一个恶人的形象。究其原因，和眠狂四郎的出身背景有着很深

---

① 幕府重要官职，主要负责监督各项事务，监察各大名的行动。
② 隐蔽的杀手。

的关系。他是一个混血儿，并不是父母爱情的结晶。他的母亲是德川幕府大官僚松平主水正的长女千津，父亲胡安是荷兰人，为传播基督教到了日本，基督教在日本遭到幕府的残酷镇压，胡安被人告密，从此他放弃基督教，改信邪教。胡安对德川幕府怀恨在心，一心复仇，奸污了镇压基督教的中心人物松平主水正的女儿，生下眠狂四郎。因此，眠狂四郎的出生就是一个悲剧，意味着罪恶。这决定了眠狂四郎的命运并不是受到人们欢迎的，这与以往的时代小说完全不同。眠狂四郎长大以后知道了自己出生的秘密，求死不成，被一个老剑客相救，并自创出圆月杀法。圆月杀法与眠狂四郎的罪恶感也有很大的关系。对此，柴田炼三郎这样解释：

> 我并不是把眠狂四郎作为一个剑豪来创作的，而是让他背上现代的罪恶感，想看他是如何在这种困境中挣扎。也就是说，是为了让他走与剑豪所走的完全不同的路而编出圆月杀法的。
>
> 被杀的人处于失神状态，所以被砍倒的话没有痛苦。而作为砍人的一方，在意识中充满杀人的罪恶感。与一般的情况完全相反。
>
> 被欺骗、被侮辱的女子忘却一切烦恼，处于朦胧的恍惚状态。反之，欺骗别人、占有女子的猎色鬼抱着剥夺了一个女子未来的罪恶感，尝受着没有办法摆脱的痛苦。①

眠狂四郎的形象塑造与以往的剑豪式形象塑造截然不同，这是柴田炼三郎的尝试。他认为："时代小说的主人公到现在，多是求道的精神主义者或者是正义派。而且对于拔刀总是装模作样。……姓氏好品性正，对女子采取清教徒的态度，所有的设计过于理想化。因此，我决定在各个方面采取完全相反的设计。"①

《眠狂四郎无赖控》书影

柴田炼三郎塑造的眠狂四郎之所以吸引了那么多的读者，主要有以下几个原因：首先，与时代有着密不可分的关系。当时战争刚刚结束十年，在人们的心中仍然留着阴影，同时又面临着各种各样的问题。大众文学评论家尾崎秀树评论道：

> 弃教的基督教传教士与大目付的女儿之间生下的眠狂四郎是一个反映了美军占领时期日本的社会问题——混血儿问题的人物，而且加入基督教的问题，也意味着从天皇制的禁锢之下解放。另外，排除剑的一刀三拜的求道色彩，重新把剑作为西部片中的枪一样的凶器。以上这些《眠狂四郎无赖控》的创意性和现代性可以说是解开其之所以受欢迎秘密的钥匙吧。②

① 转引自尾崎秀树：《大众文学的历史》下，讲谈社1990年版，第147页。

② 尾崎秀树：《历史·时代小说的作家们》，讲谈社1996年版，第189页。

眠狂四郎出现的时候，战争已经结束了十年，社会安定了一些，产生了"ドライ（冷漠）"这个流行语。战争改变了我们的习惯和风俗，而且由于时代的影响，对于自己的生活与他人的生活的关系，极其强烈地、敏锐地感觉没有意义、不关心、没有责任。于是，在我们中间产生了两种类型：一种是总觉得自己、自己的生活没有意义的类型；另一种是多少有些外来的、现代的因素，从而是崭新的，同时又出奇的合理的类型。这正适合于那个时期。周刊杂志热衷于进行冷漠者的尝试，而且眠狂四郎这个喜欢孤独、喜欢单独行动的流浪者的形象正好符合于这个时代的性质。他是把三十年代的自己的心灵原点放在虚无的影子中的行动者的那一类型。他是处于没有出发点、没有终点的中间状态，他是对眼前出现的东西以及一瞬间的事物没有特别的感动，不能很好地发挥行动能力的人。在随意中产生随意。没有根基，但是拥有力量。这是之后在我们当中逐渐增加的类型。①

其次，与柴田炼三郎对以往的英雄形象塑造模式的突破有关。眠狂四郎之所以那么受读者的喜爱，说明单一的英雄形象已经满足不了读者的需求，眠狂四郎符合读者的需要。眠狂四郎的形象塑造带有反求道、挑战吉川式文学的色彩。《决斗者　宫本武藏》是柴田炼三郎更直接地挑战吉川式文学的宫本武藏题材的文学作品，是柴田炼三郎创作成熟时期的一部长篇小说。此作品分少年篇、青年篇和壮年篇三

---

① 秋山骏：《时代小说礼赞》，日本文艺社 1990 年版，第 97—98 页。

部。这部作品直接针对吉川版的《宫本武藏》进行质疑，表现了柴田炼三郎不拘泥于既成观念的态度。《决斗者 宫本武藏》的质疑主要分为以下几个方面：宫本武藏的幼年生活；宫本武藏的经济来源；宫本武藏的男女关系；宫本武藏后半生的空白；宫本武藏是否是二天一流的创始人以及是否是《五轮书》的作者。事实上，柴田炼三郎对于吉川版《宫本武藏》的质疑早在1951年就已经开始。当时，柴田炼三郎在《三田文学》9月号上提到一直到处巡游的宫本武藏的经济来源的问题，因为关于这一点，吉川英治并没有在作品中有所解释。1960年，柴田炼三郎在随笔《武藏·弁庆·狂四郎》中又谈到宫本武藏与父亲无二斋的关系，柴田炼三郎认为："少年时代，武藏与父亲无二斋关系非常不好。武藏自恃天分高，傲慢不逊地对待亲生的父亲，他们这样的关系很让人看不过去。"① 另外还对《五轮书》开篇宫本武藏对自己战无不胜的经历的记述等，也提出质疑，他认为："那是极其自满的内容，这不应该是武藏自己可以写的内容。直木三十五也指出这件事，不喜欢这种自恃勇猛、状如野兽、豪言壮语的态度。"②

在《决斗者 宫本武藏》中，柴田炼三郎就以上一些问题做了适当的处理，给读者展示了自己的解释。首先，作品开篇第一章"夫妻非命"就把读者带到了宫本武藏的幼年。三岁的武藏（当时名为弁之助）与腿落下残疾的父亲——宫本村村长新免武仁和母亲佐久去母亲娘家谋生。路上，一家人遇到来寻仇的平田无二斋，父亲与平田无二斋决斗身亡。

---

① 柴田炼三郎：《眠狂四郎 京洛胜负帖》，新潮社1991年版，第227页。
② 同上书，第226页。

母亲在光天化日之下被平田无二斋强奸。三岁的弁之助为救母亲，用刀刺向平田无二斋，结果却刺死了母亲。平田无二斋把成为孤儿的弁之助带回家中抚养，答应养到弁之助能为父亲复仇的那一天。年仅三岁的弁之助目睹了父亲的死，又亲手杀死了母亲，他误认为男女之事都是罪恶，就是因为这个原因，他少年时期又杀死了两个男人，其中一个还是姐姐的情人。弁之助的命运有着与眠狂四郎相似的地方，就是他们的行为是命中注定的，都肩负着罪恶。弁之助肩负着替父报仇的重任。弁之助不仅有着凄惨的幼儿经历，而且，弁之助从三岁到十一岁终于刺死平田无二斋替父报仇的这几年期间，一直与平田无二斋生活在一起，他不可避免地受到收养他的平田无二斋的影响。平田无二斋是一个极其冷酷的人，他当着弁之助的面，把弁之助养的顽皮的小猴扔到粥锅里烫死；砍死找弁之助讨还被杀死的情夫的女子。以上种种经历使弁之助养成对生死、对一切无动于衷的个性。作者柴田炼三郎就是这样给宫本武藏的勇猛无情加进了宿命论的设定。

> 好像剑豪可以分成两种类型：一种类型是走入剑道，脱离武艺，而达到名僧君子宽容仁义的彻悟的境地；一种类型是到死也不忘记敌人的存在，只想维持豪勇。①

很明显，柴田炼三郎把宫本武藏归为第二类。如果说吉川版宫本武藏手上的刀是求道的象征的话，那么柴田炼三郎笔下的刀已经恢复成其本来面目，刀只是一个凶器，宫本武藏只

---

① 柴田炼三郎："武藏·弁庆·狂四郎"，载同著《眠狂四郎　京洛胜负帖》，新潮社1991年版，第230页。

是一个决斗者。这才是柴田炼三郎剑豪小说的根本用意所在。

其次，关于宫本武藏的经济来源，作品是这样交代的：弁之助杀死平田无二斋以后回到家乡宫本村。由于他武艺超众，冷酷无情，村人都惧怕他，躲着他走路。在踏上决斗者的征途之前，弁之助召集村人，要求村人为他纳税，作为他巡游磨炼武艺的费用。交换条件是自己更名为宫本武藏，为宫本村扬名。作品中出现了村人给宫本武藏寄租税以及宫本武藏回村取费用的情节。多年来就是这些租税成了宫本武藏巡游的费用。

人都是有七情六欲的，然而吉川英治把宫本武藏塑造成一个极力压抑自己、不近女色的形象。与此相反，柴田炼三郎把宫本武藏恢复成一个普通人。《决斗者 宫本武藏》中宫本武藏不仅喜欢女子，而且还与多个女子发生关系。在这里，宫本武藏为因自己而死去的女子雕刻佛像，供女子超度，这种有人情味的描写满足了现代人的需要。但是宫本武藏不是一个情圣，他强奸女子，而且用控制射精的方法来修炼武功。柴田炼三郎在这方面也没有把宫本武藏塑造成一个完美的形象。

另外，《决斗者 宫本武藏》同吉川版《宫本武藏》一样，只写到佐佐木小次郎的决战。但是多了一个情节，就是之后不久在宫本武藏的家乡进行的宫本武藏与养子伊织的比武。与吉川英治不同的是，柴田炼三郎设定伊织没有一直跟着宫本武藏，而是与宫本武藏走散，一直在外拜师习武。他的师傅梦幻的宗旨与宫本武藏完全不同。梦幻师父教导伊织："不能违背自然。不失平常心……心不要躁，时刻注意，身体顺其自然……"[1]

----

[1] 《决斗者 宫本武藏》下，新潮社 1992 年版，第 354 页。

他教导伊织要把这一点与兵法修行结合在一起，并让伊织一直这样做下去。

天亮了就睁开眼睛起来，天黑了就躺下睡觉。人是顺应自然生存的生命。正因为如此，违背自然的兵法修行是徒劳的、无用的。这就是梦幻的教导。①

在梦幻师傅顺应自然的教导下成长起来的伊织有着与宫本武藏完全不同的气质，沉稳、有内涵。作品最后安排伊织与宫本武藏比武，胜负难分，就在关键的时刻，一直为了决斗胜利而不顾一切的宫本武藏为了砍死爬向伊织的一条毒蝮蛇，而被不明就里的伊织击中头部，失去了意识。宫本武藏醒来以后，身体虽然恢复很快，但是眼神变得恍恍惚惚。作者柴田炼三郎认为宫本武藏与佐佐木小次郎决战后一直没有与人决战是有一定的原因的。他在后记中写道：

> 宫本武藏作为决斗者的生命之火以这一天为界熄灭了。
>
> ……
>
> 如果是真的决斗者，在船岛与佐佐木小次郎决斗之后，应该还进行若干的比武才对。武藏在那以后一次比武都没有进行，尽管有那么多的一流武者——。
>
> 仅仅因为一条蝮蛇，武藏丧失了决斗者的资格，只留下了剑名。
>
> 以三十岁为界，武藏在缓慢的悲剧中度过了后三十

---

① 《决斗者 宫本武藏》下，新潮社 1992 年版，第 355 页。

年，结束了自己的生命。①

对于以上柴田炼三郎的假设，绳田一男评论说："武藏由于轻率地做出充满人情味的举止而失败的这一结局中包含着这样一个事实：'虚'虽然经常吞没'实'，但是只能败在人类'理想'面前。这实在很令人感动。"② 心如钢铁的决斗者宫本武藏因为一时的人性复苏而断送了斗士的生涯，可谓含义深长。柴田炼三郎认为不是宫本武藏而是伊织撰写了《独行道》、《五轮书》等兵法作品。在《决斗者 宫本武藏》中柴田炼三郎还把二天一流的剑术安在了伊织身上。

《决斗者 宫本武藏》书影

最后，在作品中，佐佐木小次郎的形象与吉川英治的设计也有较大的不同。柴田炼三郎把佐佐木小次郎设定为一个混血儿，长着一头红红的头发，冷酷无情。小次郎随意侵犯美丽的女子，为了泻欲，甚至不顾廉耻地侵犯了自己的叔母。害得叔叔夫妇二人双双剖腹自杀。对此，绳田一男这样理解：

《决斗者 宫本武藏》把宫本武藏作为"虚"，也就

---

① 《决斗者 宫本武藏》下，新潮社 1992 年版，第 485—487 页。
② 绳田一男："作家各自的《宫本武藏》"，《文艺春秋》2003 年 4 月刊，第 308 页。

是在太平盛世里浮现出来的战后日本人想要忘记的"战争时期"，那仿佛是虚构出来的令人忌讳的回忆。把冷酷无情、混血的剑鬼佐佐木小次郎作为"实"，也就是被美国殖民地化的战后日本的象征。两者的对决中蕴含着柴炼对战后社会的反感和强烈的否定。在接近结尾武藏与小次郎的对决的记述中，"虚"＝武藏一下子吞下了"实"小次郎。一味陶醉在虚假的和平和物质的繁荣中，难道谁都不回顾过去的现实＝"战争时期"了吗？①

柴田炼三郎塑造的眠狂四郎、宫本武藏等孤独的形象与作者本人的经历有着密不可分的关系。首先，柴田炼三郎出生于冈山县的一个地主家庭。三岁时，死了父亲，由母亲一手抚养长大。他的父亲对汉学造诣深厚，而且是一个日本画画家。受家庭的影响，柴田炼三郎上了著名的私立庆应大学读中文专业。汉学的修养提高了柴田炼三郎的文学水平，给了他想象的空间；中国文学给柴田炼三郎提供了虚构的榜样。受中国文学的影响，柴田炼三郎的创作方式远离日本以写实为主的私小说的传统，去创造浪漫的想象空间。学习中文的同时，柴田炼三郎对法国文学也特别感兴趣。他特别喜欢法国的现代主义，并效仿其时尚作风。柴田炼三郎的毕业论文是《鲁迅论》，论文把鲁迅与芥川龙之介加以比较，认为鲁迅带有"自我批判与怀疑的孤独的寂寞"，并带着"愤怒"。②

---

① 绳田一男："作家各自的《宫本武藏》"，《文艺春秋》2003 年 4 月刊，第 308 页。
② 清原康正："柴田炼三郎与中国文学"，《大众文学研究》1997 年 3 月刊。

其次，自小乐于遐想、被称为淘气大王的柴田炼三郎，在他二十五岁时受到一生中最大的一次打击。那是应征入伍的 1942 年，在被送往南方战场的途中，柴田炼三郎坐的船遇难，柴田炼三郎在海上漂流了七个多小时。他说七个多小时里头脑一片空白，只是茫然地漂浮在海面上。关于这一段经历，柴田炼三郎避免谈起，更是没有留下文字的记录。但是这一段经历无疑让柴田炼三郎对人生、对命运有了进一步的认识。柴田炼三郎本人更是成了一个孤独、虚无的人。

他说话说累了的时候，总是眼睛看着远处，一句话也不说。一旦这样的沉默开始，就会持续很长时间。这种习惯与读大学预科时没有一点改变。而且，他的双眸实实在在地带着烦恼。比起他的话语，我更能从他的沉默中看到绝望。

以后，他成为流行作家，我也同样经常地从他的双眸中看到与大学时没有任何变化的人的孤独、忧愁和绝望。①

《眠狂四郎无赖控》系列里，已经可以看到带有柴田炼三郎作品特征的要素，那就是"杀人的美学"、"毁灭的美学"、"虚无的美学"、"自虐的精神"、"宿命的哲学"。②

---

① 中村胜三：《柴田炼三郎私史——自虐与花花公子的轨迹》，鹏和出版 1986 年版，第 50 页。
② 大众文学研究会：《历史·时代小说事典》，实业之日本社 2000 年版，第 173 页。

像眠狂四郎这样一个冷漠、孤独、残忍的形象，在日本文学作品中并不少见，日本的能乐中的能面具就是一副冷漠的面孔。前面提到的第二次世界大战之前的历史题材文学作品中，最受欢迎的文学形象机龙之助也是同样的一个典型。"机"在日语中是桌子的意思，只要是上过学，有一点文化的人都用过桌子，很普遍。柴田炼三郎的眠狂四郎的名字就受了这个名字的启发。机龙之助是作家中里介山创作的长篇小说《大菩萨岭》的主人公。此作品文库本长达二十卷。关于机龙之助形象塑造的社会背景，绳田一男分析说：

> 这个叫机龙之助的渴血的、虚无的剑士形象的塑造，是经历了明治四十四年（1911年）一月，幸德秋水等十二名社会主义者被经过不正当的审判处以死刑的大逆事件的思想的挫折而被塑造出来的。这种说法已经成为定论。①

机龙之助是一个包含批判现实因素的虚无的破坏性形象。同样的，战前作家林不忘（1900—1935年）笔下的丹下左膳等形象的塑造，也包含着对现实批判的因素。这些形象都以具有较强的残酷性格为特征。

为什么日本文学作品中会频繁地出现残忍的孤独者形象呢？这首先与武士作为最高阶层以及在人们心目中的地位有关系。武士成为人们崇拜的对象，武士的生活成为人们向往的生活方式，自然不怕死亡、作战勇猛就成了美德。残忍是

---

① 绳田一男：《时代小说的可读性》，日本经济新闻性1991年版，第21页。

其客观的结果。其次，与日本的民族性有关系。日本是一个集团式的民族，为了维持彼此的关系，即使内心存在一些想法也常常压抑着不加以表达。内心的孤独，时间一长则会造成心理的压力，需要释放，而这些残忍的孤独者形象的描写使读者的紧张情绪得以缓解。另外，日本特殊的荣辱观使得日本人往往控制不了情绪。在尚武之人身上的表现就是："因为一些极其琐细的，不，由于想象的侮辱，性情急躁的自大狂者就会发怒，立即诉诸佩刀，挑起许多不必要的争斗，断送了许多无辜的生命。"① 最后，与社会背景存在一定的关系。在受到外来的压力、国内的思想又受到禁锢的情况下，尤其是像第二次世界大战以后旧的观念被推翻、虚无情绪占主流的情况下，人们就会希求在作品中的主人公身上寻找共鸣。

第二节　换位思考——山本周五郎与《予让》

山本周五郎（1903—1967 年）和藤泽周平（1927—1997

年）是近代最受欢迎的侧重于描写历史中小人物生活的两大作家。他们的作品至今仍然深受读者的喜爱。

　　山本周五郎原名清水三十六，出生在战国时代大将武田信玄的家乡山梨县，出身贫寒。少时，被

山本周五郎（1903—1967）

---

① 新渡户稻造：《武士道》，孙俊彦译，商务印书馆 2002 年版。

生父卖给东京的一个当铺——山本周五郎商店作学徒,在那里一直待到1923年关东大地震。在此期间,清水三十六小小年纪承受了较大的生活压力与精神压力。但是值得庆幸的是店主山本周五郎是一个豪爽、重义气的人,清水三十六深深地受到山本周五郎人格的感染。山本周五郎非常欣赏清水三十六的吃苦耐劳、勤奋好学的态度,对清水三十六极其喜爱与信任。清水三十六在山本周五郎的大力支持下,更加努力地学习。1923年9月,关东大地震使东京成为一片废墟,清水三十六得到店主山本周五郎的支持,离开了当铺去自谋生路,很快走上了文学创作之路。1926年清水三十六在《文艺春秋》上发表文学作品,开始使用笔名“山本周五郎”。他的代表作有《日本妇道记》(1942年)、《枞树留下》(1954年)等等。山本周五郎一生拒绝接受所有的文学奖项,认为文学创作并不是为了获奖。但是,山本周五郎去世之后,新潮社于1987年设立了“山本周五郎奖”。

《予让》① 是山本周五郎的代表作之一,创作于他四十九岁那一年,是一篇短篇小说。作者认为是一篇“打开我的后半生之路”② 的作品。因为《予让》是以宫本武藏为题材的创作,而且在战后宫本武藏题材的文学作品中占据举足轻重的地位,所以它在山本周五郎的文学创作中占着相当重要的位置。

《予让》的主人公是岩太。他的父亲为了试探宫本武藏的剑术,在城中大殿的走廊夜袭宫本武藏,被宫本武藏一刀砍死。岩太经常赌博,与艺妓们混在一起,父亲被杀死时没能得到消息及时赶回家。等到他回到家以后又对死去的父亲持批评

---

①　初载于1952年新潮文库《大炊介始末》。
②　绳田一男:“作家各自的《宫本武藏》”,《文艺春秋》2003年4月刊,第307页。

的态度，被大哥赶出家门。岩太把竹条弯曲起来，搭了一个简陋的小棚屋，从此，心甘情愿地做起了乞丐。小棚屋恰巧搭建在宫本武藏上下城的路边上，人们猜想岩太会伺机为父亲报仇。因为在当时是否为父兄报仇关系到家族的存亡，而且这种复仇行为作为英勇的行为受到赞赏。于是，人们对岩太开始倍加尊敬，碍于宫本武藏的地位，他们悄悄地送来美味佳肴，并给他以经济援助，连过去交往过的女子也一个个地来找岩太，对岩太表示好感。岩太在唯一一个可以信赖的、比较仗义的朋友的指导之下，精打细算，把钱一点点攒了起来，准备等有了一定的经济基础，随时离开这里，出外谋生。

可是，在一个寒冷的早晨，岩太被宫本武藏的侍从告知，宫本武藏已经去世。宫本武藏去世前特意送给岩太一件自己的衣服，让岩太把衣服当作是宫本武藏来实现象征性的复仇愿望。

小说的题目《予让》借用了中国春秋时代予让斩衣的典故。予让的旧主智伯被晋国的家臣赵襄子所灭，予让为了给智伯报仇，隐姓埋名，改变装束，但是最终还是被捉获。在被杀之前，予让提出一个要求，就是希望得到赵襄子的一件衣服。在拿到赵襄子的衣服之后，予让用刀砍了赵襄子的衣服三下，随后自杀身亡。宫本武藏死之前之所以让侍从把衣服送给岩太，就是把自己比作赵襄子，把岩太比作予让，体谅岩太的心情，让岩太实现复仇的愿望。

然而岩太并不欣赏宫本武藏。他对大家公认的剑圣宫本武藏始终是持否定态度的。

"还是那种端着肩膀的走法啊。"岩太觉得可笑地嘟囔道，"——一整年都那么走吧。是因为有人在看的缘故吧，那么走不累吗？"①

　　"那个人被人们称为名人什么的。又不是受到弓箭、枪炮的围攻，只不过是一个厨师想试试武艺。当时，他完全可以让一下身子躲开，或者猛甩出去，用不着突然把偷袭者杀死吧。"

　　……

　　"——算了吧。也许算什么名人、剑圣，但是让我说的话，只不过是虚荣。虚荣的家伙！是一个虚荣到家的疯子！"②

　　"那个老头子，那个虚荣的老头子，到死都是摆虚荣。到死！"他笑得咳嗽起来，"——予让的故事，死也不安心死，还做这种装模作样的虚荣事，那么端着架势……这个家伙真让人受不了。闷得慌，救救我！"③

　　岩太认为宫本武藏对水平相差悬殊的一个厨师的突然袭击，完全没有必要采取夺去对方生命的方式，批判宫本武藏一切为了虚荣。岩太不只对宫本武藏持否定的态度，对世人、对社会也是如此。

　　"好不容易这样，就随我的便吧。我对社会、对人都厌烦了。"

―――――――

　　① 《昭和文学全集　第8卷　大佛次郎、山本周五郎、松本清张、司马辽太郎》，小学馆1987年版，第465页。
　　② 同上书，第457页。
　　③ 同上书，第467页。

"——爹这个傻子，被砍死了还很知足。说什么剑道是庄严的，杀我的人是剑圣。居然谁也不觉得奇怪。什么武士就了不起，厨师就低级，没有一样是我能接受的，对这一切我已经厌烦了。当个乞丐在乞丐小棚屋中笑话世上的这帮人！"①

实际上，岩太当乞丐的行为本身就意味着对时势的批判。

在《予让》中，主人公并不是宫本武藏，而是岩太。作品对岩太不是持批判的态度，而是带着宽容与赞赏。宫本武藏是一个剑圣，备受人们尊敬。与之相反，岩太是一个不务正业的人。他赌博上瘾，已经再也没有人肯借钱给他；他天天泡在女人的房间里，把女人们的东西，拿来拿去当作礼物；别人误认为他准备给父亲报仇而给他援助，他却把钱攒起来，归为己有，准备随时出逃。很明显，岩太不是什么高尚的人，他没有资格批判宫本武藏，批判社会。但是，岩太比较可贵的是：他有一个追求——成为一个厨师。

——我父亲是一个厨师。我像我父亲，我喜欢杀鸡，杀鱼，切肉，然后把它们烧好、煮好。如果可以用菜刀，可以品尝炖出来的食品的味道的话，我就没有什么别的愿望，我可以好好干，不差于任何人。②

岩太的愿望遭到了父亲的强烈反对。他父亲说："摆弄

① 《昭和文学全集　第8卷　大佛次郎、山本周五郎、松本清张、司马辽太郎》，小学馆1987年版，第459页。

② 同上书，第458页。

别人吃的东西是下贱的工作。这样的工作我这一辈子就足够了。不管怎样,你都要成为一名武士!"① 岩太并没有因此而放弃自己的理想。他从家里跑出来,偷偷地住进了父亲熟人开的饭店学艺。结果半年后,被父亲知道赶了出来。岩太又到别的地方学艺,但是不到一年,又被父亲发现。之后每到一处,都遭到父亲的阻挠。岩太终于投降了,从此过上了赌博、泡女人的日子。被哥哥赶出家门之后,岩太更是没有了经济来源,岩太做起了乞丐。即便如此,岩太心底里仍然没有放弃作厨师的愿望。宫本武藏死后,他用攒下来的钱与自己喜欢的女人阿北开了一家旅店。店名取自夫妻二人的名字"岩北",店中挂着宫本武藏的衣服,上边被刀划了三个口子。小店生意兴隆,人们都叫这个小店为"予让"。岩太的理想终于实现了。

在作品《予让》中,作者赞美了岩太的执著,但是同时也毫不掩饰岩太的颓废和他的不择手段。岩太当了乞丐,众人以为他是卧薪尝胆地准备为父亲复仇,但是,众人包括宫本武藏都没有想到,岩太自始至终都根本没有替父报仇的想法。岩太不仅没有与众人说明自己根本没有复仇的想法,而且每当宫本武藏下城时,他都坐在小棚屋外看着宫本武藏经过,摆出一副随时准备复仇的架势。那么,山本周五郎为什么要塑造这样一个岩太形象呢?

首先,山本周五郎是站在一般大众的立场上来对待他的创作的。岩太有着各种各样的缺点,他是一个凡人。但是他追寻成为厨师的理想,最后如愿以偿,这是足可以称道的。

---

① 《昭和文学全集 第8卷 大佛次郎、山本周五郎、松本清张、司马辽太郎》,小学馆1987年版,第458页。

吉川英治的《宫本武藏》塑造了一个奋勇向前的剑客宫本武藏的形象，受到了当时大众的欢迎。宫本武藏的形象固然可贵，读者可以从中受到鼓舞，但是宫本武藏毕竟是离大众的日常生活比较遥远，而且时代已经变迁，《予让》创作的 1952 年已经是日本战败后的第七年。日本大众在经历了经济的贫困之后努力地振兴经济，人们不再需要吉川版的求道式的剑豪形象。相比之下，山本周五郎版的岩太形象更接近于大众。使人感到亲切。事实上，从《予让》这一题目就可以看出山本周五郎的创作意图。岩太并不知道予让斩衣的典故，对典故也不感兴趣，他只是鹦鹉学舌似地重复宫本武藏侍者所说的话，小说的题目没有用汉字，而是使用表示日语发音的假名——よじょう。这样的处理，表示了岩太这个人的身份——一个普通人。岩太的众多缺点证明岩太是一个活生生的普通人。

山本周五郎本人的经历决定他是站在普通民众的立场上来观察生活，塑造人物的。山本周五郎的父亲在山本周五郎三岁的时候，抛下他们母子俩，跟别的女人去了东京。山本周五郎四岁那年，家里的房屋被洪水冲倒，他的爷爷、奶奶、叔叔、叔母丧生。母亲没有办法生存，只好带着山本周五郎去东京寻找不负责任的父亲。到了山本周五郎十三岁，又被父亲骗到当铺作学徒，没能继续在学校学习，没有学历，完全靠自学成为作家。山本周五郎的生活就是一个普通人的生活。他的成长经历使他能站在平凡人的立场上来进行创作，努力塑造平凡人的形象。

其次，岩太的追求可以说是日本人的追求。虽然厨师不是什么高尚的职业，但是不管是什么样的职业，日本人都对自己的职业有着独特的热爱。"只要决定了走这条路就勇猛直前的人的身姿大大地刺激了美意识，成为审美的对象，这可以说是日本人的一大特征。"① 在日本，无论是研究如何经营好大公司，还是研究如何做好便利店的盒饭，或者琢磨自家豆腐店的豆腐如何做好，不管是做什么事情，不分贵贱，全身心地投入便会被认为是最高的境界，并且以此为美。同样地，这样的人也会受到人们的敬重。这种不分贵贱的投入，可以说来自于日本人的传统价值观。

在江户时代，由于社会生活稳定，幕府把武士定为最高阶层，开始要求武士学习儒学，士、农、工、商四个身份等级，商被排在了最后一位。这使武士远离了经济，保证了武士的廉洁。武士人数众多，他们重农轻商。这样也决定了他们的社会价值观，也就是注重精神境界的提高，而不追求物质利益，不以盈利为最终目的。由此可见，受德川时代的价值观的影响，日本人一般不以追求经济利益为最高目标，而是追求职业技能的提高，并将努力使职业技能的精湛作为人生的最高追求。这就是日本原始理念中的"诚"吧。《予让》中岩太对厨师职业的执著正符合日本人的这一价值观。同时，岩太最喜欢在案板前切菜、做饭，喜欢在厨房做事，岩太的这种对职业的执著的爱感染了发展中的日本国民，引起了他们的共鸣。

山本周五郎在《予让》中对宫本武藏进行了英雄否定、偶像破坏，与此相对照地，通过描写使平民岩太的形象偶像化。这一点与吉川英治的《宫本武藏》成为鲜明的对比，一直被日本人崇拜的宫本武藏成为岩太嘲笑的对象。"被嘲笑

---

① 吴善花：《日本式精神的可能性》，PHP 研究所 2002 年版，第 92 页。

的与其说是武藏，还不如说是吉川英治吧。"① 山田宗睦也评论说：

> 吉川英治的《宫本武藏》在战争期间被称为国民文学。和阿通的恋爱也是只走剑术一条路的一直向前的求道者武藏的一个缩影。与此相反，《予让》则完全不同。因为作品中说再也没有像武藏一样虚荣的家伙了。在这种意义上说，这是一篇表现了战后的大众文学或者时代小说的本质的作品。②

《予让》对照性地描写了宫本武藏和厨师的二儿子岩太。在山本周五郎的笔下，岩太通过不光明的渠道实现了自己的理想。而山本周五郎又站在岩太的立场上，对宫本武藏的剑圣形象进行了批判。

《予让》这篇作品不是历史小说，是时代小说。山本周五郎不拘泥于历史的框架，创作的中心设定在人的性格塑造上，这一点也正好说明了山本周五郎作品的大众性。山本周五郎就是这样通过时代小说的形式成为大众文学的主要代表作家之一的。

第三节　异想天开——山田风太郎与《魔界转生》

山田风太郎（1922—2001 年）是近代著名的大众小说家。在 1996 年年末发行的《别册宝岛》杂志特集《不读这

①　佐高信、高桥敏夫：《司马辽太郎与藤泽周平》，每日新闻社 2004 年版，第 188 页。
②　《山本周五郎——宿命与人》，艺术生活社 1997 年版，第 122 页。

本时代小说不能死》上，包括由文艺评论家绳田一男在内的十八名研究者推出了一系列的大众小说作家及作品。其中山田风太郎的作品数量位居第一，总计二十八部。司马辽太郎和池波正太郎的作品并列第二，各十六部，柴田炼三郎十五部，位居第四。可见山田风太郎的作品占了绝对的优势。①山田风太郎的作品以描写施展"忍术"的忍者为主。"忍术"一词《广辞苑》②上是这样解释的："密侦术的一种。在武士掌权的时代，专指忍者以间谍和暗杀为目的，利用变装、隐身、计策等形式，乘人之虚，大胆而机敏地行动的方策。"忍者主要采取隐秘的行动来扰乱敌方，收集情报以利于本方战局。在战国时代（1467—1568 年）曾经活跃一时。

忍者主要集中在伊贺、甲贺一带，有伊贺忍者、甲贺忍者之说。为什么会集中在这两个地区呢？伊贺在现在的三重县，甲贺在现在的滋贺县。两地相距只有十公里左右。二者都位于铃鹿山区的西南部，是山地、小盆地、溪谷相间的复杂地形。这里由于是深山幽谷，很少有人关注。同时由于距离主要的交通要道比较远，成为

山田风太郎（1922—2001）

许多亡命之徒的隐居之地。由于这里人烟稀少，为了应付战

---

① 樱井秀助：《这本时代小说有意思》，编书房 1999 年版，第 87 页。

② 第五版，岩波书店 1998 年版。

乱，室町时代（1336—1573 年）他们组织起来，采取避实就虚的方式进行活动。但是在战国时代，忍者这种诡秘的组织被织田信长（1534—1582 年）认为是自己行动的障碍，而受到织田信长儿子的两次进攻（1579 年 9 月；1581 年 9 月）。第二次进攻时，织田信长方的军队以四倍的绝对优势击败伊贺忍者集团。伊贺忍者的奇袭战式的忍者战术也没有了用武之地，伊贺人不分男女老幼均遭到杀戮，伊贺一时化为一片焦土。但毕竟还是有一部分忍者幸存，他们继续活动。1582 年伊贺忍者保护德川家康躲过本能寺之乱①，立了大功，受到德川家康的信任。到了江户时代，德川家康掌权，伊贺、甲贺忍者作为德川幕府的特殊职能集团，活跃在暗处，承担德川将军的警备、德川幕府的安全任务。

然而遗憾的是关于忍者与忍术的记述极少。

忍者归根结底不是明面上的人物，正因为不了解他们的具体情况，才能发挥其价值。如果暴露了自己的面目的话，隐藏的任务就不能胜任。在记录中没能留下来是理所当然的。②

忍术为了隐秘，一般是靠口传的，很少有文字记载，因此忍者的一切便都成了谜，作者只能发挥其想象来塑造忍者的形象。在大正时代第二次忍术热的忍者电影中，忍者可以突然隐身不见，也可以瞬间化为别人或动物。有的

---

① 明智光秀在京都本能寺偷袭并逼迫织田信长自杀，当时德川家康由于与织田信长是联合体的关系而被追杀。
② 高桥千剑破："什么是忍者——其历史性考察"，《大众文学研究》1996 年 5 月刊，第 19 页。

则行走速度超人，而且可以从极高的位置跳下。去忍者故乡伊贺参观可知，伊贺的忍者把房间里设了很多机关，以备随时袭击侵袭者；还有一些飞镖等暗器和攀高、过河的工具，以及掌握一些高超的武功技巧。但是，这些忍者博物馆的展览和表演并没有那么奇妙与神奇，说实话，其表演有一些像中国古代街头的武术表演。可以推断：忍者也是人，不会具有离谱的、过于超人的本领。正是因为没有详细的记述，忍者的形象才被神秘化，从而作者加进了无穷的想象。

山田风太郎是日本1956年开始兴起的第三次忍者小说热潮的最主要的作家。日本共有三次忍术文学热。第一次是在江户时代，由歌舞伎兴起，不少忍者的形象受到观众的喜爱。第二次忍术文学热兴起在大正时期（1912—1926年），包括打斗片和立川文库。猿飞佐助与雾隐才藏是最著名的两个忍者形象。司马辽太郎的

《甲贺忍法帖》书影

以忍者为题材的小说《枭城》1958年获得第四十二届直木奖，拉开了第三次忍术文学的热潮。最著名的作家就是山田风太郎。他前后共创作了三、四十部忍法小说，成名作是《甲贺忍法帖》（1958年12月—1959年11月在《面百俱乐部》上连载），代表作是《魔界转生》。

《魔界转生》，最初的题目为《朦胧忍法帖》，1964年12

月开始在《大阪新闻》、《名古屋时报》、《高知新闻》、《熊本日日新闻》等报纸上连载，共计一百八十回。回顾自己的创作，山田风太郎说："记得当时很愉快地创作了《朦胧忍法帖》。"① 《魔界转生》是一部异想天开的长篇小说。1637—1638 年日本九州基督教信徒发动叛乱，叛军的军师森宗意轩曾任基督教大名小西行长的旧家臣，本来就是幕府的敌对方，这次叛乱应该是罪上加罪。森宗意轩当时隐藏在九州天草一带时，偶然的机会读到仓库中的希腊、意大利等地传来的妖术书。把西方妖术融合于日本忍法中，独创出绝伦的秘技。这个秘技就是，他的每一个手指都可以让一个人转世再生，但是再生需要以下条件：

> 必须得是临死仍然具有超众的体力，咬牙切齿地对自己的人生抱有懊悔与不满的人物。是强烈地盼望再活一次的人。②

也就是说，只有满足以上条件的人才能够转生。森宗意轩制造转生者是有预谋的，他计划鼓动对自己位置不满的纪州候、德川家康的儿子赖宣举反旗，对抗德川幕府，从而展开激烈的继承权之争，进而找机会灭除德川幕府，以此来报德川幕府灭主子小西行长、镇压岛原之乱的仇。森宗意轩只有十个手指，因此可以提供的转生的机会也很有限。他的心中早已经有了人选，都是天下无双的人物，其中包括岛原之乱的叛军首领天草四郎、经历了日本古代三大复仇事件之一的英雄

① 转引自中岛河太郎："解说"，载山田风太郎：《魔界转生》上，角川书店 1980 年版，第 467 页。
② 同上书，第 60 页。

荒木又右卫门、剑豪宫本武藏、柳生如云斋、柳生但马守等等，并且已经让七个人成功转生。剩下的三个机会，准备一个留给自己、一个留给不满德川幕府一心想作幕府将军的纪州候赖宣，最后一个留给他一直想争取过来的柳生但马守的儿子柳生十兵卫。但是柳生十兵卫没有听从劝告，不受诱惑，反过来却与转生后技艺更加非凡的转生者们进行激烈的较量，最终柳生十兵卫打败森宗意轩一伙，完成了已死的纪州藩士挽救纪州藩、以免遭幕府处置的夙愿。

受森宗意轩的唆使，本来就对德川幕府心存不满的纪州候计划反幕府，但是手下的藩士知道后，开始想方设法阻拦。为什么藩士不遵从于藩主，而是要反对呢？这难道不是违背武士道的"忠"字吗？还是因为对德川幕府的忠诚呢？不是，在德川幕府时期，包括武士形成的初期，武士都是效忠于自己的主君的，不是效忠于最高统治者——幕府将军。因此，藩的利益与武士的利益息息相关，如果藩主反德川幕府被处置的话，则藩就会被易名，原藩的武士则会成为没有俸禄的浪人，失去经济来源。因此，他们义不容辞地要保护好本藩的利益，这就是古代日本武士效忠的思想。直到明治维新以后，政府为了加强统治，把一切权利归于天皇，效忠的对象才被统一改为天皇。人人为天皇效忠，这就是明治武士道，而且一直到 1945 年日本战败，人们都把对天皇效忠当作武士道精神的重要内容之一。但是为天皇效忠的做法并不是固有的武士道精神，仅仅是旧武士道道德演变的结果。

《魔界转生》全篇的主角是最终消灭转生团伙的柳生十兵卫。他独眼，不随世俗，不追权势，放荡不羁的性格给周围的人留下了极深的印象，也获得美丽女子的芳心。与此相反，宫本武藏只是转生者之一，在整部作品中占的篇幅不多。但是比起别的转生者来说，宫本武藏第一个看到转生者转生，最后一个被柳生十兵卫打败，可见实力是雄厚的。书中多次谈到了宫本武藏关于转生的想法，而且多处描写了宫本武藏与人决斗的场面，我们不难从中看出山田风太郎对宫本武藏的认识。

吉川英治塑造的宫本武藏形象已经在人们的头脑里深深地扎下了根。在吉川英治的笔下，宫本武藏是一个在剑术上努力进取，不断提高，而且不近女色，不近世俗，不走仕途的人物。然而《魔界转生》中转生后的宫本武藏则完全相反，他不仅与其他转生者一样欺凌女子，残忍至极；而且还一心求仕，连上司森宗意轩都对他畏惧三分。

> 武藏不爱说话，这与"生前"的武藏一样。在他的沉默中让人产生与其他人不一样的让人不安的感觉。褐色的眼睛里不知哪些地方闪着让人不能理解的光。虽然对于这个男人，森宗意轩没有失去绝对的自信，但是他的确对武藏还是有些敬畏。①

首先，转生后的人长相、武艺比生前高一些，性格气质也与生前判若两人，他们的行为举止违背世上的一切道德，成为放荡不羁的魔鬼一样的人物。他们做尽生前没能做的一切坏事，手段残忍，杀人不眨眼，没有一丝人性。他们无论是在江户，还是在纪州，都生活在地下殿堂里。在那里，他们凌辱女子，浑身沾满了血腥味，使那里变成了人间地狱。宫本武藏就是这样的魔鬼之一，这与吉川版的《宫本武藏》把宫本武藏描绘成英雄形象完全不同。

---

① 《魔界转生》下，角川书店 1980 年版，第 415 页。

其次，转生后的宫本武藏欲把纪州候策划谋反的事当作筹码，告知幕府管理层的实权人物松平伊豆守，以此为交换，谋得在德川幕府仕官的机会。宫本武藏决定如果松平伊豆守不答应他的要求就把他杀掉。森宗意轩拼命地拦阻宫本武藏，不让宫本武藏向幕府告密，以免因他发动内讧，推翻幕府的计划落空，结果最终森宗意轩被宫本武藏杀死。转生后的宫本武藏十分残忍，不惜任何代价去实现在幕府任官的愿望。由于转生者想要做的事是生前没能做到的事，所以山田风太郎在这里寓意着宫本武藏生前就想仕官，并不是像吉川英治描写的那样一味地求道。在《魔界转生》中，描写到宫本武藏之所以同意转生，是因为他对此生的不满。

> 他并不是无为地送走光阴，也曾经去江户想直接在幕府谋职。还曾想过在尾张藩任职，在筑前的黑田家也差一点就任官了。幕府自不必说，其他的都是大藩，应该从中看得出他的大志。虽然他也曾经担任过小笠原的军监职务，但是恐怕他一开始就没有把自己卖到只有十五万石的小藩的想法吧。
>
> 总之，武藏关于以上的任职都没有成功。世人评论说是因为他要价过高的缘故。
>
> 到头来，结果是他留在了细川藩。以十七个侍从，三百石的待遇而死去。而且帮他处理后事的细川忠利也在第二年去世。
>
> 这是挫折的一生，是不得志的一生，是不走运的一生。[1]

---

[1] 《魔界转生》上，角川书店1980年版，第75页。

　　宫本武藏生前的不如意与转生后的寻女泄性欲，为求仕途杀主子森宗意轩的行为的描写，大大改写了吉川版《宫本武藏》以来的读者心目中的宫本武藏形象。另一方面，这样的作品之所以在日本成为畅销书，说明20世纪60年代，日本抛弃了过去一成不变的旧的思维方式，力求多层面、多角度地认识历史和现实。

　　山田风太郎的作品之所以吸引读者，不只是认识视角的不同，同时也包括特异的忍法的描写。《魔界转生》中的忍法描写主要在于转生的方法。首先需要向一个欲转生者中意的女子施术，然后把女子作为"忍体"，使其与欲转生的男子发生性关系，之后男子的躯体就像灵魂出窍一样只剩一层皮，再生的萌芽在忍体之内发生变化。

　　　最开始长在子宫中，然后融化掉子宫，在整个腹腔中孕育，最后把整个身体当作子宫，像出壳的鸟一样诞生出来一个人。①

《魔界转生》书影

---

　　① 《魔界转生》上，角川书店1980年版，第62页。

这种离奇的转生方法可谓异想天开，但是更奇异的还是一个月后的转生者诞生的那一瞬间。

　　老人挥动大刀，居然不是对着敌人，而是从一个女子的胸部划向腹部，是纵向划下去的。

　　虽然还有六、七米远的距离，但是连这些勇猛的武士都像踩空了一样，呆住不动了。

　　从女子像白缎子一样的胸部到腹部出来一条黑线，血渗出来了。眼看着不是血而是裂隙从那里向四处延伸，并像网眼一样扩展开来。

　　"啊!"

　　发出惨叫的不是女子，而是武士们。

　　在那里，他们看到了令他们难以置信的一幕。女子的身体裂开了。是破裂开的，崩开的。白白的皮肤从身体上就像鸡蛋壳一样剥落掉，从里边一下子出来另外一个人。

　　当然，是一个光着身子的人。他就像把女子的身体分开一样出来了，看到那鼓起来的地方，可以判断那是一个男人。是一个留着胡子、筋骨粗壮的裸体男子。①

《魔界转生》中每个人的转生都是如此。这种离奇的转生方式实在很超乎读者的想象，不合现代科学的逻辑，但正是因为这样，山田风太郎的忍者系列作品受到了读者的欢迎。

　　山田风太郎作品流行的 20 世纪 60 年代正是日本经济大发展的年代，但是反对修订《日美安全保障条约》的安保运

---

① 《魔界转生》上，角川书店 1980 年版，第 23—24 页。

动 1959—1960 年在全日本大规模地展开，是日本近现代史上规模最大的运动。1960 年 5—6 月每天有数万人上街游行，包围国会。但是条约还是被修改了。70 年代，关于条约的续签问题也发生了反对运动。社会仍然动荡不安，同时，社会提倡消费革命，然而经济的发展并不像预想得那样快。大众中产生了焦躁的情绪，在这样的情绪之下，紧张繁忙的工作之余，山田风太郎的作品就像清凉剂一样，无疑使人们紧绷的神经得以放松。读者在阅读忍者小说的同时，得以逃避现实，获得心灵的解脱。

> 在编织出与肉体相关、又荒唐无稽的梦这一点上，时代的想象力在发挥作用。自己的身体无论是在战场，还是在生活场所，都彻彻底底地是脆弱的、易碎的东西。尽管如此，维持脆弱的肉体，不得不硬着头皮面对每天的生活的人们，梦想着这个身体可以变身，梦想着作为桎梏的肉体可以成为武器迎战。这一点对于生活中的人来说，不管什么时代都永远是一个梦想。它与想从政治，想从文化、艺术等诸多的制度中解脱出来的人们相遇、共鸣，这就是六十年代。风太郎忍法作品就是在这样的时候登场的。①

同时，山田风太郎的忍者小说涉及性的描写比较多，这一点不能不说是站在大众文学的角度迎合了读者的需要。在《魔界转生》中，性与忍法密不可分。尤其转生时需要女人

---

① 上野昂志：《纸上寻梦——现代大众小说论》，蜗牛社 1980 年版，第 46 页。

的配合。另外，在其他方面也出现了与性有关的内容。比如忍术之一的"忍法发切丸"。忍法发切丸所用的武器不是刀叉剑戟，是女人的头发，而且是在性交达到高潮时的女人的头发。这样的头发威力无边，可以切断枪戟。在对人施刑时不是靠伤害对方的肉体，而是用这样的头发自动刺激女人的乳房及下半身，让其不能自制。关于性的描写在日本是有一定的历史传统的。在江户时代，由于町人文化的需要，文学极端大众化，产生出不少描写色情的文学作品，其中包括最著名的作家井原西鹤的代表作品《好色一代男》、《好色五人女》等。

日本文学作品中忍术的描写是受到了中国文学的影响的。第一个创作忍者作品的著名作家司马辽太郎曾写道："伊贺流忍术的幻术推其源流大概是中国的仙术和印度婆罗门的幻术吧。"① 关于忍法作品中的忍术、幻术，对于中国的读者来说并不陌生。中国的《剪灯新话》、《聊斋志异》、《西游记》等作品分别在 15 世纪末、18 世纪中期、19 世纪初传到日本。② 江户时代，日本受中国的影响也开始创作怪异小说，曲亭马琴的《八犬传》就是其中之一。

与以往的忍术描写不同，山田风太郎的忍法有其独特之处，其独特之处也可以说是第三次忍者热作品的共同特点。比较三次忍术热，尾崎秀树认为：

　　　　第一次忍术热都是恶人的超人式的特点比较强，第

---

① 矶贝胜太郎："司马辽太郎的忍者小说与修行僧侣"，《大众文学研究》1996 年 5 月刊，第 9 页。
② 李树果：《日本读本小说与明清小说——中日文化交流史的透视》，天津人民出版社 1998 年版。

二次则加进了人情味，第三次是加进了合理的解释。①

山田风太郎所学的专业为医学，虽然他的作品中的忍法技巧想象的成分比较多，但是，多多少少存在符合科学的成分，这就是他对忍术所加的"合理的解释"吧。他的忍术往往是在医学的基础上加以极端化。比如《伊贺忍法帖》的开篇出现的蜘蛛男风待将监，能吐出高黏度的蜘蛛丝，并以此作武器，这实际就是身体机能的极端化。

人一天分泌 1500cc 的唾液，把这些唾液在很短时间内大量地吐出，而且，唾液中所含的黏稠成分极浓，把这种身体机能提到极限的是风待将监。蜘蛛男，用唾液把人缠住杀死，这是经过一千多年的同种族内部相结合、反复修炼才掌握的一种技能——身体机能。采取一子相传的形式也就是为此吧。因此，不管是多么奇怪，风太郎编出来的忍法还是值得看的，它刺激了我们身体里沉睡着的无意识。②

上野昂志也在《纸上寻梦——现代大众小说论》中提到风太郎忍法的身体机能极端化的问题，他说："风太郎忍法的特色在于医学知识基础上的身体机能的极端化。出来的忍者都是某一身体能力（自我治愈能力、保护色等等）被提高到了极限，这动摇了内心中被理性化的作者的身体感觉，使他们意识到身体，用这样的方法诱使他们走向朦胧状态。"③

---

① 《大众文学的历史》下，讲谈社 1990 年版，第 260 页。
② 时代小说会：《时代小说百篇胜负》，筑摩书房 1996 年版，第 93 页。
③ 蜗牛社 1980 年版，第 46 页。

除了蜘蛛男的忍法，山田风太郎的作品中还有会催眠术的忍者、掌握细胞再生术长生不老的忍者、手长脚长忍者、吹毒气女忍者等等。正是身体的极端化把读者带离了日常的空间，身心得到放松。这就是山田风太郎忍法小说成功的秘诀。

山田风太郎描写的作为身体机能极端化的忍术，超出了人们的一般能力范围，让人耳目一新。在这一点上，中国的侠义小说也有超乎常人的能力的描写，情节往往因此而变得离奇。中国的侠义小说特别是后来的武侠小说，出现的武功大多比较玄妙，比如降龙十八掌、九阴真经、一阳指等等。中国受仙术的影响，很多武功设计脱离实际，想象的比重大得多。同样地，西方的骑士文学也由于受到幻术的影响，存在离奇而脱离实际的设计。

《魔界转生》的特点除了忍术的描写以外，还以其善恶观的转变为特色。在山田风太郎的作品里，善恶的立场是在转换的：

> 《柳生忍法帖》、《魔界转生》等作品中忍者（以及类似的人物）转到了加害者的立场，而被害者由泽庵和尚的五个弟子以及自称为柳生十人众等人来担任。士兵是日本这个国家的受害者，但是从受到侵略的亚洲的人们来看，又应该是加害者。这样看是理所当然的。既是受害者又是加害者的忍者结果被巨大的权力所镇压，他们正是那个时代的日本人。①

---

① 细谷正充："风太郎忍法帖"，《文艺春秋》别册《追悼特集　山田风太郎　奇思异想的历史浪漫作家》2001 年 10 月刊，第 91 页。

这种善恶的转化也体现在山田风太郎对具体人物的描写上。他认为:"人有上半身、下半身、后背、大脑旧皮质。即便是同一个人,也会呈现完全不同的样子。"① 这正是他的手法。他笔下的恶人也有善的一面,而善人又一下子变成恶人。这种善恶的转换以及对善恶的认识,也体现在作品中对敌对方的赞赏。在《魔界转生》中转生者宝藏院胤舜、柳生但马守、柳生如云斋等人极其凶残,但是勇士柳生十兵卫则毫不掩饰地表现了对他们的敬畏之情。

山田风太郎的父亲是一位医生,在山田风太郎五岁时去世,他的母亲与同是医生的他的叔叔再婚。家庭的变故使山田风太郎开始厌学,对人不信任,成为一个不良少年,在中学期间多次受到了停学的处分。长大以后,山田风太郎也是不修边幅,找女人玩乐。结婚时,居然请朋友来家里看黄色电影。他的这种生活方式在作品《魔界转生》中就体现在主人公柳生十兵卫身上。柳生十兵卫是一个玩世不恭的人,但是关键的时候承担起了拯救纪州国命运的重任并得以成功。

但是山田风太郎的这种善恶观存在局限性。他在一篇文章②中谈到:第二次世界大战虽然是侵略战争,但是当时日本人的用意是好的,起码参与战争的民众当时并没有想要去侵略。另外,他认为即使战后赔款也不会解决与邻国的紧张关系。而且他还认为总理应该参拜靖国神社,对此其他国家不应该说三道四。他的这些看法代表了一部分日

---

① 樱井秀勋:《这本时代小说有意思》,编书房1999年版,第85—86页。
② 山田风太郎:"战中派考虑的'侵略发言'",《文艺春秋》别册《追悼特集 山田风太郎 奇思异想的历史浪漫作家》2001年10月刊,第166—171页。

本人的立场。这一部分人始终站在日本自身的立场上考虑问题，不想承认那是一场侵略战争。这是长期以来的一个"忠"字带来的只为一方利益着想的武士道思维方式的必然结果。再加上日本是岛国，长期以来由于地理位置和锁国政策而免受外国的侵略，他们不能体会一个国家被侵略的痛苦。也因此，战后美国在日本的临时管制让日本格外地感受到不能自己做主的滋味。但是，他们仍然不愿意承认自己的错误，他们考虑得更多的是武士所重视的脸面，而不是善恶是非。这就是日本人善恶标准的局限性，山田风太郎也是这样的一个日本人。

以上分析了柴田炼三郎、山本周五郎、山田风太郎等作家以宫本武藏为题材的作品。除此之外，还有以上提到的在中国内地最早被翻译的小山清胜的《宫本武藏》①（1954—1957 年，集英社文库），日语题目为《之后的武藏》，描写了从岩流岛宫本武藏与佐佐木小次郎决斗开始到去世的宫本武藏的经历。很显然，"之后"指的是"岩流岛与佐佐木小次郎决战之后"的意思。另外还有五味康祐的《两个武藏》（1956—1957 年，文春文库）。这部作品写的两个武藏，一个是宫本村的平田武藏，一个是米堕村的冈本武藏。佐佐木小次郎的年龄设定不是吉川英治设定的二十多岁，而是六十二、三岁。冈本武藏杀了佐佐木小次郎，自己又被宫本村的武藏杀害。在修订版，作者又把两个武藏的立场完全更换了。《两个武藏》是一部很有意思的时代小说。宫本武藏的题材一直延续到现在，并扩展到包括电

---

① 岱北，山东文艺出版社 1985 年版。

影与漫画的各个领域。

　　樱井良树在 2003 年 4 月出版的《〈宫本武藏〉的接受》中提到不仅在第二次世界大战前后宫本武藏题材的作品受到广大读者的喜爱，而且 2000 年以后又出现了武藏热。2000 年秋至 2001 年春期间的早晨，NHK 上映了宫本武藏题材的电视连续剧；2001 年 NHK 决定 2003 年度的长篇电视连续剧为《宫本武藏》。另外，极受年轻人欢迎的漫画家井上雄彦创作了漫画《浪客行》，被认为是目前宫本武藏热的原动力①。宫本武藏题材的文学作品体现了日本的文学文化特征，随着时代的变迁，其内容也随之发生变化。读解不同时期、不同版本的宫本武藏对于分析日本近现代文学、日本文化是十分必要的。

《浪客行》书影

现代文学中宫本武藏题材的再创作表明日本战败以后的思想不再单一，而是变得灵活多样了。没有了武士道思想的禁锢，人们心里变得轻松了，但是大量的武士道题材作品的出现说明了即使在和平时期武士道仍然具有其吸引人之处。另外，这些作品中的人物离不开冷漠的、无情的、孤独的形象设计，作家用武士的形象来反映和平时期人们的苦闷、孤独与奋斗。这样的作品受到了广泛的欢迎，说明了武士道对大众生活的渗透以及大众对武士道的态度。

① 樱井良树：《〈宫本武藏〉的接受》，吉川弘文馆 2003 年版，第 13 页。

(左侧竖排) 武士道与日本近现代文学

第八章 司马辽太郎眼中的武士道

司马辽太郎（1923—1996 年）是战后知名的历史小说家，原名福田定一，被广阔的时代、历史背景所吸引，他选择了大阪外国语学校（大阪外国语大学的前身）蒙古语专业，后立志于历史小说的创作。他创作的《龙马奔走》（1962 年）、《坂上之云》（1969 年）等作品以风云动荡的时代为中心，塑造了维新前后、日俄战争等时期的英雄人物，深受日本读者的欢迎，并被翻译成多国文字。

听说到目前为止，司马的书籍发行册数已经远远地超过了二亿册。这即便是在日本读书史上也是空前的，也许也是绝后的。看看读者的反应，也是从右到左都

司马辽太郎（1923—1996）

是赞扬。去年他去世的时候，光是我看到的杂志就有近四十种。真是从右到左都出版了追悼特集。①

---

① 佐高信：《司马辽太郎与藤泽周平》，光文社 2002 年版，第 167 页。

之所以取笔名"司马辽太郎"是因为福田定一对司马迁的崇拜，同时取了"赶不上写《史记》的司马迁"的意思，可见司马辽太郎对历史的浓厚兴趣。

第一节　乃木希典观——《殉死》

《殉死》是司马辽太郎1967年创作的作品，分上下两部分，第一部分《要塞》1967年6月发表于《文艺春秋》别册第100号；第二部分《剖腹》1967年6月发表于《文艺春秋》别册第101号，是一部中篇小说。《要塞》从乃木希典的出生地长府毛利家的江户府邸低洼、阴暗、潮湿的地理环境入手，谈及日本江户时代最著名的历史仇讨事件"赤穗事件"的四十七人中的十余人被幽禁在此，他们被处刑给幼年乃木希典以极大的影响。作品还简单叙述了乃木希典的老师、乃木的思想倾向、简单的求仕经历、留学生活，其中对于日俄战争的描述比较详细。《剖腹》的开篇从明治四十五年（1912年）9月13日晚上八点乃木希典和夫人静子的殉死人手，分析乃木殉死的原因。全篇内容涉及乃木与夫人的结婚经过，乃木希典的精神基础阳明学，明治天皇对乃木希典的爱惜以及天皇病重，乃木决死、殉死的过程。关于乃木希典，早就已经有"乃木文学"这一现象，作品数量繁多。那么，《殉死》的创作意图是什么？它的艺术追求与司马辽太郎的历史观有何关系？什么是司马史观？笔者将在以下内容中进行探讨。

日本著名的历史学家梅原猛给予《殉死》以极高的评价：

在司马辽太郎的小说中我最喜欢《殉死》。在《殉死》中司马辽太郎把生前作为军人精神化身，与东乡平八郎一起作为军神被尊重的乃木希典描写成了一个极不善战，无益地进行没有谋略的突击，夺去无数士兵的生命，但是心中却没有杂念，以天皇为重，为天皇殉死的唐·吉诃德式的人物，是带着四分的批判和六分的爱来描写的。这也就是司马辽太郎对于这种求道者的无奈的爱吧。①

那么，司马辽太郎本人是如何看待乃木希典，如何看待《殉死》的呢？提到自己最喜欢的作品，司马辽太郎这样说："短篇中大概是《噢、大炮》、《外法佛》，还有《殉死》吧，我到底喜欢不喜欢《殉死》暂且不说，有把自己的黏液写进去的感觉。"② 可见，即便是司马辽太郎不怎么喜欢《殉死》中的乃木，他也是投入了很大的精力进行创作的。

《殉死》书影

司马辽太郎的选材对象

---

① 梅原猛："司马辽太郎与国民文学的再生"，文艺春秋编《司马辽太郎的世界》，文艺春秋 1999 年版。

② 司马辽太郎："我的小说创作"，载同著《手掘日本史》，文艺春秋 1998年版，第 188 页。

多是早已成为历史的人物，他的作品大多取材于幕府末期的维新运动。除了日俄战争的题材，乃木希典可以说是司马辽太郎选材的极限，由此可以看出司马辽太郎对乃木希典的兴趣。翻开《要塞》，令人吃惊的是满篇都是关于乃木希典从西南战争（1877 年）到日俄战争（1904—1905 年）军事才能欠缺的记述。

作品中有不少描写乃木希典无能的词句："乃木希典作为军事技术者，几乎接近于无能，但是作为诗人，却具备第一流的才能。其中国音的音韵之美与纯正，连中国人都夸奖说：'作为日本人真是历史少见啊。'"①　"无能的军人"②；"败退、负伤、被夺军旗这三个不幸赶在一起，可以说是颇没有运气"③；"作为战斗的形式只不过是单纯的遭遇战，而且和敌方人数相同，但是却败得很惨，这从军队的一般认识来说必须归根于指挥官不具备指挥能力吧"。④ 乃木希典在西南战争时，身为连队队长却把士兵扔在一旁，亲自去传令，以至使元气大伤，军旗被夺。纵观乃木希典的一生也是如此："正像儿玉说的那样，在乃木希典的战争经历当中，包括演习，胜的情况真是很少"⑤；"看乃木的上半生，再也没有像乃木那样性格更像军人的军人了，同时像乃木一样缺乏军人才能的男子也很少见。像乃木一样缺乏打胜仗的运气的男人也很少见吧"⑥；"要说他成功的战役的话，就算是甲午战争

① 司马辽太郎：《殉死》，文艺春秋 1978 年版，第 12 页。
② 同上书，第 14 页。
③ 同上书，第 19 页。
④ 同上书，第 20 页。
⑤ 同上书，第 25 页。
⑥ 同上书，第 79 页。

的时候，支那的士兵不战而逃的那一次吧"。① 由此可见，司马辽太郎认为乃木希典是无能至极的。他的这种看法招致了众多乃木希典的拥护者的反对，加之作品对乃木希典出生地阴暗潮湿以及赤穗志士复仇背景的介绍，不难看出司马辽太郎对乃木希典的批判态度。

在《要塞》中，司马辽太郎谈到了乃木希典的精神主义。

> 乃木希典本来比起实业家更像诗人，因此，能把自己放在悲壮之美中，作为剧中人来看。自己能够被自己感动的背运的人，到底是什么样的体质呢?②

> 精神主义多数是无能者的遮羞布，但是在乃木希典的情况下，却不是这个目的。可是，从历史的较高的角度看的话，结果多少相似。③

以上司马辽太郎的叙述中不乏讽刺的口吻。看来，司马辽太郎对乃木希典的精神主义是持否定态度的。由此可见，司马辽太郎往往对主人公有喜恶之分。

> 司马的历史小说可以明显地读出作者对于主人公的喜恶。随着阅读下去，就会意识到自己对于主人公的好恶正与作者走在一起，其精神诱导力比较强，也许就在于其好恶的明确。这与实业家的"反正世界是由好恶组

① 司马辽太郎:《殉死》，文艺春秋 1978 年版，第 80 页。
② 同上书，第 21 页。
③ 同上书，第 24 页。

成的"这种玩世不恭的态度正好相似。龙马、土方不用说他很喜欢，但是他喜欢秀吉，讨厌家康；喜欢最澄，却不怎么喜欢空海；对西乡怀疑，却拼命地为大久保辩护。这就是司马的好恶。①

那么到底司马辽太郎对乃木希典是褒还是贬呢？司马辽太郎真正思考乃木希典可以说开始于第二次世界大战期间。司马辽太郎应征入伍，经过旅顺日俄战争遗址时唤起他对往昔的思考：为什么这么大一个要塞，乃木希典会接受指挥这场战争的使命，而且战争进展得那样艰难？这些是司马辽太郎的不解。司马辽太郎把自己的思考写在了《殉死》中。在学校的课本中经常出现乃木的形象，如"庭院中一棵枣树，弹痕依然清晰可见，在残缺的民房中，现今相见的两将军……昨日的敌人，今日的朋友，所说的话也是发自肺腑，我赞扬他们的防卫，他赞扬我方的英勇"。② 日俄战争期间，乃木希典在水师营与俄方将领会面的和睦场面被学生所唱颂。双方相互赞赏对方的英勇善战，表现的是乃木希典军人的大度气质。作为军神，在各方面的宣传中自然不会出现其战场失利的内容，而他的军事才能欠缺也由此得以掩饰。面对这样一个所谓的军神的形象，司马辽太郎为什么会把他作为创作主题呢？

司马辽太郎没有完全接收乃木军神的形象，而是进行了自己独特的诠释，比如关于乃木希典的残忍。司马辽太郎在《殉死》接近结束部分写到乃木希典带领近卫骑兵跟随明治

---

① 诸井薰："司马热的核心"，文艺春秋编《司马辽太郎的世界》，文艺春秋 1999 年版。

② 司马辽太郎：《殉死》，文艺春秋 1978 年版，第 13—14 页。

天皇行幸横滨，在举着小旗站在街道两旁迎接天皇的市民与小学生的注视之下，乃木希典马前三个开路的近卫士兵拿着大长枪，用刺刀刺死窜进队伍里来的狗。这让沿途欢迎队伍中的孩子们目不忍睹，"他们在心理上把狗认为是自己的同类，看到狗满身是血的样子，就像自己身体被刺到一样"。①司马辽太郎认为和平时期的这种残酷的做法与乃木希典少时受到的教育有关。乃木希典年少时性格羸弱，因为不敢刺杀猫狗而遭受过侮辱。司马辽太郎在文中写道："传记作者们都认为他用自己的意志克服了其性格的羸弱，而大正时期的作家都认为在其性格深处，潜藏着偏执性的因素。"② 对这一段的叙述明显地表明了司马并不是完全站在歌颂者的立场上对乃木希典进行评述，而是从多个视角罗列事实进行分析。

另外，在《殉死》中，司马辽太郎还谈到乃木希典夫人静子的死。对于乃木希典与夫人的关系，很多人在作品中进行赞颂，认为静子夫人是一个贤内助，夫唱妇随。但是，《殉死》把静子放到一个被动的立场上进行描述，从结婚到与婆婆的紧张关系，再到送子从军，都是乃木希典一个人掌握着主动权而不顾虑静子的意见与希望，不容静子参与。乃木希典当上学习院院长之后，住在学校，很少回家。这在外人的眼里看来是乃木希典一心为公，值得赞颂。但是，司马辽太郎在《殉死》中写出了夫人静子的无奈，让读者能够站在静子的立场上替静子着想，感受到静子是乃木希典自我形象塑造过程中的牺牲品。《殉死》中，当谈到乃木家的两个儿子都战亡，由谁作继承人时，乃木希典试探静子道："一

---

① 司马辽太郎：《殉死》，文艺春秋 1978 年版，第 130 页。
② 同上书，第 130 页。

起死就行了。"听到这些，静子反应很强烈，她大声地说道："我想以后尽可能地长生不老，看戏剧，吃好吃的，快乐地生活。"① 《殉死》中关于乃木希典夫妇殉死的场面的描写，司马辽太郎根据史实充分发挥了自己的想象力。乃木希典不希望静子后死，怕她一个人自杀不顺利留下耻辱和遗憾，不顾静子的顾虑，要求静子同死，"但是，静子很迷惑，由于过于迷惑，叫声传到了楼下"，"之后马上传来带着气愤的两三声，但是听不清意思，就马上变得安静了"。② 在司马辽太郎的推测中，夫人静子是被乃木希典硬拉着自杀的。按现在的观点来说，乃木对夫人的死有着不可推卸的责任。但是，乃木希典的死在当时竟被上升到武士道精神的再现，受到了颂扬；夫人的死成了乃木的衬托，提高了乃木希典的军神形象。

从以上分析可知司马辽太郎笔下的乃木希典，反映了乃木希典作为一个人的缺憾的一面，《殉死》带有明显的反偶像的因素。可见，《殉死》是对"武士"乃木希典的质疑，并兼有批判的意味。而这一切，司马辽太郎是有其独特的想法的：

　　《殉死》完全是偶然的情况下开始创作的。以在乃木大将和明治天皇之间可以看到的日本人的精神结构的形式这一问题为主。在我们的周围也有这样一种人，他们需要推出一个活着的神一样的人物，如果不跪拜于他的话就活不下去。这非常有日本式的倾向，而显示了这

---

① 司马辽太郎：《殉死》，文艺春秋 1978 年版，第 151 页。
② 同上书，第 171 页。

一倾向的由来和实质的就是乃木。在创作期间，我被一种不快缠绕着：真是进了一个令人讨厌的世界。脱稿以后也好像有什么没有消化好的东西堵在胸部，非常不愉快，根本没有脱稿后的痛快感。[1]

由此可见，司马辽太郎注意到了乃木以及日本人心目中的天皇的问题，也看到了日本人身上长久以来形成的乃木的那种精神因素。于是，便把乃木这样一个精神主义的集合体摆在读者的面前，以供人们反思。"明治的元勋作为活生生的一个人出现在读者的面前，这是比较少见的小说形式，这也正是有意思的地方。我真的被感动了：《殉死》中的乃木大将那么愚蠢、那么高贵。"[2] 那么，乃木希典靠什么感动了读者呢？

在《殉死》的后半部分《剖腹》中，司马辽太郎过多地提到了乃木希典与天皇的关系，这也是感动读者的最主要因素。

> 大概正像封建时代的殿下与家臣的关系。以那样直接的感触，来意识到天皇的存在。而且不只是意识，而是用全身心来感受的吧。对于其他日本人来说，天子就像明治政府所教育的那样，是一个活着的神，大多都是在观念中的存在。但是，在乃木希典那儿，是一个非常有实感的君主。明治帝驾崩之时，乃木希典正是像封建

① 司马辽太郎："我的小说创作"，载同著《手掘日本史》，文艺春秋1998年版，第191页。
② 井上久："再见司马辽太郎"，文艺春秋编《司马辽太郎的世界》，文艺春秋1999年版，第56页。

武士为了殿下殉死那样，以一种让人感觉得到的有血有肉的人与人之间的亲密关系很自然地殉死。这一定出自于军旗事件的自责而培养起来的情感。

这种情感到后来，自然地与明治帝相通。对于明治帝来说，乃木希典就像是镰仓时代的党羽一样，带有那种具体接触的感受，这一点又传到了乃木那里，让乃木感动，使他成了近代日本稀有的古典忠臣。①

司马辽太郎在作品中写到了天皇对乃木希典的爱惜。旅顺攻击战，乃木屡屡失利，明治天皇阻止更换乃木，司马写道："这是明治帝对于乃木的怜爱。"② 明治天皇任命乃木希典为学习院的院长，来负责教育他的几个皇孙时，司马辽太郎又写道："明治帝喜欢希典。"③

那么，司马辽太郎是怎样认识天皇的呢？

日本的天皇，按我的说法，是一个大神主，是日本人的精神秩序的中心，并不是地上的皇帝，不像中国或者欧洲的皇帝一样。水户学，要把天皇硬拉着成皇帝，打出了尊皇攘夷史观。而且，这种情况，夷是幕府。真是奇妙的应用。我们不能笑话这种应用，具体事例即便是现在仍然存在。④

---

① 司马辽太郎：《殉死》，文艺春秋1978年版，第23页。
② 同上书，第92页。
③ 同上书，第119页。
④ 司马辽太郎："史观"，载同著《手掘日本史》，文艺春秋1998年版，第104页。

佐高信在《司马辽太郎与藤泽周平》中批判司马辽太郎不能正视天皇制的问题，认为司马辽太郎不想正视这一问题，所以才看不到问题所在。① 这主要是因为司马辽太郎有自己的看法：

> 战争结束的时候，天皇宣布人间宣言，仿佛成了一个普通人，但是象征还是象征吧。……第一，欧洲人不清楚天皇这一概念，只有皇帝这一概念。而且所谓皇帝无论东西方，历史上都是一个阴森的印象。……即便是明治宪法下的明治天皇，实际上也没有具备政治的行动机能。②

司马辽太郎认为天皇是个大神主，"祭祀活动实在太多，天皇家族作为政治的中心实际施政，也只是从天智天皇到平安时代的仁明、文德天皇这么少"。③ 他认为天皇是一个神，只是一个象征，因为是神，所以没有给人民造成危害。司马辽太郎还认为：明治维新之后，虽然天皇名义上成为国家的最高领导者，但是实际上并没有具备政治的机能，认为明治以后的天皇制是在传统的天皇神圣观的基础上，加上了普鲁士风格的皇帝，是极其非日本的、人工的东西。这样，日本的天皇是皇帝也不过是明治宪法之后的八十年时间，从悠久的日本历史来看，只是一瞬间。因此天皇与西方的皇帝概念不同，并不是最高执政者，而是象征。即使第二次世界大战

---

① 光文社 2002 年版，第 88 页。
② 司马辽太郎等：《司马辽太郎》，小学馆 1998 年版，第 122 页。
③ 海音寺潮五郎、司马辽太郎：《检验日本历史》，讲谈社 1993 年版，第 58—59 页。

结束，天皇宣布为"人"，天皇仍然是象征性存在。在这里司马辽太郎客观上认为天皇与战争以及战争责任的关系是不密切的。但是，不可否认的是，正是天皇的象征性意义使他给日本近代史的发展以极大的影响，左右了战争以及参战的日本人。

综上所述，司马辽太郎的天皇观强调天皇的象征性。他在《殉死》中强调了乃木希典封建武士般的"忠"，并且在他身上看到了日本传统武士道。既有武士道对主君的"忠"，又有天皇的象征性。明治维新后，天皇把二者合二为一，极大地提高了二者的影响力。所以，1868—1945年期间天皇在日本人心目中的地位达到历史最高。对这一切司马辽太郎深有感触，他把自己内心的感受写到了作品《殉死》中。正因为这样，乃木才有"感觉自己的黏液进去的感觉"。这可以说是司马辽太郎创作《殉死》的动机所在，司马辽太郎通过《殉死》剖析了武士道与天皇制的关系。

第二节　宫本武藏观——《真说宫本武藏》

司马辽太郎也创作有宫本武藏题材的作品，小说的题目为《真说宫本武藏》（讲谈社文库，1962年）。司马用考证的眼光来审视宫本武藏，把宫本武藏当作一个自然人来看待，认为他在剑道上自成一派，并彻悟禅机，以此来与佐佐木小次郎的有天分、重技巧的剑术相比较。同时，小说还写到宫本武藏求仕不能、生错时代的烦恼。在某种意义上来说，这也是对吉川英治的宫本武藏完美形象的偶像破坏。

《真说宫本武藏》发表于1962年4月的《大众读物》，分"其出生"、"吉冈兵法所"、"一乘寺下松"、"宝藏院流"、"特殊比赛"、"梦想权之助"、"岩流"、"斩燕"、"京都的日子"、"小仓"、"山桃"、"决斗"、"岩流岛杂记"、"大坂之阵"、"北条安房守"、"晚年"等几部分描写了宫本武藏的一生。在前面介绍的描写宫本武藏的比较有影响的作品当中，吉川英治的《宫本武藏》只是描写到与佐佐木小次郎在岩流岛的决战，是宫本武藏的前半生；小山清胜的《宫本武藏》则描写的是从岩流岛决战到去世的后半生；山本周五郎的《余让》只是描写了宫本武藏去世之前的一些琐事……

司马辽太郎的《真说宫本武藏》中，宫本武藏具有如下几个特点：

第一，司马辽太郎创作的宫本武藏是一个冷酷、残忍的人物。十三岁与游历的兵法者有马喜兵卫比武，宫本武藏操起棍棒直打向喜兵卫的头颅，"打，打，打来打去，一会儿砸开了头盖骨，白白的脑浆流了出来，仍然不停止，再接着打，最后蹲下来试试气息，确认已经咽了气之后，才知道自己的比武结束了"。[①] 司马辽太郎在这一段描述之后，评述道："那种疯狂劲儿，根本不是人。与其说是作为人的要素，毋宁说是被其他的某种东西左右着。"[②] 村里人把宫本武藏当作野兽，都疏远他。宫本武藏为什么会这样，司马辽太郎认为是遗传了其父无二斋暴躁性格的缘故。在小说中，宫本武藏"被描写成一个眼睛是三角眼，眼光锐利，颧骨较高，不刮胡子，一辈子不洗澡。他是有着这样一个异样的身体，又

---

① 《真说宫本武藏》，《司马辽太郎全集》第 12 卷，文艺春秋 1981 年版，第 296 页。

② 同上。

第八章 司马辽太郎眼中的武士道

217

抱有强烈的功名心的残酷的男子"。① 而且他"终生未娶，一辈子没有接近过女人。这或许与小时候家庭环境的灰暗有一定的关系"。②

第二，关于宫本武藏的求道，司马辽太郎在作品中描写了宫本武藏的一段逸话。在关原之战的征战途中，宫本武藏与同乡站在悬崖边上，下边是无数根被割去了竹子后剩下的尖尖的竹子根部。宫本武藏问同乡："能跳到那上边去吗?"③ 并接着说："人不能像鸟一样飞向天空，但是，如果想向下跳的话，无论几丈高的下边都可以跳下去。事情很简单。"④ 宫本武藏真的跳了下去。然后往被竹根撮伤的伤口里塞上马粪，没事人一样地离开。这就是宫本武藏。司马辽太郎写道："这似乎来自于其求道式的性格。"⑤ "一定有人认为是武藏的自我显示欲极强。是当时的武藏有意识地创造出的自己的传说。"⑥ 司马辽太郎对宫本武藏的求道方式表示了否定的态度。

第三，宫本武藏求取功名心切。宫本武藏本是一个出身低微的无名小卒，小说全篇贯穿了宫本武藏为成名、求仕而做的种种努力。他在关原之战时，只是一个"被借出征的浪人"。这样的身份即使是在战场上得了功名，也只是会升为正式的"足轻"、"御徒士"，地位仍然低微。而且成为城主，最终得到天下的丰臣秀吉虽然当年是从一介足轻的身份升为

① 文艺春秋编《司马辽太郎的世界》，文艺春秋 1999 年版，第 348 页
② 《真说宫本武藏》，《司马辽太郎全集》第 12 卷，文艺春秋 1981 年版，第 295 页。
③ 同上书，第 298 页。
④ 同上书，第 299 页。
⑤ 同上。
⑥ 同上书，第 279 页。

士分，又成为待大将（误字，应为"侍大将"）的，但是随着丰臣秀吉的死（关原之战的两年前），这已经成为童话。宫本武藏与吉冈家的人们进行决斗，才终于一举成名。"他必须要尝试自己的剑术，必须要扬剑名。为此必须赌上生死。大概哪个世界的哪个领域的技术人士都有这样的一段时期吧"。① 随之，司马辽太郎写道："与武藏有关的书籍中都提到这件事，从这一点可以看出：大概武藏一生都一直在反复地和人们讲这一段经历吧。"② 宫本武藏身份卑微，想成名的想法是可以理解的，但是，司马辽太郎却对此持否定态度。比如关于宫本武藏在岩流岛战败佐佐木小次郎一举成名之后与德川幕府高官安房守交往甚密的原因，司马辽太郎是这样分析的：

> 实际上，武藏之所以把安房守当作知己，是因为从其他剑客看来，安房守是令人羡慕的后台的缘故吧。安房守不只是幕府的高官，而且日本这些大名大多是他直接或者间接的弟子。武藏由这个安房守把名声传开会扬名。另一方面，单纯的不正宗的兵法者在武士社会一定不会有受尊敬的境遇，但是有了安房守，武藏的名声会带有一种高尚的格调留在人们的印象中。③

可见，司马辽太郎认为宫本武藏的很多做法抱有追求功名的目的。在作品中，司马辽太郎还提到宫本武藏向安房守提出

---

① 《真说宫本武藏》，《司马辽太郎全集》第 12 卷，文艺春秋 1981 年版，第 305 页。
② 同上。
③ 同上书，第 383 页。

希望他推荐自己成为德川家的旗本，俸禄为三千石。对于没有任何家世与背景的宫本武藏来说，这根本是不现实的要求，最终当然是期望落空。

晚年，五十七岁的宫本武藏留在了九州的细川家。宫本武藏在那里的身份为"客分"，待遇为"堪忍分的合力米"。"客分"也就是顾问，因为不属于家中的武士，所以处于家臣系列之外。所谓"堪忍分"是"虽然少，但是请暂且容忍"的意思。所谓"合力米"与捐赠这个词意思相近。尝试着理解一下宫本武藏晚年的社会名声、无形的地位以及微妙的心情的话，就会理解再也没有比这种充满善意的赠与名目更好的了。这个堪忍分的合力米居然是有十七个侍从外加三百石米的一个大数目，对于宫本武藏的名誉来说待遇绝对是不一般的。除此之外，藩主忠利还同意宫本武藏猎鹰。"这种特权只有家老才有，所以猎不猎鹰另当别论，由于被赋予这个小小的特权，武藏被加以家老级的待遇，他的过于敏感的自尊心应该得到一定的满足了吧。"①

司马辽太郎是大阪人，并且长期生活在大阪，大阪人的幽默也伴随着他。宫本武藏的形象由于吉川英治的创作已经在人们的头脑中根深蒂固。司马辽太郎创作的《真说宫本武藏》虽然也承认宫本武藏的武功高强，有极高的艺术天分，但却是彻底的对以往吉川英治的宫本武藏形象的偶像破坏。与吉川英治的《宫本武藏》相比，在司马辽太郎的作品中没有与阿通的纯真的爱；也不存在泽庵和尚对宫本武藏的道行引导；更不存在宫本武藏对国家社稷的思考。《真说宫本武

---

① 《真说宫本武藏》，《司马辽太郎全集》第 12 卷，文艺春秋 1981 年版，第 393 页。

藏》中有的只是残忍与求功名。另外，《真说宫本武藏》还直接对吉川版《宫本武藏》中的佐佐木小次郎的发型提出质疑：

> 吉川英治给佐佐木小次郎的发型设计成元服前的留着前边头发的姿态，以此来突出小次郎的天才剑术。但是，不管怎样，小次郎不会是留前发的样子。小次郎后来征服九州的剑坛，被小仓的细川家留下。大藩的堂堂正正的上士没有必要做出孩子的样子吧。①

很明显，司马辽太郎是与吉川英治的《宫本武藏》相对照来创作的。对宫本武藏残酷形象的描写以及对宫本武藏"求道"的批评，对其求功名的指责，都与吉川英治作品中的宫本武藏形象相对照，是一个反偶像的创作。

对于宫本武藏求功名的讽刺体现了司马辽太郎的生活原则。

> 我心目中的理想新闻记者的形象正像以前的大多数记者一样，不期待职业上的出名，异常地热心于自己的工作，而且功名得不到回报。在纸上发表的东西都是无名的，即便是得到了特别的新闻材料，在物质上也没有任何回报。只有无偿的功名主义才是新闻记者这一职业人士的理想，同时也是现实。由此而想起阅读伊贺的传记，果然好像能很好地明白他们的职业心理。

---

① 《真说宫本武藏》，《司马辽太郎全集》第 12 卷，文艺春秋 1981 年版，第 341 页。

战国时代的武士是病态的功名主义者，但是同一时代在伊贺、甲贺被训练出来供给各藩国的"间忍之徒"们却是病态的非功名主义者。我把他们的精神作为美好的东西而写下来。①

司马辽太郎就是这样以赞美不求功名的忍者为目的，创作了小说《枭城》的。由此可见，司马辽太郎对求取功名持批判的态度，而《真说宫本武藏》正是司马辽太郎这一态度的反映。当写到宫本武藏在一乘寺杀了吉冈家的幼童首领时，司马辽太郎这样批评道：

即便是幼童，既然是吉冈家一方的头领，受人敬仰，那他就是将领。斩了将领，战争就算胜利，这是自古以来的做法，武藏的逻辑是不错的。

没有再比无能更惨的了吧。吉冈一方不如说为武藏的名声提供了绝好的一盘菜。武藏施以武略，努力使事实那样变化。他不只是单纯的兵法者。②

"真说"宫本武藏是为了求实，为了逼近宫本武藏的真面目，正因为如此，《真说宫本武藏》就没有吉川英治般对宫本武藏的赞美，也同样没有了对宫本武藏的美德的颂扬。

---

① 司马辽太郎："我的小说——枭城"，《历史与小说》，集英社 2001 年版，第 275 页。
② 《真说宫本武藏》，《司马辽太郎全集》第 12 卷，文艺春秋 1981 年版，第 310 页。

第三节　"司马史观"在创作中的体现

关于司马辽太郎历史小说创作的起缘，文艺评论家矶贝胜太郎总结道：

> 战争结束之前回到日本的司马辽太郎根据在战场的体验，从对让自己参军、强制自己去死的权利机构的愤怒，开始转化为厌恶权利、否定国家的情绪。同时，他开始思考为什么日本成为愚蠢时代的愚蠢国家，其结果就是一边探讨为何在日本导致悲惨的战争，日本人为何使国家衰亡，一边开始执笔多部历史小说。①

实际上，司马辽太郎对历史的关心不仅始于第二次世界大战结束，他参战前就已经把视角投向了世界。

> 《龙马奔走》、《峠②》是我清楚地想把自己关于日本人的思考留下来而创作的小说。并不是愤慨日本的现状，忧患其未来。而只是想知道从幕府末期以来经历了非常激烈的变迁，这到底是怎么回事，以及这期间的日本到底是什么样的。有了自己感觉已经弄明白的部分之后，把这些写下来就是以上的两个作品。
>
> 这些以及《殉死》不能光说我喜欢就可以了，其中

① 矶贝胜太郎："司马辽太郎与中国"，《大众文学研究》第 100 卷。
② 日本造的汉字。山路在山顶上下坡的分界线。

充满了我自己的心情。①

由此可见，司马辽太郎是站在较高的视角，希望通过历史来分析日本人、日本人的精神结构。司马辽太郎的历史观被概括为"司马史观"。那么，何为司马史观呢？足利卷一说：

司马辽太郎纪念馆内部书墙

司马先生多次明确表示在小说创作的过程中努力排除意识形态。另外，即使是参考诸多说法、相关文献，但是完全不受其影响。经常毫不遗漏地注目原始材料，或者具体勘查相关地点，从由此酿造出的想象中提炼认识，更多的是使其超越。②

任何历史小说都是要站在史实的基础之上的。如果说司马辽太郎博览群书，那是当之无愧的。司马辽太郎纪念馆最引人注目的是高达棚顶约十米的书架以及上边的书。实际上，纪念馆所陈列的书仅是司马辽太郎藏书的一部分。有关司马辽太郎阅读历史资料之广的最有名的说法是：司马辽太郎为了创作，曾经把全日本最大的旧书市场——神保町的相关资

① 司马辽太郎："我的小说创作"，载同著《手掘日本史》，文艺春秋 1998 年版。
② "司马辽太郎——其出色的感性与历史观"，《书之书》1976 年 5 月刊。

料搜集一空，用卡车运回家。

司马辽太郎虽然尊重史实，但是也不乏虚构。小说毕竟是小说，其中包括了不少他个人的想象，以烘托其作品中的人物形象。比如《殉死》中，乃木希典参见天皇，听说天皇生病，匆忙奔向天皇居室这一段，是有名的虚构。

> 希典从东溜间马上出来到了里院。到天皇的寝室本来从东溜间经过走廊是正式的途径，但是那样的话对于希典来说太远了。他想横穿里院，直奔天皇寝室。里院铺着大粒大粒的白白的白河沙，希典走在上边沙子发出很大的声响。希典的长靴，很早以前穿的就不是军队制式的，而是他喜欢的军靴，是完全覆盖住膝盖的大军靴，让人联想到革制铠甲那样的厚重。用这种长靴踩在白沙上，响起的声音意想不到的大。但是希典根本顾及不到这声音。①

这一段极其形象地描写出了乃木希典急天皇所急的忠诚之心。关于历史小说尊重事实与虚构的关系，早在森鸥外《尊重历史与偏离历史》中就有了论述。这是历史小说创作的一个永久性的话题。不管量的多少，司马辽太郎的小说中一样脱离不了想象虚构的因素，但是相比之下司马辽太郎的作品仍然可以说虚构的情节较少。

那么什么是司马辽太郎的历史观呢？其表现在那些方面？

首先，必须从高的视点看历史中的人物。关于自己的历史小说人物的选材，司马辽太郎是持以下观点的：

---

① 司马辽太郎：《殉死》，文艺春秋1978年版，第135页。

一个人死了，时间过去。时间过得越久，越能从高的视点来鸟瞰这个人物和他的人生。所谓的撰写历史小说的乐趣就在于此。①

司马辽太郎创作《真说宫本武藏》的目的是纵观宫本武藏的一生，来评判宫本武藏这个人，看历史中的宫本武藏，以求其客观性。司马辽太郎在《真说宫本武藏》中写到他去宫本武藏故乡的路上，对同行的人说道："如果宫本武藏这个人现在还活在世上的话，我就决不会远道而来到他的故乡。"② 按司马辽太郎的说法是："武藏其人与他的一生在历史中凝固，也就是对人畜都无害了的今天，我才得以安心地探访他的故乡。"③ 司马辽太郎的意思并不是害怕宫本武藏对自己有何不利之处，而是期望宫本武藏其人其事完全成为过去时代的事物之后，用历史的眼光来客观地分析他。同样的，司马辽太郎的这一做法也适用于《殉死》。乃木希典殉死于1912 年，司马辽太郎出生于 1923 年，这中间已经过去了十一年，司马辽太郎可以用更高的视点来观察这样一个在他所描写的历史人物中最接近于现代的一个历史人物。

其次，司马史观的客观性。说到史观，司马辽太郎发表过这样的意见：

我认为史观非常重要，经常是如果在我心中没有史观放在那里的话，就弄不清楚对方。我认为史观是挖掘

---

① 司马辽太郎：《历史小说与我》，集英社 2001 年版，第 276 页。
② 《司马辽太郎全集》第 12 卷，文艺春秋 1973 年版，第 292 页。
③ 同上书，第 292 页。

历史的土木机械，但是我不认为它是更高的东西。土木机械虽然必须反复研磨，但是，成为其奴隶就很无聊了。看历史的时候，必须停止其便利的土木机械，需要用手去重新挖掘。①

司马辽太郎所谓不能做史观的奴隶的观点可以说就是"司马史观"。司马自称为"裸眼"。"裸眼"可以理解为不被任何观念所蒙蔽的底片式的眼睛，是一种认识事物的原则。它走在观念前边，把注意力集中于对象，最大限度地去理解事物本身，并在此发现语言，把'裸眼'摄取的感觉凝固到纸上。

我在某杂志上读到司马辽太郎的《殉死》——正确地说是以"要塞"为名发表的前半篇的时候，就感觉到了作者的那种"眼睛"。在把一个人的人生轨迹作为一个影像确定于作品的内部的工作过程当中，作品中的人物拒绝作者充满好意的视线。作者未必必须听取人物一方发出的异议，但是我还是很高兴地感觉到了注意倾听来自人物的几乎听不见的声音。这是了解应该如何看待历史，也是了解如何被历史所评判的人的眼睛。②

第三，反历史。司马辽太郎作品中人物往往与多年以来的普遍的历史认识有所不同。比如《真说宫本武藏》中写到宫本武藏的残忍、追求功名；《殉死》中乃木希典的无能等等。同时，不只是对以上偶像的破坏，还有像《龙马奔走》、

---

① "历史中的人"，司马辽太郎：《手掘日本史》，文艺春秋1998年版。
② 江藤文夫："解说"，司马辽太郎：《手掘日本史》，文艺春秋1998年版，第198页。

《新选组血风录》（1962 年）中对其不利评价的辩护，为其平反，从而使他们成为现今青年人崇敬的偶像。由此可以看出：司马辽太郎的作品改变了人们对历史、对历史人物的看法，其威力之大令人难以想象。请看下面的评论：

> 在其建国史中，青年们超越了勤王、佐幕的感情，生活在无论胜负都一样的动乱的时代，在其中最大限度地发挥了各自的作用。由于是被已经了解了历史归结的人从俯瞰的视角叙述出来的，所以作为所有行为都带有必然性的、有力度的、戏剧性的人物，青年们在作品中登场。对于司马辽太郎的历史观，既有持赞扬意见的，也有持否定意见的。那同时又是包含人生观的创作文体的问题，有必要作为文学课题进行探讨。①

第四节 "国民作家"司马辽太郎的影响

司马辽太郎在 20 世纪 70 年代获得"国民作家"的称号，在这之前吉川英治也被称为"国民作家"。由于司马辽太郎的作品与 60 年代以后的社会的心性相结合，在 70 年代，他就获得了'国民作家'的称号。② 司马辽太郎被称为高度成长期的吉川英治。吉川英治所处的时期，人们都是为了国家；司马辽太郎时期，人们把精力都投入到经济发展当中去，一切为了公司、企业。然而公司、企业的性质又与国家相通。

---

① 佐藤泉："'文学史'以后的规范形成——司马辽太郎的《殉死》"，《日本文学》2000 年 11 月刊。

② 同上书，第 75 页。

进入公司首先必须抛弃的是虚无主义。如果是一副阴郁的表情的话，没有办法往前走，所以不管怎么样都得明快些。因此，我认为彻底打碎了虚无主义，才能被组合进按照预定计划的和谐的故事中去。按照不管怎样，只要为了公司工作就会对公司有利的这种和谐逻辑的预想而展开。司马辽太郎想要排除的就是阴郁与虚无主义吧。①

那么，什么是"国民文学"呢？梅原猛对此下了定义：

一、不问上下、老幼、男女，被国民广泛阅读的。

二、教给国民什么是人生，给予活生生的教训的。

这两个是基本的国民文学的条件。除这些条件，还可以考虑以下两个条件。

三、看待人生的视点绝对不偏颇于某一方，算得上是时代的良知。

四、具备适度幽默的感觉，而且能感到有所控制的爱。②

以上国民文学的特征可以说明为什么吉川英治与司马辽太郎符合国民作家的标准，吉川英治和司马辽太郎都在各自的时代影响了日本国民的精神世界。但是同为国民作家，二

---

① 佐高信、高桥敏夫：《藤泽周平与山本周五郎》，每日新闻社 2004 年版，第 175 页。
② 梅原猛："司马辽太郎与国民文学的再生"，文艺春秋编《司马辽太郎的世界》，文艺春秋 1999 年版，第 337—338 页。

《司马辽太郎全集》书影

者仍然存在着一定的不同。二人究竟有何不同呢？首先，吉川英治的作品以描写宫本武藏等主人公为主，而司马辽太郎的作品除了主角之外，配角的魅力同样强。同时，在主角的描写方面，司马辽太郎所描写的人物正如对乃木希典这个人物的描写一样，要显得有个性得多。从作品整体上来说司马辽太郎的作品还是比吉川英治的作品有魅力得多。① 其次，吉川英治也有超越于司马辽太郎的地方。

> 武藏实实在在是适合于正要进入战争的日本人精神的小说。它描写了既是剑豪又是求道者的宫本武藏的人生，其中有很多人类的美德被赞美。比如忠义，比如孝行，比如勤勉，比如努力，比如纯爱。其德行与《教育敕语》的德行一致，这样的求道者宫本武藏所具备的道德在这本小说中被赞美。②

吉川英治在《宫本武藏》中宣扬了宫本武藏的众多美德，把其塑造成一个精神主义的典范。由于吉川英治的创作，宫本武藏作为精神主义的象征，在日本国民的心目中已经根深蒂固。但是，在这一点上，司马辽太郎与吉川英治是有着很大的差异，

---

① 梅原猛："司马辽太郎与国民文学的再生"，文艺春秋编《司马辽太郎的世界》，文艺春秋1999年版，第341—342页。
② 同上书，第347页。

甚至可以说是完全相反的。道德性的求道心的欠缺可以说是司马辽太郎的小说的局限。那么，司马辽太郎对精神主义是如何看待的呢？他是采取批判的态度的。首先，同样是宫本武藏题材的作品，司马辽太郎在《真说宫本武藏》加入了对宫本武藏为出仕付出的种种努力的描写，以及对宫本武藏因最终求仕失败的失落情绪的描写，表现了宫本武藏精神追求的非纯粹性。其次，《真说宫本武藏》中糅进了大量的关于宫本武藏冷漠、残酷形象的描写，这些完全是对宫本武藏的一个彻底的偶像破坏。

司马辽太郎在《殉死》中把被树立为日本近代精神主义的典范——乃木希典的形象也描写得十分滑稽可笑，认为他是不适应时代的一个人物。在《殉死》中，乃木希典是一个处于日本已经迈入近代的明治时期的人物，这是一个依靠经济发展与技术改造的时代，人们的生活目标变成了怎样更好地生活下去。但是，乃木希典意欲把幕末的志士们的生活方式原封不动地继承下来，他依旧想靠前代——江户时代的那种"怎样行动最美"的精神来生存下去。从而，他采取了与时代完全悖逆的生活方式。这在已经进入近代的日本，是不现实的，也可以说在某种程度上说是滑稽、可笑的。如果一般人，也许无可非议，但是，乃木希典是日本军队的高层人物，是与日本的命运息息相关的一个人物，他的行为会影响到机构能力的发挥。故司马辽太郎认为乃木希典"让人感到憎恶。"[①]

以上分析表明，吉川英治的作品强调精神主义，而经历过战争的司马辽太郎却清醒地看到了盲目的精神主义的弊害。司

[①] "维新人的形象"，司马辽太郎：《历史小说与我》，集英社 2001 年版，第70 页。

马辽太郎的作品没有像吉川英治一样追求精神因素，不仅如此，他对精神主义采取了批判的态度。究其根源，这是与司马辽太郎的经历相关联的。司马辽太郎 20 岁被征兵入伍，第二年——1944 年 4 月，被派往位于现中国吉林省四平市的坦克学校，四平的坦克学校是日本陆军下级指挥官的培训学校。同年 12 月司马坦克学校毕业，被派到牡丹江宁安县的坦克部队任小队长，负责四辆坦克的行动。

日本的坦克是崭新的，被大肆宣传成新式武器，但是这在坦克部队一员的司马辽太郎的眼里看来，仅仅是一个强烈的幻想而已。作为"列强"象征的日本的坦克，虽然在距离现代化技术十分遥远的亚洲算是先进的武器装备，但是，与遥远的欧洲相比仍相差甚远。在战败之前，很多坦克还是崭新的，但是在苏联的大炮的火力之下根本发挥不了预想的用途，和废铜烂铁一样。司马辽太郎亲身感受到了苏联坦克的技术能力和日本、苏联两国实力的差异。他痛感到日本企图依靠盲目的乐观取胜，结果只是付出了大量的人力与物力的牺牲而已，是没有意义的逞强行为。

> 总之，又哑，又盲，又聋，这就是晚上的坦克。虽然如此，晚上还是要一起出动，向敌方进发。完全是以一种不和步兵一起全军覆没的话则抱有歉意的一种非战术性的理由。与其进攻，倒不如说是对方的大炮轰隆轰隆地强烈迎击，只有二十分钟就全军覆没了。总觉得这带有日本的旧国家的身影。①

---

① 大冈升平、司马辽太郎："日本人、军队与天皇"，司马辽太郎等：《司马辽太郎》，小学馆 1998 年版，第 109 页。

只是为了陪伴陆军作战，坦克不得不上战场，成为没有用途的牺牲品。这就是第二次世界大战期间盲目依赖精神主义的表现。当时人们不是重视技术与客观实际，而仅仅是依靠一种不怕死的态度，其结果是导致了国民在生活上的重大牺牲而战败。司马辽太郎十分痛恨坦克的技术能力低下，也痛恨一切盲目崇拜精神主义的不现实行为。

坦克的落后使司马辽太郎意识到了技术的重要性，认识到了第二次世界大战期间整个日本政府、日本军队的无能。认识到单纯依靠盲目的精神主义只会一事无成，必须依靠科学，依靠技术。司马创作的《真说宫本武藏》、《殉死》正是强调了这一点。

在《真说宫本武藏》中，司马辽太郎强调了单纯追求精神主义的可笑的一面。同样，在《殉死》中司马辽太郎描写了在日俄战争中，日本的枪支、大炮等技术能力的落后，日军总司令部的判断失误，第三军司令乃木希典指挥的无能，以及乃木军参谋长伊地知幸介的军事判断能力低下等等。以上因素导致了乃木第三军进攻旅顺频频失败，使众多的士兵失去了生命。单纯的精神主义使日本付出了惨重的代价。

有关乃木的失败，除了追求精神主义的原因之外，司马辽太郎还挖掘了其文化历史的根源。

也许这是日本人安全感觉上的传统。以战史为例，源平的时候，源赖朝为其弟配的参谋长（目付·军监）是木屋景时。景时以为军事战略和军事行动的一切都由自己负责，正打算开始行动的时候，被独断的义经所阻止，景时终于把义经告到了赖朝那里。大概在惯例上军监上诉的行为是具有正确性的吧。在战国时代，英雄群起，这些英雄都采取大将的专断态度。但是到了他们的子孙成了江户的大名的时期，变成了以"君主什么都不知道"为前提的一切由家老负责的制度。大概到了近代陆军时期，也继承了这种有安定感的形式，将军的能力已经生锈了，所谓好的司令官就是信任其参谋，让他们充分发挥其才能，这样的定式已经形成了。①

日本陆军的惯例是把司令官的能力放置一边。几乎所有作战都是由参谋长制定、推动，司令官除了统率的象征之外，只不过是负责作战并最终承担责任的人物。关于这一点在其作品《坂上之云》中更是被大量描写。唯一不同的是同样的做法，《殉死》中乃木希典由于参谋长的不得力而失败不断，《坂上之云》中包括主人公海军参谋秋山真之等大多数参谋由于得到指挥官的信任而大有作为。事实上，在《殉死》当中，司马分析旅顺失利时并没有过多追究乃木的责任，而是站在剖析日本历史文化的角度加以分析描述。他认为乃木希典这样的人物的存在，是有其历史根基的一种文化现象。

总之，司马辽太郎赞赏的是实干家。司马辽太郎亲身经历了那场激烈、残酷的战争，同时也经历了战后艰难的复兴时期。他的宗旨是要坚强地、脚踏实地地活下去，为此他在作品中充分表现了这一点。他选定的主人公都是在其生存的时代中带着勇气和激情，合理地、现实地生活的人。因此，比起晚年的西乡隆盛和乃木希典，司马更欣赏大久保利通、秋山好古、真之二兄弟，也更喜欢土方岁三、坂本龙马这样的人物。因为他们实实在在地耕耘着自己立足的这片土地，

---

① 司马辽太郎：《殉死》，文艺春秋 1978 年版，第 49—50 页。

是诚实地活在现在的人。司马辽太郎憎恶空洞的观念主义者，憎恨狂热的信徒，憎恨教条的官僚主义。

司马辽太郎创作的高峰期在 20 世纪的 60—70 年代。正是日本经历了战败，需要振作精神进行进一步复兴的时期。他深深地了解经历了战争之后人们心中的挫败感、无力感。司马辽太郎通过自己的作品，描写了战国时代、日俄战争时期、江户幕末时期、明治维新时期等各种激烈变动时期的志士，描写他们面对磨难、奋勇向前的智勇。

> 我突然想说的是，人类需要激烈变动的时期。起码对我来说，比较适合以变动期为舞台，来思考人物，来判断人物。自然而然的，写出来就成了历史小说了吧。
>
> 即使是同样地看待历史，对我来说很难创作以元禄时期、文化文政时期那样的太平时期为背景的作品。其理由好像就是不善于描写不是变动时期的事情。同时也像在本稿中曾经写到的那样，不擅长描写风俗。①

司马辽太郎的作品给予由于战争自信荡然无存的人们和失去信仰受伤迷茫的人们以勇气、以激励、以希望、以自豪。同时，司马辽太郎鼓舞人们投入到重建国家的工作中去，一直激励着人们在经济大发展的道路上迈进。公司就像激烈变动时期的战场，需要人们去拼搏、奋进。司马辽太郎的作品吸引了众多的读者，尤其是大量的主宰日本政治、经济的有一定修养的公司经理、职员。他的影响面之大使他因此被称为"国民作家"。

---

① 司马辽太郎：《历史小说与我》，集英社 2001 年版，第 280 页。

司马辽太郎纪念馆

司马辽太郎的影响还表现在他的历史观上。经历了第二次世界大战的司马辽太郎深切地感觉到了自然的必要。他选择的蒙古语专业表明司马辽太郎本来就有寻求自然，寻求时间的悠久，追寻历史的悠久的愿望。同时，司马辽太郎所采用的历史观使他用"裸眼"看世界，能够更自然地看待历史，分析历史。他对乃木希典古典神话式偶像的破坏，对宫本武藏的冷静的反偶像式的描述，都打破了以往人们的固定观念，给人们以"裸眼"看世界的可能与乐趣。人们说司马辽太郎使日本人对历史发生了兴趣，开始觉得历史不是冷冰冰的遥远的过去，而是与现今紧密相关的过去，从而扩大了人们的眼界，培养了以史为鉴、向历史学习的习惯。

另外，司马辽太郎的创作方式有别于其他作家。在《殉死》的开头部分，司马写道：

笔者把这个作品不是作为小说来创作，而是作为创作小说以前状态的，也就是以确认自己思考的形式来创作的。以前记为例来说的话，笔者不是进一步思考武林唯七剖腹的场面的想象给少年乃木希典的心里造成什么影响，而是作为笔者自身的思考材料加以创作。①

也就是说，司马辽太郎的创作不是把自己的思考结果写出来，而是写出自己的思路，与读者一起思考。这可谓与以往的小说形式不同。

　　　　可以说作者是把这一作品展现在读者的面前的。必要的话，即使批评也好，希望读者参与进来共同思考。之所以必须这么做，是因为在这里成为思考对象的是公共的世界，作者没有资格就此创造一个私人想象力的小宇宙。按照一般的近代小说的概念，作者在其作品中是一个神一般的存在，不允许读者介入到小宇宙中来就事实与作者进行论争。司马在此摒弃了这种意义上的"小说"的概念，而是看起来像一个本来意义上的历史学家来谈历史。而且，这种姿态，不管明说与否，是司马文学采取的一贯的方法性态度，不容置疑的是常年以来这种倾向不断加强。"不是想写小说"，这成了作家司马辽太郎的口头禅，特别是近些年在作品中加入类似题外话一样的随想，这也可以说是其间接的表现。②

但是，司马辽太郎也有其局限性。首先，关于司马史观

---

① 司马辽太郎：《殉死》，文艺春秋 1978 年版，第 14—15 页。
② 山崎正和："司马辽太郎·人与作品"，《昭和文学全集 18　大佛次郎、松本清张、山本周五郎、司马辽太郎》，小学馆 1962 年版，第 1040 页。

的客观性。

日本的历史文学一般是在站在未知的事物面前，从忐忑不安的人的角度创作出来的。但是，司马辽太郎把其作为已经完结的东西，反过来再把光对准人物。无论是斋藤道三还是织田信长，无论是土方岁三还是坂本龙马，他们都好像在司马家的笼中活动。其秘密就在于此吧。

……

看一看司马辽太郎的工作，就会知道其由虚构构造浪漫，慢慢转向穿行在历史的山谷之间，在史实的字里行间读梦，这种倾向不断增强。①

司马辽太郎虽然是尽量用"裸眼"看历史以及其中的人物，但是，由于其个人读解的趋向性，仍然脱离不了其主观性，这样就会诱导人们对历史的理解，从而在客观性上出现偏颇。

司马的目标不是根据"科学"的方法得来的"客观"的历史，归根结底是描写历史中的有个性的人，单纯就这一点来说，无疑是值得尊敬的文学。司马大概并不相信人物存在唯一正统的历史，而是认为能做到的是被历史上某个人的生活方式所吸引，带着共鸣与反感，自己也尝试着生活。司马关心的是人的内部世界的观察，间接地进行自我的探求，司马尽量把公共的世界作为场

---

① 尾崎秀树："司马史观的秘密"，司马辽太郎等：《司马辽太郎》，小学馆 1998 年版，第 104—105 页。

所进行这项工作。①

司马辽太郎关心的并不是阐明历史的真伪，而是期望通过对
历史人物的描写来触动读者，让读者受感染，去尝试作品中
人物的生活态度，振作起来去进行现代人的生活。这种创作
动机自然摆脱不了主观性的因素。东京大学教授小森阳一就
批评说：由于司马辽太郎否定"大东亚战争"，拒绝"大东
亚战争"的言论的反复，围绕着历史认识的司马的权威是建
立在情绪与感情的程度上的。② 针对其主观性的认识方法，
松本健一也评论说：

> 司马的作品尊重事实，同时也获得了脱离历史、作
> 为假说或者虚构而浮上来的浮力。换句话说，不会从事
> 实的细部被推翻。所以，批评司马辽太郎的时候不能以
> 从其事实的细部来评论说："错了"、"有重大的漏洞"。
> 只有针对其从事实浮出来的假说或者虚构的形式，也就
> 是司马的虚构方法，归根结底也就是针对司马辽太郎的
> 思想进行批评，这才是唯一的批评方法。③

其次，司马辽太郎坚持英雄史观。司马辽太郎在作品
《坂本龙马》中塑造了坂本龙马、在《坂上之云》中塑造了
西乡隆盛等英雄形象。对此，佐高信评价说：司马辽太郎的

---

① 山崎正和："司马辽太郎·人与作品"，《昭和文学全集 18 大佛次郎、
松本清张、山本周五郎、司马辽太郎》，小学馆 1962 年版，第 1040 页。
② 大本泉："司马辽太郎的文学——论《龙马奔走》、《殉死》"，《仙台白
百合女子大学纪要》2001 年 1 月刊，第 10 页。
③ "产生虚构的情况——假说的力量Ⅲ"，《群像》1990 年 4 月刊。

作品中只有善勇，没有邪恶。

　　作家大冈升平严厉地批评了同样是创作历史小说的井上靖。我认为井上和司马等人的小说是站在英雄史观之上的，讲述的是一个英雄创造了历史的这类故事。但是，历史是不可能一个人创造的，时代不是由一个英雄来运作的。英雄史观带有更大的危险性。①

　　司马辽太郎在 1962 年 5 月到 1963 年 12 月在《小说中央公论》上连载小说《新选组血风录》，这期间 1962 年 11 月又在《周刊文春》连载《燃烧吧，剑》。二者都是新选组题材的作品。2004 年 NHK 用了长达一年的时间播放了受到司马辽太郎作品影响的长篇历史连续剧《新选组》。现今，新选组已经成为日本年轻人崇拜的偶像、英雄。而实际上，新选组本是一个暗杀集团，副队长土方岁三的残忍几乎无人不晓。所以，年轻人虽然从中能够学习到智勇，但是，却模糊了善与恶的界限。

　　司马辽太郎不断地发表作品激励人们前行。但是，当司马辽太郎驻足来环视世界时发现，随着经济的高度发展，出现了许多不健康的因素。提倡技术实力，讨厌绝对精神主义的司马辽太郎看出了世人心中的精神空虚，开始对社会不满。随着时代的变迁，司马辽太郎已经感到了自己力量的微薄。到了 20 世纪 80 年代后半期，几乎是与昭和这一年代结束的同时，随着体力的衰弱，司马辽太郎不再创作历史题材的小

----

① 佐高信：《司马辽太郎与藤泽周平》，光文社 2002 年版，第 76 页。

说。放弃创作小说的司马更直接地以随笔或对谈的形式不断地发布着警世的语言，由此他被人们看做文明批评家。他开始创作历史题材的古代街道游记，前后创作共计四十三册。这期间明显地表示了他对人们精神世界的不满。

司马辽太郎说明治时期一直到日俄战争都是非常健康的时代，之后非常不健康。认为到了昭和，随意使用统率权的参谋们所在的陆军把日本糟蹋了，而全面否定昭和的政治史。说是这是夜郎自大的自以为是，丧失了明治好不容易创造出来的合理性和现实性，而跳入一场失败的战争。

另外，司马批判说战败的日本虽然革命①成功，但是热衷于追求金钱，成为非常粗俗的国家。失去了过去的东乡、秋山兄弟所具有的高洁的武人品质。我认为这是非常粗暴的片面的近代史观。②

社会由高度产业社会开始转向高度消费社会，于是，如何生存下去成为非常困难的问题。以反感和不满的形式为主体，以认为将来没有前景的态度来认识这一难题，这就是晚年的司马吧。实在不希望司马陷入这一谁都容易陷入的能力局限，这使我悲伤。③

---

① 专指第二次世界大战后日本国内意识形态发生了巨大的变化。
② "色川大吉对谈"，佐高信：《司马辽太郎与藤泽周平》，光文社 2002 年版，第 179 页。
③ 鹫田小弥太：《司马辽太郎　人的大学》，PHP 研究所 2004 年版，第 229 页。

司马辽太郎认为明治时代最好。他希望把明治武士道精神引入到现代社会中，鼓舞人们奋发向上。但是客观上，随着经济的发展，人们进入生活安定、社会平和的时期之后，司马辽太郎的作品已经基本完成了其历史使命。正像他的作品大多描写激烈变革的时期，而不选择和平时期一样，司马辽太郎本人也在和平时期变得无所适从了。

以上通过对武士道题材的近现代文学作品的分析，可以使我们看到日本社会意识发展的趋向，可以帮助我们了解日本，是很有意义的一件事。尤其历史小说和时代小说等大众文学作品，从另外一个角度展现了武士道的不同侧面。

由于篇幅和时间的关系，其他方面的研究将作为笔者今后的课题。

主要参考文献

作品书目

中文：

1. 高慧勤编选：《森鸥外精选集》，北京燕山出版社2005年版。

2. 夏目漱石：《心》，周大勇译，上海译文出版社1983年版。

3. 《芥川龙之介小说选》，文洁若、吕元明等译，人民文学出版社1981年版。

4. 吉川英治：《宫本武藏》，刘敏译，新世界出版社2004年版。

5. 宫本武藏：《五轮书》，李津译，企业管理出版社2003年版。

6. 小山清胜：《宫本武藏》，岱北译，山东文艺出版社1985年版。

日文：

1. 《鸥外全集》，岩波书店1975年版。

2. 森鸥外：《意地》，筑摩书房1948年版。

3. 《日本现代文学全集7　森鸥外集》，讲谈社1980

年版。

4．平冈敏夫编《漱石日记》，岩波书店 1990 年版。

5．《日本近代文学全集 48　有岛武郎集》，讲谈社 1980
年版。

6．《久米正雄全集》第 8 卷，平凡社 1930 年版。

7．《芥川龙之介全集》，岩波书店 1977 年版。

8．《日本现代文学全集 56　芥川龙之介集》，讲谈社
1960 年版。

9．吉川英治：《宫本武藏》，六兴出版 1975 年版。

10．柴田炼三郎：《眠狂四郎　京洛胜负帖》，新潮社
1991 年版。

11．柴田炼三郎：《决斗者　宫本武藏》，新潮社 1992
年版。

12．《昭和文学全集　第 8 卷　大佛次郎、山本周五郎、
松本清张、司马辽太郎》，小学馆 1987 年版。

13．山田风太郎：《魔界转生》，角川书店 1980 年版。

14．司马辽太郎：《殉死》，文艺春秋 1978 年版。

15．司马辽太郎：《真说宫本武藏》，《司马辽太郎全集》
第 12 卷，文艺春秋 1973 年版。

学术论文：

1．小濑千惠子："围绕乃木殉死的文学——鸥外·漱石
们"，立命馆大学日本文学会编《论究日本文学》1980 年
5 月。

2．山田辉彦："乃木殉死——对近代文学史的影响"，
《九州女子大学纪要》1987 年 3 月。

3．菅原克也："二十世纪的武士道——乃木希典自杀波

纹"，《比较文学研究》1984 年 4 月。

　　4．中野茂春："漱石与鸥外的差异"，《文学》1950 年 11 月。

　　5．小堀桂一郎："明治的终结与日本人——漱石·鸥外文学中表现的殉死"，和歌森太郎、神岛二郎等主编《日本人的再发现》，弘文堂 1972 年版。

　　6．大屋幸世："小泉浩一郎著《森鸥外论 实证与批评》山崎一颖著《森鸥外·历史小说研究》"，《日本近代文学》1983 年 10 月。

　　7．松岛英一："鸥外的历史文学·殉死·武士道论——以 1912 年为中心"，《文学》1950 年 11 月。

　　8．大庭米治朗："鸥外的'历史小说'——《兴津弥五右卫门的遗书》与《阿部一族》"，《大谷学报》1952 年 3 月。

　　9．大野健二："森鸥外'殉死小说'的研究"，《名古屋大学国语国文学》1959 年 9 月。

　　10．半田美永："试论森鸥外的'殉死小说'"，《皇学馆论丛》1971 年 6 月。

　　11．藤本千鹤子："历史上的《阿部一族》事件——殉死事件的真相与鸥外的《阿部一族》"，《日本文学》1973 年 2 月。

　　12．福本彰："从《阿部一族》的开头到核心——'自然'与'意气用事'相克的问题"，《鸥外》1977 年 7 月。

　　13．佐佐木雅发："《阿部一族》论的前提——原本《阿部茶事谈》的特征"，《比较文学年志》1986 年 3 月。

　　14．栗平良树："森鸥外《阿部一族》的组织论——'殉死这一壮行的发展方向'"，《青山学院女子短期大学纪要》1994 年 12 月。

15. 秦行正："《阿部一族》论（一）——关于其殉死观"，《福冈大学人文论丛》1999 年 6 月。

16. 前田淳："美国的森鸥外——关于英译《阿部一族》的原文解释"，《前田富祺先生退官纪念论集 日语日本文学的研究》2001 年 3 月。

17. 武田胜彦："芥川龙之介《某日的大石内藏之助》"，《国文学 解释与鉴赏》1975 年 1 月。

18. 吉田熙生："芥川龙之介《某日的大石内藏之助》"，《国文学》1974 年 3 月临时增刊号。

19. 津田洋行："《护持院原的敌讨》论"，《文艺研究》1982 年 3 月。

20. 桶谷秀昭："寂寞的'明治精神'——《心》"，猪熊雄治编《夏目漱石〈心〉作品论集》，库来思出版 2001 年版。

21. 芥川龙之介："明日的道德"，《教育研究》1924 年 10 月。

22. 石割透："'武士道'与芥川龙之介"，《山梨县立文学馆馆报》1993 年 9 月 20 日。

23. 初谷顺子："《手绢》——武士道与其形式"，《东京成德国文》1989 年 3 月。

24. 酒井英行："两个'贤母'——久米的《母亲》与芥川的《手绢》"，《文艺与批评》1989 年 9 月。

25. 大里恭三郎："《手绢》论——演技与自然"，载同著《芥川龙之介——解开〈竹林中〉》，审美社 1989 年版。

26. 吉冈由纪彦："从'假象'看芥川龙之介的文学生涯——吉本隆明《芥川龙之介的死》批判笔记"，《立命馆文学》1995 年 7 月。

27．相川直之："芥川龙之介的《手绢》论——新渡户稻造的影响"，《近代文学试论》2002 年 12 月。

28．熊谷信子："芥川龙之介《一个敌打故事》"，《相模国文》1997 年 3 月。

29．武藏野次郎："历史时代小说的现状"，《国文学解释与鉴赏》1979 年 3 月。

30．井上久："'武藏'为何被世界所爱"，《文艺春秋》1987 年 7 月。

31．桑原博史："吉川英治与《宫本武藏》"，《国文学》临时增刊号 1974 年 3 月。

32．武藏野次郎："吉川英治《宫本武藏》"，《国文学解释与鉴赏》1971 年 6 月。

33．绳田一男："作家各自的《宫本武藏》"，《文艺春秋》2003 年 4 月。

34．藤井淑祯："文学被庶民热爱的时代——高度成长期的读者"，《日语学习与研究》2009 年第 1 期。

35．清原康正："柴田炼三郎与中国文学"，《大众文学研究》1997 年 3 月。

36．上出惠子："山本周五郎《予让》论——周五郎文艺的历史小说形成"，《活水论文集》1986 年 3 月。

37．远藤祐："《予让》"，《国文学 解释与鉴赏》1988 年 4 月。

38．高桥千釖破："什么是忍者——其历史性考察"，《大众文学研究》1996 年 5 月。

39．尾崎秀树："忍术考今昔"，《大众文学研究》1996 年 5 月。

40. 矶贝胜太郎："司马辽太郎的忍者小说与修行僧侣"，《大众文学研究》1996 年 5 月。

41. 山田风太郎："经历战争的人们思考的'战略发言'"，《文艺春秋》别册《追悼特集 山田风太郎 奇思异想的历史浪漫作家》2001 年 10 月。

42. 细谷正充："风太郎忍法帖"，《文艺春秋》别册《追悼特集 山田风太郎 奇思异想的历史浪漫作家》2001 年 10 月。

43. 绳田一男："忍者类型的男人们——山田风太郎作品的忍者"，《大众文学研究》1996 年 5 月。

44. 佐藤泉："'文学史'以后的规范形成——司马辽太郎的《殉死》"，《日本文学》2000 年 11 月。

45. 足利卷一："司马辽太郎——其出色的感性与历史观"，《书之书》1976 年 5 月。

46. 松本健一："产生虚构的情况——假说的力量Ⅲ"，《群像》1990 年 4 月。

47. 大本泉："司马辽太郎的文学——论《龙马奔走》、《殉死》"，《仙台白百合女子大学纪要》2001 年 1 月。

48. 山崎正和："司马辽太郎·人与作品"，《昭和文学全集 18 大佛次郎、松本清张、山本周五郎、司马辽太郎》，小学馆 1962 年版。

49. 诸井薰："司马热的核心"，文艺春秋编《司马辽太郎的世界》，文艺春秋 1999 年版。

50. 梅原猛："司马辽太郎与国民文学的再生"，文艺春秋编《司马辽太郎的世界》，文艺春秋 1999 年版。

51. 矶贝胜太郎："司马辽太郎与中国"，《大众文学研究》第 100 卷。

52. 山崎正和："镇魂·司马辽太郎"，文艺春秋编《司马辽太郎的世界》，文艺春秋 1999 年版。

53. 尾崎秀树："司马史观的秘密"，司马辽太郎等：《司马辽太郎》，小学馆 1998 年版。

54. 山崎正和："像风一样离去的人"，文艺春秋编《司马辽太郎的世界》，文艺春秋 1999 年版。

55. 井上久："再见司马辽太郎"，文艺春秋编《司马辽太郎的世界》，文艺春秋 1999 年版。

论　著

中文论著：

1. 新渡户稻造：《武士道》，孙俊彦译，商务印书馆 2002 年版。

2. 鲁思·本尼迪克特：《菊与刀》，吕万和等译，商务印书馆 2002 年版。

3. 中村雄二郎：《日本文化中的恶与罪》，孙彬译，北京大学出版社 2005 年版。

4. 樋口清之：《日本人与日本传统文化》，南开大学出版社 1989 年版。

5. 藤原（王）文亮：《圣人与日中文化》，社会科学文献出版社 1999 年版。

6. 罗开玉：《丧葬与中国文化》，三环出版社 1990 年版。

7. 李玉洁：《先秦丧葬制度研究》，中州古籍出版社 1991 年版。

8. 南川编著《死文化》，中国经济出版社 1995 年版。

9. 韩国河：《秦汉魏晋丧葬制度研究》，陕西人民出版社1999年版。

10. 王计生主编《事死如生　殡葬伦理与中国文化》，百家出版社2002年版。

11. 陈山：《中国游侠史》，三联书店1992年版。

12. 汪涌豪：《中国游侠史》，复旦大学出版社2005年版。

13. 陈平原：《千古文人侠客梦》，新世界出版社2002年版。

14. 袁良骏：《武侠小说指掌图》，新华出版社2003年版。

15. 杨义：《中国现代小说史》，人民文学出版社2001年版。

16. 刘若愚：《中国游侠与西方骑士》，罗立群译，中国和平出版社1994年版。

17. 兰草：《武魂侠骨》，解放军出版社1999年版。

18. 李文：《武士阶层与日本的近现代化》，河北人民出版社2003年版。

19. 王向远：《"笔部队"和侵华战争》，北京师范大学出版社1999年版。

20. 王向远：《日本对中国的文化侵略》，昆仑出版社2005年版。

21. 王向远：《日本右翼言论批判——"皇国史观"与免罪情结的病理分析》，昆仑出版社2005年版。

22. 叶渭渠、唐月梅：《日本文学史》，昆仑出版社2004年版。

23. 李树果：《日本读本小说与明清小说——中日文化交

流史的透视》，天津人民出版社 1998 年版。

24. 魏大海：《私小说》，山东文艺出版社 2002 年版。

日文论著：

1. 克里斯托弗·格雷维特（Christopher Grawett）：《骑士——探寻光荣的骑士道世界》，日语版监修：森冈敬一郎，同朋社 1994 年版。

2. 马克·吉尔阿德（Mark Girouard）：《骑士道与维克多丽亚王朝社会精神史》，高宫利行、三富诚一译，三省堂 1986 年版。

3. 度·皮伊·杜·克兰夏姆（Philippe du Puy de Clinchamps）：《骑士道》，川村克己、新仓俊一译，白水社 1995 年版。

4. 堀越孝一：《骑士道之梦·死的日常》，人文书院 1987 年版。

5. 佐藤次高、清水弘祐、八屋师诚、三浦彻：《伊斯兰社会的无赖——历史中的任侠与无赖》，第三书馆 1994 年版。

6. 平泉澄：《少年日本史》，时事通信社 1970 年版。

7. 家永三郎：《日本道德思想史》，岩波书店 1969 年版。

8. 中野久夫：《日本历史的精神分析》，时事通信社 1987 年版。

9. 会田雄次：《日本人的精神构造》，PHP 研究所 2003 年版。

10. 山折哲雄：《悲哀的精神史》，PHP 研究所 2002 年版。

11. 岛田庄司、笠井洁：《日本型恶平等起源论》，光文社 1999 年版。

12. 见田宗介：《近代日本心情史——流行歌的社会心理史》，讲谈社 1978 年版。

13. 南博：《日本人的心理》，岩波书店 2002 年版。

14. 吴善花：《日本式精神的可能性》，PHP 研究所 2002 年版。

15. 源了圆：《义理与人情》，中央公论社 1969 年版。

16. 向坂宽：《耻的构造》，讲谈社 1982 年版。

17. 鑪干八郎：《耻与意地——日本人的心理构造》，讲谈社 1998 年版。

18. 森三树三郎：《"名"与"耻"的文化》，讲谈社 2005 年版。

19. 童门冬二：《以"浪人精神"取胜——男人意气行事之时》，日本经济新闻社 1998 年版。

20. 中村吉治：《武家的历史》，岩波书店 1967 年版。

21. 相良亨：《武士道》，塙书房 1968 年版。

22. 奈良本辰也：《武士道的系谱》，中央公论社 1971 年版。

23. 山本博文：《武士与世间——为何急于求死?》，中央公论社 2003 年版。

24. 笠谷和比古：《武士道——其名誉的规章》，教育出版株式会社 2001 年版。

25. 山本博文：《剖腹——日本人负责的方式》，光文社 2003 年版。

26. 山本博文：《武士秃头就隐居》，双叶社 2001 年版。

27. 山本博文：《探险江户时代》，新潮社 2005 年版。

28. 柳田圣山：《禅与日本文化》，讲谈社 1989 年版。

29. 横尾贤宗：《禅与武士道》，国书刊行会 1978 年版。

30. 王家骅：《日中儒学的比较》，六兴出版1988年版。

31. 汉斯·威廉海姆·法莱菲而特：《儒教诞生的经济大国》，出水宏一译，文艺春秋1992年版。

32. 五野井隆史：《日本基督教史》，吉川弘文馆1990年版。

33. 松本三之介：《明治精神的构造》，岩波书店1994年版。

34. 南博：《大正文化》，劲草书房1977年版。

35. 山冈铁舟：《新版武士道——文武两道的思想》，大东出版社1997年版。

36. 内田顺三：《精神武士道——高层次传统回归之路》，CHC株式会社2005年版。

37. 笠谷和比古：《武士道与日本型能力主义》，新潮社2005年版。

38. 菅野觉明：《武士道的逆袭》，讲谈社2004年版。

39. 藤原正彦：《国家的品格》，新潮社2006年版。

40. 真田增誉：《明良洪范》，国书刊行会1912年版。

41. 山鹿素行：《山鹿素行文集》，有朋堂书店1934年版。

42. 竹内诚等编《教养的日本史》，东京大学出版会1995年版。

43. 村上重良：《国家神道》，岩波书店1970年版。

44. 井上清：《天皇·天皇制的历史》，明石书店1986年版。

45. 高桥纮：《象征天皇》，岩波书店1987年版。

46. 梅泽惠美子：《天皇家为何得以延续下来》，KK畅销书2001年版。

47. 古野裕子：《古代日本的女性天皇》，人文书院 2005 年版。

48. 松下芳男：《乃木希典》，吉川弘文馆 1960 年版。

49. 斯坦利·沃什伯恩（Stanley Washburn）：《乃木大将和日本人》，目黑真澄译，讲谈社 1980 年版。

50. 户川幸夫：《人 乃木希典》，光人社 1988 年版。

51. 冈田干彦：《乃木希典 高贵的明治》，展转社 2001 年版。

52. 福田和也：《乃木希典》，文艺春秋 2004 年版。

53. 《鸥外全集》，岩波书店 1973 年版，第 206 页。

54. 加藤周一：《日本文学史序说》，筑摩书房 1980 年版。

55. 野田宇太郎编辑、摄影：《日本文学影集 森鸥外》，筑摩书房 1968 年版。

56. 伊达一男：《续·医师森鸥外》，积文堂 1989 年版。

57. 森於菟：《父亲森鸥外》，筑摩书房 1985 年版。

58. 蒲生芳郎：《鸥外的历史小说 诗情与实情》，春秋社 1983 年版。

59. 稻垣达郎：《森鸥外的历史小说》，岩波书店 1989 年版。

60. 福本彰：《鸥外历史小说的研究——"尊重历史"的内情》，和泉书院 1996 年版。

61. 尾形仂：《鸥外的历史小说 资料与方法》，岩波书店 2002 年版。

62. 平冈敏夫：《森鸥外 不遇的共感》，樱枫社 2000 年版。

63. 唐木顺三：《唐木顺三全集第 2 卷 鸥外的精神；森

鸥外及其他》，筑摩书房1981年版。

64. 加藤富一：《夏目漱石——〈三四郎的胆量〉等等》，教育出版中心1991年版。

65. 水川隆夫：《漱石〈心〉之谜》，彩流社1989年版。

66. 猪熊雄治编《夏目漱石〈心〉作品论集》，库来思出版2001年版。

67. 吉田精一：《芥川龙之介》，新潮社1974年版。

68. 平冈敏夫：《芥川龙之介 抒情的美学》，大修馆书店1987年版。

69. 关口安义：《芥川龙之介的历史认识》，新日本出版社2004年版。

70. 石割透：《芥川龙之介——初期作品的展开》，有精堂1985年版。

71. 大众文学研究会：《历史·时代小说事典》，实业之日本社2000年版。

72. 尾崎秀树：《大众文学论》，讲谈社2001年版。

73. 尾崎秀树：《大众文学的历史》，讲谈社1990年。

74. 尾崎秀树：《历史·时代小说的作家们》，讲谈社1996年版。

75. 尾崎秀树：《历史文学夜话》，讲谈社1990年版。

76. 会田雄次：《历史小说的读法——从吉川英治到司马辽太郎》，PHP研究所1986年版。

77. 秋山骏：《时代小说礼赞》，日本文艺社1990年版。

78. 绳田一男：《时代小说的可读性》，日本经济新闻社1991年版。

79. 樱井秀勋：《这本时代小说有意思》，编书房1999年版。

80. 岛内景二：《历史小说真剑胜负》，新人物往来社2002年版。

81. 时代小说会：《时代小说百番胜负》，筑摩书房1996年版。

82. 吉川英治：《难忘的记忆》，六兴出版1981年版。

83. 吉川英治：《随笔　宫本武藏》，讲谈社2002年版。

84. 松本昭：《吉川英治　人与作品》，讲谈社1984年版。

85. 吉川英明：《父亲　吉川英治》，学习研究社2003年版。

86. 尾崎秀树编辑、评传：《新潮吉川英治影集》，新潮社1985年版。

87. 斎藤慎尔编《“武藏”与吉川英治》，东京四季出版2003年版。

88. 桑原武夫：《〈宫本武藏〉与日本人》，讲谈社1964年版。

89. 樱井良树：《〈宫本武藏〉的接受》，吉川弘文馆2003年版。

90. 加来耕三：《武藏之谜——彻底验证》，讲谈社2002年版。

91. 高桥敏夫：《没有理由的杀人故事》，广济堂出版2001年版。

92. 中村胜三：《柴田炼三郎私史——自虐与花花公子的轨迹》，鹏和出版1986年版。

93. 山田宗睦：《山本周五郎——宿命与人》，艺术生活社1997年版。

94. 水谷昭夫：《山本周五郎的生涯》，人文书院1985年版。

95. 山田宗睦等：《山本周五郎的世界》，新评社 1981 年版。

96. 上野昂志：《纸上寻梦——现代大众小说论》，蜗牛社 1980 年版。

97. 关川夏央：《战中派天才老人山田风太郎》，筑摩书房 1998 年版。

98. 司马辽太郎：《历史与视点》，新潮社 1996 年版。

99. 司马辽太郎：《历史与小说》，集英社 2001 年版。

100. 司马辽太郎：《历史小说与我》，集英社 2001 年版。

101. 司马辽太郎：《手掘日本史》，文艺春秋 1998 年版。

102. 司马辽太郎、山崎正和：《日本人的内与外》，中央公论社 1978 年版。

103. 海音寺潮五郎、司马辽太郎：《检验日本历史》，讲谈社 1993 年版。

104. 文艺春秋编《司马辽太郎的世界》，文艺春秋 1999 年版。

105. 司马辽太郎等：《司马辽太郎》，小学馆 1998 年版。

106. 小林龙雄：《司马辽太郎考——道德的紧张》，中央公论新社 2002 年版。

107. 三浦浩：《司马辽太郎与其英雄》，大村书店 1998 年版。

108. 鹫田小弥太：《司马辽太郎。人的大学》，PHP 研究所 2004 年版。

109. 佐高信、高桥敏夫：《藤泽周平与山本周五郎》，每日新闻社 2004 年版。

110. 佐高信：《司马辽太郎与藤泽周平》，光文社 2002 年版。

后　记

　　关注武士道与日本近现代文学的关系，是我在北京师范大学攻读比较文学博士学位时，在我的导师——王向远教授的建议下开始进行的。在这之前，虽然一直做日本近现代文学的教学与研究工作，但是对日本历史题材文学作品的研究涉及得比较少，仅仅担任过日本史的教学工作。不仅如此，国内外对武士道与日本近现代文学的关系这一课题的研究也很少，资料十分缺乏；而这一课题与历史、文化又有着密切的关系，涉及面广，因此研究起来困难比较多。

　　有幸的是，在这一课题的研究期间，曾去日本做研究员一年。在这期间，有机会多次到东京大学、国文学研究资料馆、近代文学馆、京都大学等处查阅资料，同时，到各大书店以及东京的神保町书店一条街等处购买图书。武士题材的作品不少属于大众文学的范围，篇幅较长，阅读量比较大。在资料的搜集与阅读上，花费了不少的心血。

　　本专著是我在博士论文的基础上修改完成的。我的博士论文答辩通过之后，关于此项课题的研究一直没有中断，对论文中的某些章节又做了一些调整和补充。

　　本专著的完成离不开王向远教授的指导，在此表示诚挚的谢意！同时感谢北京大学于荣胜教授、东北师范大学孟庆枢教授、清华大学王忠忱教授、北京第二外国语学院邱鸣教授的鼓励以及中肯的建议！最后感谢朋友和家人的支持！

　　2004 年至今，本人多次参加了相关研讨会：东方文学比较研究学术研讨会、东亚日本学研究国际研讨会、二十一世纪东北亚的日本研究国际研讨会、中国外国文学学会第 9 届年会、日本文学研究会第 11 届年会暨学术研讨会、中国比较文学研究会第 9 届年会暨国际学术讨论会、东西方民族文学与比较文学研讨会、"东方文学研究和教学动态与趋势"学术研讨会、东亚"武士道研究"国际研讨会等等，并在研讨会上宣读研究成果，与同行进行切磋。与此同时，陆续在国内外期刊上发表了一些相关研究成果。

　　由于国内没有相关文献的中译本，书中的引文凡是直接引自日文的内容均为本人的翻译。另外，本人在日本期间参观了吉川英治纪念馆、司马辽太郎纪念馆等不少博物馆，拍摄的照片一并刊登在此书中，希望给予各位读者以更加直观的印象。

　　近年，日本国内出版了《武士道的逆袭》、《国家的品质》等提倡武士道的书籍。这是一种社会现象。到底什么是武士道？武士道在文学中发挥了什么样的作用？值得我们深入去探讨。在中国出版界，2004 年以来陆续翻译出版了《宫本武藏》、《德川家康》等日本武士题材的文学作品，并成为畅销书，这些作品有助于我们对日本文学和文化的进一步了解。

　　关于武士道与日本近现代文学关系的研究，还仅仅是一个开始，本人还将把研究深入下去。

北京语言大学　关立丹

2009 年 6 月